LA ROUTE SANGLANTE DU JARDINIER BLOTT

DU MÊME AUTEUR

La Grande Poursuite, Luneau Ascot Editeurs.

TOM SHARPE

LA ROUTE SANGLANTE DU JARDINIER BLOTT

LUNEAU ASCOT ÉDITEURS
9, rue Ampère - 75017 PARIS

1

Sir Giles Lynchwood, Député du Worfordshire Sud, était dans son bureau et s'allumait un cigare. Par la fenêtre, il pouvait voir les tulipes et les primevères en fleur, une grive picorer le gazon et le soleil briller dans un ciel sans nuages ; au loin, les escarpements de la gorge Cleene se dressaient au-dessus de la rivière.

Mais les pensées de Sir Giles n'étaient pas tournées vers la beauté du paysage. Son esprit était orienté vers tout autre chose : l'argent, Mme Forthby, et la distance entre ce qui était et ce qui aurait pu être. Et puis, on ne pouvait pas dire du paysage qu'il était uniformément beau. Lady Maud se trouvait dans le panorama, et quelles que fussent ses autres qualités, on ne pouvait décemment la trouver belle. Elle était grosse et lourde, et avait des formes dont quelqu'un avait dit un jour, fort à propos, qu'elles étaient rodinesques. En tout cas, Sir Giles qui la regardait avec l'objectivité que donnent six ans de mariage, la trouvait phénoménalement laide. Non qu'il soit particulièrement tâtillon sur l'aspect physique. Il avait fait fortune en reconnaissant l'intérêt des qualités peu engageantes et pouvait se vanter d'avoir mis à la porte plus de locataires sans le sou que tout autre propriétaire de Londres. Le physique de Maud était le moindre de ses soucis matrimoniaux. Ce qui le mettait hors de lui, c'était plutôt la tournure de son esprit, son assurance carrée. Ça, et le fait que pour la première fois de sa vie, il aurait aimé se débarrasser d'une femme qu'il ne pouvait quitter et d'une maison qu'il ne pouvait vendre.

Maud était une Handyman et le château Handyman était la propriété de la famille depuis son origine. C'était une grande bâtisse sans unité, avec vingt chambres et une salle de bal au plancher branlant ; sa plomberie fascinait les archéologues mais l'empêchait, lui, de dormir ; son chauffage central avait été conçu pour brûler des tonnes de charbon et semblait avaler maintenant des mégatonnes de fuel ; le château Handyman avait été construit en 1899, pour rendre durable dans la brique, le mortier et le mobilier le plus atroce de l'époque, l'ascension sociale de la famille Handyman. Leur gloire fut de courte durée : Edouard VII leur avait rendu visite par deux fois et chaque fois il avait séduit Mme Handyman, qu'il avait prise pour une femme de chambre (c'était là le résultat d'un manque d'assurance qui la laissait sans voix en présence de Son Altesse). En dédommagement de la gaffe royale et autres services rendus, son mari, Bulstrode, fut anobli. Depuis cette brève période d'apogée, les Handyman n'avaient fait que sombrer dans leur présente obscurité. Portés au pinacle par une vague de bière — Handyman Pale, Handyman Triple XXX et Handyman West Country avaient été fameuses en leur temps — ils avaient succombé à l'engouement des gens pour le Cognac.

Avec la Première Guerre mondiale s'était achevé le déclin de la fortune de la famille. Boothroy, le second fils, était revenu de France les papilles gustatives irrémédiablement détruites par les lampées d'acide de batterie qu'il prenait pour calmer ses nerfs avant de monter au front ; ses efforts pour ramener la bière Handyman à sa qualité d'avant-guerre eurent des effets diamétralement opposés. Pour la première fois, le titre de « Brasseurs Extraordinaires de Sa Majesté le Roi » reflétait de façon appropriée le caractère de la bière dispensée par la Brasserie Handyman. Pendant les années 20 et 30, les ventes tombèrent jusqu'à ne plus alimenter qu'une douzaine de débits de boissons qui étaient tenus de vendre les effroyables concoctions de Boothroy, par loyauté envers la famille, et parce que les édiles locaux (Boothroy en faisait partie) leur refusaient la licence de vente de spiritueux. C'est ainsi que les Handyman en furent réduits à vivre dans une seule aile de la grande demeure et qu'ils célébrèrent le début de la Deuxième Guerre mondiale en offrant le reste de la bâtisse au Ministère de la Guerre. Boothroy était mort lors d'une mission de la garde civile. Son frère Busby, le père de Maud, lui succéda. Quant au château, il avait tout d'abord servi de résidence au Chef de Cabinet du Général de Gaulle et à l'armée entière des Forces Françaises Libres, puis de camp de prisonniers de guerre italiens. Le quatrième Comte avait fait de son mieux pour ramener la bière Handyman à sa popularité première en reprenant la recette d'origine, et pour restaurer la fortune familiale en obtenant du Ministère de la Guerre qu'il paie un loyer bien plus élevé que de raison pour une bâtisse dont il n'avait que faire.

C'était cette influence, l'influence des Handyman, qui avait persuadé Sir Giles qu'il pourrait faire pire que d'épouser Lady Maud et que par elle il pouvait obtenir un Siège au Parlement. En songeant à son passé, Sir Giles trouvait qu'il avait payé trop cher pour le château et pour sa promotion sociale. Un mariage de raison, s'était-il dit un temps, mais le terme s'était révélé singulièrement inapproprié. Rien dans le physique de Maud ne laissait supposer une sexualité particulièrement insatisfaisable, aussi Sir Giles avait-il été surpris, pour ne pas dire peiné, par son interprétation au pied de la lettre de ce qu'il lui avait soufflé, lors de leur lune de miel : il désirait qu'elle l'attache sur le lit et qu'elle le batte. On avait entendu ses cris sur la Costa Brava à un kilomètre à la ronde et cela lui avait valu une conversation embarrassante avec le directeur de l'hôtel. Sir Giles n'avait pas pu s'asseoir pendant le trajet du retour. Depuis, il s'était réfugié dans une chambre à part et chez Mme Forthby. A Saint-John's Wood, dans l'appartement de cette dernière, au moins était-il assuré de modération. Ce qui n'arrangeait pas les choses, c'est qu'il lui était impossible de divorcer : son contrat de mariage contenait une clause par laquelle le château et ses terres, pour lesquels il avait dû verser cent mille livres à Maud, reviendraient à cette dernière en cas de décès sans héritier ou en cas de mauvaise conduite de sa part à lui, entraînant le divorce. Sir Giles était riche, mais il trouvait le prix de sa liberté (cent mille livres) bien trop élevé.

Il soupira et jeta un regard à l'extérieur, par la fenêtre. Lady Maud avait disparu, mais la scène n'en était pas plus plaisante pour autant. Blott, le jardinier, avait pris sa place. Il traversait lourdement la pelouse pour se rendre au potager. Sir Giles observa la silhouette trapue avec dégoût. Il avait beau n'être qu'un jardinier, un jardinier italien, et qui plus est, un ex-prisonnier de guerre, il arborait un air suffisant qui lui tapait sur les nerfs. Il aimait que ses serviteurs soient obséquieux, et il n'y avait rien d'obséquieux chez Blott. Ce misérable avait des allures de propriétaire. Sir Giles le regarda disparaître par la porte du jardin potager et se mit à songer aux moyens de se débarrasser de Blott, de Lady Maud et du château Handyman. Il venait juste d'avoir une idée.

Lady Maud aussi. Tandis qu'elle évoluait dans le jardin, arrachant ici un pissenlit et là une mauvaise herbe, elle n'était préoccupée que de maternité.

— C'est maintenant ou jamais, se dit-elle en écrasant une limace.

Entre ses jambes écartées, elle pouvait voir Sir Giles dans son bureau et elle se demanda une fois encore comment elle avait bien pu épouser un homme aussi peu conscient de ses devoirs.

Car c'est par devoir envers sa famille qu'elle l'avait épousé. S'il n'avait tenu qu'à elle, elle aurait épousé un homme plus jeune, plus attirant, mais les jeunes gens attirants et fortunés étaient peu nombreux dans le Worfordshire.

— Le bal des débutantes ? avait-elle crié à sa mère quand Lady Handyman avait suggéré qu'elle devrait être présentée à la Cour. Mais j'ai déjà fait mes débuts à la Cour.

C'était vrai. Lady Maud avait été belle prématurément. A quinze ans, elle était ravissante. A vingt et un ans, les traits des Handyman — le nez proéminent en particulier — s'étaient développés et l'avaient rendue quelconque. A trente-cinq ans, c'était une Handyman des pieds à la tête et elle n'attirait que les hommes dépravés et intéressés, dans le genre de Sir Giles. Elle avait accepté sa demande en mariage sans illusion, mais se rendit compte trop tard que son long célibat avait créé chez lui des habitudes et des fantasmes qui l'empêchaient de remplir sa part du contrat. Sir Giles n'était pas fait pour la paternité, tant s'en fallait. Après l'expérience funeste de leur lune de miel, Maud avait tenté une réconciliation, mais en vain. Elle avait essayé la boisson, les plats épicés, les huîtres et le champagne, les œufs durs : il était resté inexorablement impuissant. Aussi, par cette claire journée de printemps, quand autour d'elle tout éclatait, bourgeonnait ou proclamait les joies de la procréation dans chaque coin du domaine, Lady Maud se sentait-elle frustrée. Elle allait essayer à nouveau de faire entendre raison à Sir Giles. Elle se redressa, traversa la pelouse au pas de charge jusqu'à la demeure, puis emprunta le couloir.

— Giles, dit-elle en entrant sans frapper dans le bureau. Nous devons en finir.

Sir Giles leva les yeux de son journal.

— Comment ça, « en finir » ? demanda-t-il.

— Vous savez très bien de quoi je veux parler. Il n'est pas nécessaire de tourner autour du pot.

Sir Giles ferma son journal.

— Le pot, chérie ? dit-il, étonné.

— Ne faites pas l'innocent, dit Maud.

— Mais je ne fais pas l'innocent, protesta-t-il. Je ne comprends tout simplement pas de quoi vous voulez parler.

Lady Maud posa ses deux mains à plat sur le bureau et se pencha sur lui, l'air menaçant.

— De sexe, grogna-t-elle.

Sir Giles se tassa dans son fauteuil.

— Oh, ça ! murmura-t-il. Et alors ?

— Je ne rajeunis pas.

Sir Giles acquiesça avec compassion. C'était l'une des petites choses dont il savait gré à la vie.

— Dans un an ou deux, il sera trop tard.

Dieu merci, pensa Sir Giles. Mais aucun son ne sortit de sa bouche. En fait, il choisit un Ramon Allones dans sa boîte à cigares. Il n'aurait pas dû : Lady Maud se détendit et le lui arracha des mains.

— Maintenant vous allez m'écouter, Giles Lynchwood, dit-elle. Je ne vous ai pas épousé pour devenir une veuve sans enfant.

— Une veuve ? fit Sir Giles en faisant la grimace.

— Le mot-clé, c'est SANS ENFANT. Que vous viviez ou non est sans importance. Ce qui l'est, en revanche, c'est que j'aie un héritier. Si je vous ai épousé, c'était évidemment pour que vous soyez le père de mes enfants. Cela fait six ans que nous sommes mariés. Il est temps que vous fassiez votre devoir.

Sir Giles croisa les jambes de façon provocatrice.

— Nous avons déjà épuisé cette question, murmura-t-il.

— Nous ne l'avons jamais épuisée du tout. C'est justement ce dont je me plains. Vous avez toujours refusé de vous comporter comme un mari normal. Vous avez...

— Nous avons tous nos petits travers, très chère, dit Sir Giles.

— Assurément, dit Lady Maud, c'est votre cas. Malheureusement, mon problème à moi est plus urgent que le vôtre. J'ai plus de quarante ans et comme je vous l'ai déjà dit, dans un an ou deux, je ne pourrai plus avoir d'enfant. Cela fait cinq siècles que ma famille réside ici, et il n'est pas dans mes intentions de rejoindre ma tombe en sachant que je suis la dernière des Handyman.

— Je ne vois vraiment pas comment vous pourriez l'éviter, quoi qu'il arrive, dit Sir Giles. Car après tout, quand bien même nous aurions un enfant, il porterait le nom des Lynchwood.

— J'ai l'intention de faire changer le nom.

— Ah bon ? Alors, laissez-moi vous dire que ce ne sera pas nécessaire, dit Sir Giles. Il ne naîtra aucun enfant de notre union, un point c'est tout.

— Dans ces conditions, je vais faire les démarches nécessaires pour obtenir le divorce. Mes avocats vous contacteront.

Elle quitta la pièce en claquant la porte. Elle laissa derrière elle un Sir Giles secoué, mais heureux. Ses années de misère allaient prendre fin. Il obtiendrait le divorce et garderait le château. Il n'avait plus besoin de s'inquiéter. Il prit un autre cigare et l'alluma. Il pouvait entendre le va-et-vient lourdaud de sa femme dans sa chambre, à l'étage. Pas de doute possible : elle s'apprêtait à aller voir Me Turnbull de l'étude Ganglion, Turnbull et Shrine, avocats de la famille à Worford. Sir Giles rouvrit le *Times* et relut l'article sur les coucous.

2

Me Turnbull, du cabinet Ganglion, Turnbull et Shrine, compatit, mais fut impuissant.

— Si c'est vous qui entamez la procédure et sur la base de faits aussi inconsistants que ceux que vous venez de me décrire de manière si imagée, expliqua-t-il à Maud, la clause de reversion s'en trouvera nulle et sans effet. Vous risquez de perdre, en fait, le château et le domaine.

— Vous voulez dire qu'il n'y a rien à faire ? Que je ne peux pas divorcer sans perdre le patrimoine de ma famille ? s'enquit Maud.

Me Turnbull acquiesça.

— Il suffit pour cela que Sir Giles nie vos affirmations, expliqua-t-il. Et sincèrement, je vois mal un homme dans sa situation les accepter. Je crains fort que la Cour n'aille dans son sens. La difficulté, dans ce genre d'affaire, c'est qu'on ne peut produire de preuves irréfutables.

— Je pensais que ma virginité était une preuve suffisante, lui répondit Maud.

Me Turnbull réprima un frisson : Lady Maud présentant sa virginité comme pièce à conviction A, n'était pas de son goût.

— Je pense qu'il vous faudrait quelque chose de plus orthodoxe. Après tout, Sir Giles pourrait toujours clamer que c'est vous qui avez refusé qu'il fasse son devoir conjugal. Cela équivaudrait à sa parole contre la vôtre. Bien sûr, vous obtiendriez tout de même le divorce, mais le château lui reviendrait légalement.

— Il doit bien y avoir un moyen, protesta Lady Maud.

A la voir, Me Turnbull en doutait, mais il eut assez de tact pour ne pas le lui dire.

— Et vous me dites que vous avez fait une tentative de réconciliation ?

— J'ai expliqué à Giles qu'il se devait de faire son devoir.

— Ce n'est pas exactement ce que je voulais dire, lui dit Me Turnbull. Le mariage est une relation difficile, vous savez, même dans les meilleurs moments. Peut-être un peu de tendresse de votre part...

— De la tendresse ? fit Lady Maud. De la tendresse ! Vous semblez oublier que mon mari est un pervers. Croyez-vous qu'un homme qui trouve son plaisir à se faire...

— Non, fit Me Turnbull précipitamment. Je vois ce que vous voulez dire. La tendresse n'est peut-être pas le mot approprié. Ce que je voulais dire c'est... euh... peut-être un peu de compréhension ?

Lady Maud le regarda avec dédain.

— Après tout, *tout comprendre, c'est tout pardonner*[1], poursuivit Me Turnbull, reprenant une langue qu'il associait à la sophistication en matière de cœur.

— Je vous demande pardon ? dit Lady Maud.

— Je disais simplement que tout comprendre, c'est tout pardonner, expliqua Me Turnbull.

— Venant d'un homme de loi, je trouve cette remarque pour le moins surprenante. De toute façon, je ne suis prête ni à comprendre, ni à pardonner. Tout ce qui m'importe, c'est d'avoir un enfant. Ma famille a vécu dans la gorge de Cleene les cinq cents dernières années et je ne veux pas être responsable de sa disparition pour les cinq cents prochaines. Peut-être considérez-vous l'importance que j'accorde à ma famille par trop romantique. Tout ce que je peux vous dire, c'est que pour moi, il est de mon devoir d'avoir un héritier.

1. En français dans le texte.

Si mon mari refuse d'accomplir son devoir conjugal, je trouverai quelqu'un pour le remplacer.

— Chère Lady Maud, dit Me Turnbull, soudain conscient qu'il courait le risque d'être le premier objet de sa convoitise extra-conjugale, je vous supplie de ne rien faire de façon précipitée. En cas d'adultère de votre part, Sir Giles obtiendrait le divorce pour des faits qui invalideraient la clause de reversion. Peut-être désirez-vous que je lui parle ? Cela aide parfois, vous savez, une tierce personne, quelqu'un de totalement impartial, vous comprenez ? Pour faciliter la réconciliation.

Lady Maud secoua la tête. Elle pensait à l'adultère.

— Et si c'était Sir Giles qui commettait un adultère, dit-elle enfin, suis-je en droit d'espérer que le domaine me reviendrait ?

Me Turnbull rayonna à cette idée.

— Plus aucune difficulté dans ce cas, dit-il. Vous auriez un droit absolu sur le domaine. C'est dans le contrat. Aucune difficulté.

— Bien, fit Lady Maud en se levant. Elle descendit l'escalier, laissant Me Turnbull sur la forte impression que Sir Giles risquait d'avoir une mauvaise surprise, et surtout que le cabinet Ganglion, Turnbull et Shrine pouvait escompter une affaire qui traînerait en longueur et qui rapporterait des honoraires substantiels.

Dehors, Blott attendait dans la voiture.

— Blott, dit Lady Maud en montant à l'arrière. Est-ce que vous vous y connaissez en écoutes téléphoniques ?

Blott sourit et démarra.

— C'est facile, dit-il. Tout ce qu'il faut, c'est un peu de fil électrique et une paire d'écouteurs.

— Alors, arrêtez-vous au premier magasin de radio que vous trouverez et achetez l'équipement nécessaire.

Quand ils arrivèrent au château Handyman, Lady Maud avait eu le temps de mettre sa stratégie au point.

Sir Giles aussi. Le premier moment d'extase à l'idée d'un divorce s'était estompé, et après mûre réflexion, il avait dû s'avouer qu'il risquait d'y avoir quelques aspects fort déplaisants. Tout d'abord, il n'appréciait pas spécialement l'idée du contre-interrogatoire sur sa vie privée, contre-interrogatoire que lui ferait subir un éminent avocat. Les journaux, et en particulier un ou deux journaux du dimanche, se régaleraient de la description que ferait Lady Maud de leur lune de miel. Pire encore, il ne pourrait même pas les attaquer pour diffamation. L'histoire pourrait être confirmée par le directeur de l'hôtel, et s'il avait de bonnes chances de gagner le divorce et de garder le château, il perdrait sans coup férir son honorabilité. Non, l'affaire devait être traitée manière plus discrète. Sir Giles prit un crayon et se mit à gribouiller.

Le problème était simple : pour ce qui était du divorce, il fallait que ce soit lui qui décide s'il devait avoir lieu et quand, et qu'il en choisisse les motifs. Il lui fallait rester à l'abri de tout scandale. C'était trop espérer que Lady Maud trouve un amant, mais, qui sait ? le désespoir pouvait l'amener à commettre quelque folie... Sir Giles en doutait quand même. Il y avait, en plus, son âge, son physique et sa tournure d'esprit qui rendaient la chose improbable. Ensuite, il y avait le château et les cent mille livres qu'il avait versées. Il dessina un chat. Il en était à considérer tous les moyens de tirer profit de cette propriété, autres que la vente ou la destruction par le feu, lorsque la forme de son dessin, un 8 avec des oreilles et une queue, lui rappela ce qu'il avait vu un jour dans le ciel : un défilé aérien... Un entrelac de spaghettis... Une autoroute...

L'instant d'après, il dépliait une carte d'état-major et l'étudiait avec le plus grand intérêt. Mais bien sûr ! Comment n'y avait-il pas pensé plus tôt ? La gorge de Cleene était la route idéale. Elle faisait la jonction en droite ligne de Sheffingham à Knighton. Et l'autoroute, cela voulait dire des expropriations et de larges sommes compensatoires. La solution idéale. Il suffisait de glisser un mot ou deux dans l'oreille qu'il fallait. Sir Giles décrocha le téléphone et composa un numéro. Quand Lady Maud revint de Worford, il était d'excellente humeur. Hoskins, de la Direction Régionale de l'Equipement du Worfordshire, avait été très coopératif ; il l'était toujours, d'ailleurs. Il se faisait payer assez cher pour cela, et sa maison était certainement plus grande que ce que son salaire laissait supposer. Sir Giles s'adressa un sourire.

— Je vais à Londres cet après-midi, dit-il à Lady Maud quand ils passèrent à table pour le déjeuner. Une ou deux choses à régler pour mon travail. Je crains fort d'être retenu deux jours.

— Cela ne m'étonne pas, dit Lady Maud.

— Si vous avez le moindre problème, laissez un message à ma secrétaire.

Lady Maud sa servit une part de Cottage Pie [1]. Elle était de bonne humeur. Elle était sûre que Sir Giles se laissait aller à ses penchants avec une Londonienne. Cela risquait de prendre du temps pour découvrir qui était sa maîtresse, mais elle était de nature patiente.

— Une femme extraordinaire, cette Lady Maud, dit Me Turnbull à Me Ganglion.

Ils étaient installés au bar des « 4 Plumes » à Worford.

— Une famille extraordinaire, rajouta Me Ganglion. J'imagine que vous ne vous souvenez pas de sa grand-mère, la vieille Comtesse ? Non, bien sûr. C'est trop vieux pour vous. Je me rappelle quand j'ai rédigé son testament en... Allons, quand cela a-t-il bien pu se passer ? Ça devait être en mars 36. Voyons, elle est morte en juin de la même année, c'est bien ça, cela devait être en mars. Elle insistait pour que j'inscrive que son fils Busby était de sang royal. Je lui avais expliqué que dans ce cas il ne serait plus en mesure d'hériter, mais elle était inflexible. « De sang royal », persis-

1. Sorte de pâté en croûte garni de restes de viande.

tait-elle. Finalement j'ai obtenu qu'elle signe plusieurs copies du testament, mais seule celle du dessus contenait la mention de la bâtardise royale.

— Oh, mon Dieu, pensez-vous qu'il y ait du vrai dans tout cela ? dit Me Turnbull.

Me Ganglion le regarda par-dessus ses lunettes.

— Entre nous, je crois que c'est possible. Les dates concordent. Busby est né en 1905 et la visite royale a eu lieu en 1904. Edouard VII avait une sacrée réputation de coureur.

— Cela pourrait être l'explication du physique de Lady Maud, admit Me Turnbull. Et de son arrogance, quand on y pense.

— Il vaut mieux oublier ces choses, dit Me Ganglion tristement. Pourquoi est-elle venue vous voir ?

— Elle voudrait divorcer. Je l'en ai dissuadée, au moins dans l'immédiat. Il paraît que Lynchwood a un penchant pour la flagellation.

— Les gens ont parfois de drôles d'idées. Ce n'est pas comme s'il faisait la sortie des écoles. Tout à fait bizarre. Mais enfin, je pensais que Maud, mieux que toute autre, aurait su le satisfaire. Elle a des avant-bras de bûcheron.

— J'ai comme l'impression qu'elle en a trop fait, expliqua Me Turnbull.

— Formidable. C'est formidable.

— Il semble que le problème majeur réside dans la non-consommation. Elle veut un héritier avant qu'il ne soit trop tard.

— Obsession héréditaire de ces vieilles familles. Qu'avez-vous conseillé ? L'insémination artificielle ?

— Me Turnbull vida son verre.

— Pas du tout, murmura-t-il. Apparemment, elle est encore vierge.

Me Ganglion ricana.

— J'ai connu une vieille fille de 40 ans qui avait des habitudes tout à fait fâcheuses. Elle avait une grenouille...

Ou n'était-ce pas plutôt une quenouille ? Je ne sais plus.

Ils passèrent à table pour déjeuner.

Blott finissait son repas dans la serre, au fond du jardin potager. Autour de lui, des boutures de géraniums et de chrysanthèmes, roses et rouges, se mariaient avec les couleurs de son visage. C'était le sanctuaire de son jardin secret : il se trouvait entouré de fleurs dont la beauté lui apportait la preuve que la vie n'était pas tout à fait sans intérêt. Par les baies vitrées, il pouvait voir le potager avec ses laitues, ses petits pois et ses haricots, ses buissons de groseillers et de groseillers à maquereaux, dont il était si fier. Et tout autour, les vieux murs de brique le coupaient du monde dans lequel il n'avait aucune confiance. Il vida sa bouteille thermos et se leva. On voyait bien, au-dessus de sa tête, les câbles téléphoniques qui sortaient de la maison. Il alla chercher une échelle et se mit à connecter consciencieusement ses propres câbles à la ligne. Il y était encore quand Sir Giles partit dans sa Bentley. Blott le regarda passer sans intérêt. Il n'aimait pas du tout Sir Giles et c'était une bonne chose qu'il ait à s'occuper du potager : ils avaient ainsi très peu d'occasions de se rencontrer. Il termina ses branchements, fixa les écouteurs et une sonnette. Puis il entra dans la maison. Il y trouva Lady Maud qui lavait la vaisselle.

— C'est prêt, dit-il. Nous pouvons faire les essais.

Lady Maud se sécha les mains.

— Que dois-je faire ?

— Quand vous entendrez la sonnerie, mettez les écouteurs, expliqua Blott.

— Allez dans le bureau et faites un numéro. J'écouterai, dit Lady Maud.

Blott alla dans le bureau et s'assit à la table. Il prit le téléphone et se demanda qui appeler. Il ne connaissait personne qu'il pût contacter. Finalement, il tomba sur un numéro inscrit au crayon sur le bloc-notes devant lui. A côté, il y avait des gribouillages et le dessin d'un chat. Blott composa le numéro. Il était assez long et commençait par 01. Il dut attendre un bon moment avant d'obtenir une réponse.

— Allô ? Felicia Forthby à l'appareil, fit une voix de femme.

Blott chercha quelque chose à lui répondre.

— C'est Blott, dit-il enfin.

— Blott ? fit Mme Forthby. Est-ce que je vous connais ?

— Non, dit Blot.

— Et en quoi puis-je vous être utile ?

— En rien, dit Blott.

Il y eut un silence embarrassant, puis Mme Forthby ajouta :

— Que désirez-vous ?

Blott se demanda ce qu'il pourrait bien désirer.

— Je voudrais une tonne de fumier de cochon, dit-il.

— Vous avez sûrement fait un mauvais numéro.

— Oui, dit Blott en raccrochant.

Dans la serre, Lady Maud était enchantée de l'expérience.

— Je vais bientôt savoir qui le fouette, maintenant, pensa-t-elle en enlevant les écouteurs. Elle regagna la maison.

— Nous surveillerons à tour de rôle tous les appels téléphoniques que passera mon mari, dit-elle à Blott. Je veux savoir chez qui il va à Londres. Il faudra que vous notiez le nom de chacun de ses correspondants. Vous avez bien compris ?

— Oui, dit Blott en regagnant avec joie le potager. Dans la cuisine, Lady Maud termina la vaisselle. Elle avait oublié de demander à Blott à qui il avait parlé. Tant pis, c'était sans importance.

3

Sir Giles revint de Londres plus tôt que prévu. Quand Mme Forthby avait ses règles, elle était d'une humeur massacrante et il avait assez de problèmes sans avoir à affronter son nervosisme menstruel. En plus, Mme Forthby en chair et en os était différente de la Mme Forthby de ses fantasmes. Dans ses rêves, elle avait une foule de goûts pervers qui se mariaient bien avec ses besoins fâcheux à lui, mais d'une discrétion qui aurait pu en remontrer à une nonne trappiste. Dans la réalité, elle était décevante. Elle semblait penser qu'il l'aimait pour elle-même, et ça, c'était le plus grand défaut qu'il pût trouver à une femme. Il en tremblait de la tête aux pieds. S'il l'aimait un peu — et c'est loin d'elle qu'il se sentait un peu amoureux, très relativement — ce n'était point pour elle-même. Car précisément, du plus loin qu'il s'en souvienne, elle manquait totalement de personnalité. C'est d'ailleurs ce qui l'avait attiré chez elle.

Physiquement, elle possédait tous les attraits d'une femme désirable — plutôt trop pour les goûts plus délicats —, tous serrés dans des corsets, gaines, porte-jarretelles et autre soutien-gorge, qui enflammaient son imagination et lui rappelaient les publicités des magazines féminins sur lesquels il s'était fait les dents à l'époque de sa puberté. Mentalement, Mme Forthby était un grand vide, à en juger par sa conversation décousue. Mais comme il ne désespérait pas de trouver un jour une maîtresse dont les besoins seraient aussi dépravés que les siens, il avait cherché à remplir ce vide à des fins personnelles. Sur ce point, il devait avouer que Mme Forthby était très en dessous de son attente. Non seulement elle était limitée sur le plan intellectuel (il en venait même à penser parfois qu'elle n'avait aucun esprit) mais encore elle manquait d'enthousiasme pour les contorsions compliquées et autres strangulations qui constituaient, d'après lui, les prémices de l'amour. De plus, elle avait la mauvaise habitude de se mettre à rire au plus fort de sa concentration et d'évoquer ses souvenirs lorsqu'elle serrait des nœuds d'ajust, et cela, il le trouvait intolérable. Pire encore, elle n'avait pas de tête (sur ce point, il n'avait aucun doute). Il lui arrivait de le laisser ligoté et bâillonné pendant plusieurs heures alors qu'elle recevait pour le thé des amies dans la pièce voisine. C'était dans des moments pareils de méditation forcée que Sir Giles était le mieux à même de concevoir la distance qui existait entre sa position sociale et sa position physique, et qu'il redoutait que les deux se confondent si d'aventure une bonne femme était amenée à chercher les toilettes. Non qu'il n'eût pas apprécié les interventions éventuelles de ces femmes dans la réalisation de ses fantasmes, mais parce qu'il redoutait de devenir la risée de Westminster. A l'issue d'un épisode de cet ordre, il avait promis à Mme Forthby de la tuer, et s'il n'avait pas mis sa menace à exécution, c'était parce qu'il n'avait pas pu se tenir debout après qu'elle l'eût délié.

— Mais bon Dieu ! Où étiez-vous passée ? avait-il hurlé lorsqu'elle était rentrée à une heure du matin.

— Covent Garden, avait-elle répondu. *La Flûte enchantée*. C'était divin.

— Vous auriez pu me prévenir. J'ai vécu l'enfer, couché ainsi pendant six heures.

— Je pensais que vous aimiez ça. Je croyais que cela vous ferait plaisir.

— Me ferait plaisir ? Pendant six heures ! A moins d'être fou, personne ne pourrait supporter d'être ficelé comme un poulet aussi longtemps.

— Je vous l'accorde, chéri. C'est juste, que j'ai oublié. Est-ce que vous voulez que j'aille chercher votre poire à lavements ?

— Certainement pas ! avait hurlé Sir Giles qui avait eu tout le temps, pendant sa longue détention, de récupérer un minimum d'amour-propre. Et ne jouez pas avec ma jambe.

— Mais elle ne devrait pas se trouver là. C'est bizarre.

Sir Giles se fit violence pour jeter un regard de côté sur ses orteils droits.

— Je sais bien qu'elle ne devrait pas se trouver là, avait-il crié. Et elle ne s'y trouverait pas si vous n'étiez pas si étourdie, nom de Dieu.

Mme Forthby avait rangé les sangles et les courroies et avait préparé du thé.

— La prochaine fois, je ferai un nœud à mon mouchoir, avait-elle dit sans aucun tact, en plaçant des oreillers sous la tête de Sir Giles pour qu'il puisse boire son thé.

— Il n'y aura pas de prochaine fois, avait-il grondé.

Il n'avait pas fermé l'œil de la nuit, essayant de trouver une position moins contorsionnée.

C'était une promesse en l'air. Il y avait toujours une prochaine fois. L'éloignement physique de Mme Forthby et le fait qu'elle fût toujours d'accord et disponible pour ses faiblesses dégoûtantes compensaient ses trous de mémoire ; aussi Sir Giles retournait-il chez elle chaque fois qu'il se rendait à Londres, en souhaitant de tout cœur qu'elle ne le laisserait pas encapuchonné et ligoté pour aller passer un mois aux Bahamas.

Mais si Sir Giles rencontrait quelques difficultés avec Mme Forthby, il n'en était pas de même avec l'autoroute. Elle en était déjà à la phase du tracé.

— On l'appelle l'autoroute Mid-Wales, la A 101, lui expliqua-t-on à l'occasion d'une enquête discrète qu'il fit auprès du Ministère de l'Environnement. On n'attend plus que l'accord du Ministre. J'ai cru comprendre qu'on émettait quelques réserves sur le plan de la protection des sites. Et par pitié, si l'on vous demande comment vous l'avez su, ne me nommez pas. Sir Giles raccrocha et réfléchit à la tactique qu'il se devait d'adopter. Evidemment, il devrait lutter contre le projet s'il voulait garder son siège de Député du Worfordshire-Sud, mais il y avait manière et manière de s'y opposer. Il investit de fortes sommes dans la société Ciment Impérial qui devrait bénéficier de commandes. Il déjeuna avec le P.-D.G. d'Imperial Motors, dîna avec le directeur de l'Entreprise de Construction d'Autoroutes, prit un verre avec le secrétaire général du syndicat des ouvriers du génie civil et fit valoir au Président de l'Assemblée qu'il était urgent d'intervenir pour faire baisser le taux du chômage dans son secteur.

En bref, il joua le rôle de catalyseur dans la chimie du progrès. Et avec tout ça, pas un sou n'avait été distribué. Sir Giles était un trop vieux renard pour ça. Il se contentait de faire passer l'information. Quelles étaient les entreprises qui allaient en tirer profit, quelles actions acheter, lesquelles vendre; sa monnaie d'échange, c'était son entregent. Et pour se préserver de tout soupçon, il fit un discours au dîner annuel des écologistes, dans lequel il préconisa une vigilance de chaque instant contre les dépradations des spéculateurs. Il revint juste à temps au château pour paraître outré à l'annonce du projet d'autoroute.

— Je vais immédiatement réclamer l'ouverture d'une enquête d'utilité publique, dit-il à Lady Maud, quand leur parvint l'avis d'expropriation. Il alla téléphoner.

Dans la serre, Blott était constamment interrompu dans son travail par l'écoute téléphonique des communications de Sir Giles. Il allait juste s'occuper de quelques aphides sur le pommier du Japon qui poussait le long du mur, quand la sonnerie retentit. Blott se précipita pour écouter le général Burnett de la Grange fulminer contre les canailles de Whitehall, la bureaucratie, les zones vertes et les bas-bleus.

Blott n'y comprenait pas grand-chose. Il retourna à ses aphides mais le téléphone se remit à sonner. Cette fois-ci, il s'agissait de Mr. Bullet-Finch qui appelait pour savoir ce que Sir Giles envisageait de faire pour empêcher la construction de l'autoroute.

— La moitié de notre jardin va être touché, dit-il. Nous avons passé les six dernières années à tout tirer au cordeau, et pourquoi ? Pour en arriver là. C'en est trop. Je ne pense pas qu'Ivy puisse le supporter.

Sir Giles compatit cauteleusement. Il était en train de mettre en place un Comité de défense. Il devait y avoir une enquête d'utilité publique. Mr. Bullet-Finch pouvait être assuré que tout serait tenté. Blott retourna à ses aphides, intrigué. La langue anglaise avait encore le pouvoir de le dérouter et il se retrouvait parfois bloqué par quelque idiome. Tirer au cordeau ? Il n'y avait rien dans le jardin de Mr. Bullet-Finch qui ressemblât — ne fût-ce qu'approximativement — à un champ de tir. D'ailleurs, Blott devait admettre que les Anglais eux-mêmes demeuraient un mystère pour lui. Ils donnaient plus d'argent aux gens qui ne travaillaient pas qu'à ceux qui travaillaient. Ils payaient mieux les maçons que les enseignants. Ils faisaient des quêtes sur la voie publique pour les victimes de tremblements de terre au Pérou, alors que les personnes âgées devaient se contenter de pensions misérables. Ils refusaient la carte de séjour aux Australiens et offraient aux Russes de venir vivre en Angleterre. Et enfin, ils semblaient prendre un réel plaisir à se faire tuer par les Irlandais. Dans l'ensemble, ils étaient pour lui la source d'un étonnement constant, mais aussi de réconfort. Ils n'étaient heureux que quand quelque catastrophe leur arrivait : le sang, le feu, la guerre ou quelque autre désastre effroyable. Blott, dont l'enfance n'avait consisté qu'en une suite de drames, se sentait en fait rassuré de vivre dans une communauté qui les aimait tant.

Quand, de qui, et où était-il né ? Il ne le savait pas. La date à laquelle il avait été trouvé dans les toilettes pour dames de la gare de Dresde était la plus proche de sa naissance, et puisque la personne chargée de l'entretien des toilettes avait nié toute responsabilité quant à son apparition en ces lieux, bien qu'elle ait été fortement pressée de le reconnaître par les autorités, il n'avait aucune idée qui était sa mère, et moins encore son père. Il n'était même pas sûr que ses parents fussent allemands. D'après lui-même et les autorités, ils auraient aussi bien pu être juifs, encore que le chef de cabinet à la ségrégation raciale ait eu à reconnaître, de mauvaise grâce, qu'il n'était pas dans les habitudes des parents juifs d'abandonner leurs nouveaux-nés dans les consignes des gares. Toutefois, cette hypothèse fut un élément d'incertitude supplémentaire pour Blott au cours de son adolescence pendant le IIIe Reich, car il n'était pas avantagé physiquement : brun, nez crochu (sans nul doute, il y avait de vrais aryens qui étaient ainsi), mais Blott, qui était obsédé par la question, dut se rendre à l'évidence : peu d'entre eux acceptaient d'évoquer leur pedigree avec lui. Il allait de soi qu'il n'était pas adoptable, au point qu'à l'orphelinat, on avait tendance à le mettre à l'écart quand il y avait des visiteurs. Quant aux Jeunesses Hitlériennes... Blott préférait oublier son adolescence, et jusqu'au souvenir de son arrivée en Angleterre, qui le mettait mal à l'aise encore.

C'est par une nuit noire qu'on l'avait envoyé pour affermir le courage de l'équipage d'un bombardier italien et qu'il en avait profité pour émigrer. De toute façon, il soupçonnait son chef d'escadrille de lui avoir ordonné de se porter volontaire pour piloter les Italiens, dans l'espoir qu'ils ne reviendraient pas. C'était la seule raison plausible de son choix. Sa formation était celle d'un mitrailleur de queue et sa seule contribution à la guerre avait été de descendre deux Messerschmidt 109s qui escortaient son escadrille ; il avait donc répondu à la lettre au désir de son chef d'escadrille. Même les aviateurs italiens, la pusillanimité faite homme, s'étaient étonnés de l'insistance avec laquelle il affirmait que Margate se trouvait au centre du Worcestershire. Après une chaude dispute, ils lâchèrent leurs bombes sur Exmoor et se dirigèrent vers le Pas-de-Calais par le canal de Bristol avant de tomber en panne sèche au-dessus des monts, au nord du pays de Galles. C'est alors que les Italiens décidèrent de sauter en parachute. Ils avaient essayé d'expliquer à Blott l'urgence de la situation, mais Blott ne connaissait pas un traître mot de leur langue. L'intervention d'une colline leur évita ce tracas, colline qui, d'après son sens de l'orientation, n'aurait pas dû se trouver là. Blott fut le seul survivant de la catastrophe qui s'ensuivit ; comme il fut retrouvé nu dans les décombres d'un bombardier italien par l'équipe de recherche, le lendemain matin, il fut tout naturellement pris pour un Italien. Le fait qu'il ne connaissait pas un mot de sa prétendue langue natale ne surprit personne, moins encore le commandant du camp de prisonniers de guerre où Blott fut envoyé, pour la simple raison que le commandant ne connaissait pas plus l'italien que lui et que Blott était son premier prisonnier. Ce ne fut que beaucoup plus tard, avec l'arrivée, d'Afrique du Nord, de vrais prisonniers italiens que l'on émit des doutes sur sa nationalité, mais alors il avait déjà fait preuve de sa bonne foi en ne portant aucun intérêt au déroulement de la guerre et en affichant un manque de désir de s'échapper, typiquement italien. Qui plus est, il avait clamé qu'il était le fils d'un berger tyrolien, ce qui justifiait qu'il ne parlât pas italien.

En 1942, le camp avait déménagé au château Handyman et Blott en avait fait sa demeure. Il appréciait le château et la famille Handyman. Tous deux étaient le comble de l'anglitude et, dans son esprit, il ne pouvait exister plus grand éloge. Etre Anglais était la vertu suprême et être prisonnier en Angleterre, mieux que d'être libre nulle part ailleurs. Si ça n'avait tenu qu'à lui, la guerre aurait pu durer indéfiniment. Il vivait dans une vaste demeure, avec un parc où il se promenait, une rivière où il pêchait, un potager où il jardinait en un pays idyllique plein de bois, de collines et de femmes blondes dont les maris étaient à la guerre pour sauver le monde d'individus comme lui. Même la nuit, quand les grilles du camp étaient fermées, il lui était très facile d'escalader les murs et d'aller où bon lui chantait. Il n'y avait pas de bombardements, pas d'alertes soudaines et on réglait pour lui le problème de son entretien. Jusqu'à la nourriture qui était bonne, sans compter son braconnage et ce qu'il faisait pousser dans le potager. Pour Blott, c'était le paradis et il n'avait qu'un seul tourment : les Allemands pouvaient gagner la guerre. C'était une éventualité qu'il redoutait. Cela avait été assez dur d'être Allemand en Allemagne. Il n'osait imaginer ce qu'il adviendrait d'un Italien allemand qui ressemblait à un juif dans une Grande-Bretagne conquise, et il était terrifié à l'idée d'avoir à expliquer comment il en était arrivé là, et qui il était. L'un des côtés les plus agréables des Anglais, c'était qu'ils ne prêtaient pas une grande attention à ce genre de détails, mais il ne connaissait que trop bien ses compatriotes pour savoir qu'ils ne se contenteraient pas de ses approximations. L'un après l'autre, ils éplucheraient ses arguments jusqu'à ce que sa nullité, qui était sa caractéristique, fût mise à nu, puis ils exécuteraient ce qui resterait de lui, pour cause de désertion. Blott n'avait aucun doute sur son avenir et, ce qui rendait les choses pires encore, c'était sa certitude que les Britanniques ne pouvaient pas gagner la guerre. La moitié du temps ils semblaient oublier qu'ils étaient en guerre, et le reste du temps, ils la menaient avec une inefficacité qui le surprenait. Peu après son arrivée au château, le commandement de l'armée de l'ouest avait procédé à de grandes manœuvres dans la forêt Cleene, et Blott avait observé avec horreur le chaos qui s'était ensuivi. Sil ne devait compter que sur les qualités combatives de ces hommes pour assurer sa captivité, il lui fallait trouver un autre moyen de garantir sa survie. Il le trouva dans un dépôt d'armes non gardé — c'était typique —. Blott, déterminé à se défendre lui-même si les Anglais ne le pouvaient pas, récupéré petit à petit un mini-arsenal qu'il enterra dans la forêt. Un mortier de cinquante, des mitraillettes, des 22 long rifles, des boîtes de cartouches, toutes choses qui disparurent sans qu'on s'en aperçût et qui furent enterrées après avoir été soigneusement graissées, sous les fougères, dans les collines derrière le château. En 1945, Blott était en mesure de faire face à une guerilla dans le Worfordshire-Sud. Mais la guerre prit fin et de nouveaux problèmes se posèrent.

La perspective de se voir rapatrié en Italie n'était pas pour lui plaire et il ne pouvait envisager de s'installer à Naples après de si agréables années passées en Angleterre. Par ailleurs, il n'avait pas du tout l'intention de retourner dans ce qui restait de Dresde. Cette ville se trouvait dans la zone russe, et il ne voulait pas échanger le confort de sa vie dans le Worfordshire pour les rigueurs de la Sibérie. De plus, il doutait fort qu'un pays d'origine, même battu, accueillerait à bras ouverts un homme qui avait passé cinq ans à se cacher sous l'identité d'un prisonnier de guerre italien. Il lui semblait que le mieux était de rester où il était, et ce fut là que son dévouement pour la famille Handyman paya.

Lord Handyman était du genre enthousiaste. Bien avant que cela ne devienne à la mode dans le monde entier, il avait compris que les ressources mondiales étaient sur le point de se tarir et avait cherché à éviter d'en subir les conséquences en conservant tout. Il était tout particulièrement intéressé par le compost, aussi Blott avait-il creusé d'énormes puits dans le potager, où on vidait tous les déchets organiques de la maison.

— Rien ne doit être gâché, avait déclaré le Comte, et rien ne l'était.

Sous ses directives, la fosse septique fut déviée, afin de se vider dans les puits à compost ; le Comte et Blott avaient passé des heures de bonheur à observer les épluchures de choux, les pelures de pommes de terre et les excréments, dans leur flot quotidien. Chaque fois qu'un puits était plein, Blott en creusait un autre et le processus recommençait. Les résultats furent surprenants. Des choux monstrueux, des courgettes et des concombres énormes se mirent à proliférer, ainsi que les mouches en été, tant et si bien que la situation devint intolérable et que Lady Handyman, qui avait perdu l'appétit depuis les débuts du recyclage, intervint : c'était les mouches ou elle. Blott remit la fosse septique à sa place d'origine, tandis que le Comte, inspiré par le taux de reproduction des mouches, reporta son intérêt sur les lapins. Blott avait construit plusieurs dizaines de clapiers, les uns sur les autres à la manière des immeubles ; le Comte y avait installé les plus gros lapins disponibles : une race connue sous le nom de Géants Hollandais. Comme pour toutes les autres initiatives du Comte, on ne pouvait pas dire des lapins qu'ils avaient été un succès. Ils consommaient d'énormes quantités d'herbe, et la famille s'était mise à haïr la tourte au lapin, le lapin rôti, le ragoût de lapin et le *lapin à l'orange*[1]. Quant à Blott, essayer de suivre le rythme de leur appétit vorace l'avait mis hors de lui. Pardessus le marché, Lady Maud, âgée alors de dix ans, s'était mis dans la tête que son père était un ogre et avait sauvé les lapins en leur rendant la liberté. Quand la paix fut conclue en Europe, la gorge était envahie de Géants Hollandais. Déjà, l'enthousiasme de Lord Handyman s'était porté sur autre chose. Il avait jeté son dévolu sur les canards, et tout particulièrement sur les Campbells Khaki, espèce qui pondait des œufs en abondance.

— On ne peut pas se tromper avec les canards, avait-il dit gaiement alors que la famille passait du régime des lapins à celui des œufs de cane. Comme toujours, cette nouvelle prophétie se révéva fausse. Il était très facile de se tromper avec les canards, comme la famille put s'en rendre compte quand le Comte succomba à l'absorption d'un œuf pourri qui avait été pondu trop près de l'un de ses anciens puits à compost. Après sa mort, aussi paisible qu'ait pu l'être une mort par empoisonnement à la ptomaïne[2], Maud et sa mère durent se débrouiller toutes seules. Ce fut en grande partie grâce à la mort du Comte qu'il fut permis à Blott de rester au château.

1. En français dans le texte.

2. Ptomaïne : substance toxique que l'on trouve dans l'intestin lors d'entérites graves.

4

Durant les semaines qui suivirent, Lady Maud fut particulièrement active. Elle allait tous les jours prendre conseil auprès de Me Turnbull. Elle menait une campagne d'opposition à la construction de l'autoroute aux quatre coins du Worfordshire-Sud, et assistait de façon quasi permanente aux réunions des différents comités. Elle se fit remarquer à la réunion du Comité pour la sauvegarde de la gorge Cleene. C'était le général Burnett de La Grange, à Guilstead Carbonell, qui avait été élu président, mais Lady Maud, la secrétaire du Comité, en était l'élément moteur. Des campagnes de signatures furent organisées, des meetings de protestation tenus, des motions proposées, soutenues et approuvées, des fonds levés et des affiches imprimées.

— C'est au prix d'une constante publicité que justice nous sera rendue, disait-elle d'une manière si originale que son public en était saisi. (En fait, elle avait trouvé la formule dans *Les Citations familières de Bartlett*). Il ne suffit pas de protester ; nous devons faire connaître notre protestation. Si nous devons sauver la gorge, ce n'est pas avec des mots seulement, mais en agissant.

Sur le podium, à ses côtés, Sir Giles exprimait son apparente approbation en opinant du chef, mais en son for intérieur, il était inquiet. C'était très bien, la publicité, et la justice aussi était une bonne chose, à condition qu'elles s'appliquent aux autres. Mais il ne voulait pas trop attirer l'attention du public sur son rôle dans l'affaire. Il se doutait bien que Lady Maud serait contrariée par le projet d'autoroute, mais ce qu'il n'avait pas prévu, c'était qu'elle se transformerait en tornade humaine. Il n'avait pas pensé un instant que son siège pouvait se trouver en péril par le tapage qu'elle semblait vouloir provoquer.

— Si vous n'arrivez pas à sauver le château, lui avait dit Lady Maud, je ferai en sorte, moi, que vous ne soyez pas réélu député du Worfordshire-Sud aux prochaines élections. Il avait pris la menace au sérieux et avait demandé conseil à Hoskins, de la Direction de l'Equipement de Worford.

— Je croyais que vous vouliez qu'elle passe par la gorge, demanda Hoskins quand ils s'étaient retrouvés au bar de l'hôtel « Aux armes des Handyman ».

Sir Giles approuva, malheureux.

— C'est vrai, admit-il. Mais Maud est devenue dingue. Elle menace...

Hoskins le rassura.

— Elle s'en remettra. C'est toujours comme ça. Il leur faut le temps de se faire à l'idée.

— C'est facile à dire, mais moi, je dois vivre avec cette putain de bonne femme. Elle passe la moitié de la nuit à aller et venir en fulminant dans cette putain de baraque, et je dois même me faire à manger. En plus, je n'aime pas du tout la manière qu'elle a de nettoyer sans arrêt la carabine de son père, dans la cuisine.

— Savez-vous qu'elle a tiré sur un chef de chantier la semaine dernière ? fit Hoskins.

— Et vous ne pouvez pas la faire arrêter? demanda avidement Sir Giles. Cela calmerait un peu les choses. Amenez-la devant les magistrats locaux.

— Mais elle est elle-même un magistrat local, fit remarquer Hoskins, et de toute façon, il n'y a pas de preuve. Il lui suffirait de dire qu'elle était en train de tirer sur des lapins.

— En plus, elle a récupéré plein de chiens-loups énormes. Les a loués à une de ces conneries d'agences de sécurité. Pour vous dire, je ne peux même plus aller pisser dans l'allée, la nuit, sans courir le risque de me faire bouffer.

Il commanda deux autres whiskies et repensa au problème.

— Il faut à tout prix demander une enquête publique, dit-il au bout d'un moment. Si on leur promet une enquête, les gens se calmeront un peu. Ensuite, il suffira de proposer au cours de l'enquête publique une alternative tout à fait inacceptable. Comme ce que nous avons fait pour l'immeuble à Shrewton.

— Vous voulez parler du permis de construire pour les champs d'épandage ?

— C'est bien ce que nous avons fait, alors. Et ça a marché comme sur des roulettes. Dans l'affaire présente, si nous pouvions proposer un autre passage que personne ne pourrait raisonnablement accepter...

— Il y a toujours la possibilité d'Ottertown, fit Hoskins.

— Comment ça, Ottertown ?

— Cela fait un détour de 15 kilomètres, et il faudrait traverser la zone urbaine.

Sir Giles sourit.

— En plein milieu ?

— En plein milieu.

— Voilà qui semble intéressant, approuva Sir Giles. Je crois bien que je vais être le premier à préconiser le passage par Ottertown. Vous êtes bien sûr que cette solution est inacceptable ?

— Certain ! Au fait, mes honoraires sont payables d'avance.

Sir Giles fit, des yeux, le tour du bar.

— Je vous conseille d'acheter... commença-t-il.

— Au comptant, cette fois-ci, dit Hoskins. J'ai perdu sur les United Oils.

Sir Giles était d'à peu près bonne humeur quand il revint au château. Il n'aimait pas débourser de l'argent, mais Hoskins en valait la peine et l'idée d'Ottertown était le genre de stratégie qu'il appréciait. Cela détacherait Maud de la « constante publicité » ; les esprits se refroidiraient, et l'enquête se prononcerait en faveur du passage par la gorge.

A ce moment-là, il serait trop tard pour ameuter à nouveau l'opinion publique. Les enquêtes étaient de merveilleux soporifiques. Il déjoua triomphalement la surveillance des chiens de garde et passa la soirée dans son bureau à écrire une lettre au Ministère de l'Environnement par laquelle il sollicitait l'ouverture d'une Enquête d'Utilité Publique. On ne pourrait pas dire du Député du Worfordshire-Sud qu'il n'avait pas à cœur l'intérêt de ses électeurs.

Tandis que Sir Giles magouillait et que Lady Maud se démenait, Blott, quant à lui, n'arrivait plus à s'occuper du potager. A peine s'installait-il pour désherber ses laitues qu'il était interrompu par la sonnerie dans la serre. Il passait des heures à écouter les conversations entre Sir Giles et les officiels du Ministère, entre Sir Giles et certains de ses électeurs, son courtier ou ses collègues, mais jamais entre Sir Giles et Mme Forthby. Sir Giles était sur ses gardes. La remarque que lui avait faite Mme Forthby concernant un appel d'un certain Blott qui lui avait commandé une tonne de fumier de cochon l'avait alarmé. Il devait certainement s'agir d'une erreur; toutefois, il ne pouvait comprendre comment Blott avait pu mettre la main sur ce numéro. Il n'était pas dans le répertoire téléphonique de son bureau. Il l'avait inscrit dans son agenda personnel et l'agenda était dans sa poche. Il apprit le numéro par cœur et l'effaça. Il décida de ne plus passer un seul appel à Mme Forthby depuis le château.

Quand ce n'était pas Sir Giles qui téléphonait, c'était Lady Maud. Elle donnait des instructions, battait le rappel, ou hurlait son mépris aux autorités avec un culot qui étonnait et enchantait Blott. Avec elle, au moins, on savait à quoi s'en tenir, et comme il prisait la certitude plus que tout, c'est rasséréné qu'il émergeait de la serre après l'avoir entendue : le monde tournait rond et continuerait de même. S'il ne tenait qu'à Lady Maud, le château Handyman, la loge (le grand arc de triomphe dans lequel il vivait au bout de l'allée, le potager et toutes ces choses qui lui avaient permis de vivre tranquille dans un monde hostile, seraient préservées. Les appels de Sir Giles lui laissaient une impression toute différente : ses protestations étaient trop polies et trop équivoques pour le satisfaire, et il en émergeait avec le sentiment que quelque chose clochait. Il n'arrivait pas à le définir, mais chaque fois qu'il enlevait les écouteurs après une conversation de Sir Giles, il se sentait mal à l'aise. Il y était trop question d'argent à son goût, et en particulier en ce qui concernait une forte indemnisation pour le château. La somme mentionnée le plus fréquemment était d'un quart de millions de livres. Tout en longeant les allées de laitues avec sa binette, il secoua la tête. « Parlons gros sous » avait dit Sir Giles à son correspondant, mais cela n'intéressait pas Blott. Par ailleurs, l'accent de Blott avait merveilleusement progressé grâce aux heures passées à l'écoute de Sir Giles. Les écouteurs aux oreilles, il avait pratiqué la prononciation de ce dernier. Dans son bureau, Sir Giles disait : « Bien sûr, cher ami, je suis tout à fait d'accord avec vous... » Dans la serre, Blott répétait. Au bout d'une semaine, son imitation de Sir Giles était parfaite. Au point que Lady Maud, qui un jour était entrée dans le potager pour y ramasser quelques radis et oignons frais pour le déjeuner, fut étonnée d'entendre la voix de Sir Giles, du côté des géraniums. « Je considère cette affaire comme une violation des lois de la conservation, disait-il. Mon cher général, je ferai tout ce qui est en mon pouvoir pour que l'Assemblée soit saisie de l'affaire. » Lady Maud se redressa et fouilla la serre des yeux. Elle en était à penser que Blott y avait peut-être installé un haut-parleur, quand elle l'aperçut, ravi et triomphant.

— Vous aimez ma prononciation ? demanda-t-il.

— Oh mon Dieu, c'était donc vous ? Vous m'avez drôlement surprise.

Blott sourit fièrement.

— Je me suis entraîné à parler l'anglais correctement.

— Mais vous le parlez à la perfection.

— Non, pas comme un Anglais.

— Bon, mais j'aimerais que vous évitiez de vous mettre à parler comme mon mari. C'est bien assez pénible d'en avoir un comme lui à la maison.

Blott sourit, heureux. C'était exactement ce que lui-même pensait.

— Au fait, continua-t-elle. Il faut que j'obtienne de la télévision qu'elle couvre l'enquête. Il nous faut un maximum de publicité.

Blott ramassa sa binette et retourna à ses laitues, tandis que Lady Maud retournait à la cuisine avec ses radis. Blott était content de lui. Il ne lui arrivait pas souvent de montrer ses qualités d'imitateur. C'était un don qu'il avait développé dès son plus jeune âge à l'orphelinat. Tant qu'à ne pas savoir qui il était, il s'était ingénié à imiter les autres. Et cela lui avait rendu service pour le braconnage : plus d'un gardien de troupeau avait cru entendre en pleine nuit son employeur lui dire d'arrêter de faire l'imbécile. Blott s'assurait ainsi une fuite en douce.

Tout en s'occupant des mauvaises herbes, il imita à nouveau Sir Giles. « Je réclame une enquête d'utilité publique dans cette affaire », disait-il. Blott s'adressa un sourire. C'était tout à fait ça. Et il allait y avoir enquête, aussi. C'est Lady Maud qui l'avait dit.

5

L'enquête eut lieu dans le vieux palais de Justice de Worford. Tout le monde y était. Tout le monde, c'est-à-dire tous ceux dont la propriété se trouvait sur la route en question, le long de la gorge de Cleene : le Général Burnett, M. et Mme Bullet-Finch, le Colonel et Mme Chapman, Miss Percival, Mme Thomas, les Dickinsons (tous les sept) et les Fullbrooks qui louaient la ferme du Général. Il y avait aussi quelques autres familles connues qui n'étaient pas concernées au premier chef par l'autoroute, mais qui étaient là pour apporter leur soutien à Lady Maud. Cette dernière se tenait au premier rang, avec Sir Giles et Me Turnbull. Derrière eux, tous les sièges étaient occupés. Blott se trouvait dans le fond de la salle. L'aile de la partie adverse, en face, était vide, à l'exception d'un seul conseiller juridique de la ville d'Ottertown. Il paraissait évident que Lord Leakham ne pouvait pas sérieusement opter pour Ottertown. L'affaire était conclue d'avance, ou l'aurait été sans l'intervention de Lady Maud et le formalisme de Lord Leakham, dont la carrière de juge n'avait eu pour objet que des affaires criminelles qui passaient devant la Haute Cour de Justice. Le choix du lieu était, lui aussi, malheureux. L'ancien palais de Justice ressemblait par trop au Cours de justice de la jeunesse de Lord Leakham pour que le vieil homme pût faire preuve de modération à l'endroit de Lady Maud, qui interrompait constamment la procédure.

— Madame, vous lassez la patience de la Cour, lui dit-il, quand elle se leva pour la dixième fois, afin de protester contre le plan présenté par Mr. Hoskins de l'Equipement, plan dont elle disait qu'il était une atteinte aux libertés individuelles et aux droits de propriété.

Lady Maud se rebiffa.

— Ma famille possède des terres dans la gorge depuis 1472, cria-t-elle. Elles nous ont été remises par Edouard IV qui a désigné la famille Handyman comme gardienne de la gorge...

— Quoi que Sa Majesté Edouard IV ait pu faire, dit Lord Leakham, ce qui s'est passé en 1472 n'a aucun rapport avec les faits présentés par Mr. Hoskins. Veuillez vous asseoir.

Lady Maud se rassit.

— Qu'est-ce que vous attendez pour faire quelque chose, vous deux, demanda-t-elle tout haut à Sir Giles et à Me Turnbull, qui se trémoussèrent inconfortablement sur leur siège.

— Poursuivez, Mr. Hoskins, fit le juge.

Mr. Hoskins se tourna vers une grande maquette du Comté qui se trouvait sur une table.

— Comme vous pouvez en juger par cette maquette, le sud du Worfordshire est une région particulièrement belle, commença-t-il.

— Il suffit d'avoir des yeux pour le voir, commenta Lady Maud tout haut. Pas besoin d'une stupide maquette pour ça.

— Poursuivez, Mr. Hoskins, poursuivez, dit Lord Leakham, en faisant un tel effort pour se contenir que l'on sentait combien il aurait aimé envoyer Lady Maud sur les roses.

— Conscient de la chose, le Ministère a tout fait pour préserver le charme naturel de la région.

— Mon œil, fit Lady Maud.

— Ici se trouve la forêt de Cleene, continua Hoskins, en désignant une crête de montagnes qui longeait la gorge dans le sens nord-sud ; cette forêt est classée site protégé pour la beauté de sa nature sauvage...

— Pourquoi, s'enquit Maud auprès de Me Turnbull, l'homme est-il la seule espèce non protégée ?

Quand l'enquête fut ajournée pour le déjeuner, Mr. Hoskins avait fini de présenter le point de vue du Ministère. Pendant qu'ils descendaient les marches du palais, Me Turnbull dut admettre qu'il n'était pas optimiste.

— A mon avis, l'obstacle, c'est ces soixante-quinze pavillons H.L.M. d'Ottertown. Sans cela, je crois que nous aurions des chances d'obtenir satisfaction. Mais très sincèrement, je vois mal l'enquête conclure dans le sens de leur démolition. Le coût en serait exorbitant, sans compter les quinze kilomètres supplémentaires d'autoroute. Franchement, je n'ai pas d'espoir.

C'était jour de marché à Worford et la ville était pleine de monde. Deux caméras de télévision étaient installées à l'extérieur du palais.

— Je n'accepterai pas qu'on me déloge, expliqua Lady Maud à un reporter de la B.B.C. Ma famille vit dans la gorge depuis cinq cents ans.

Me Turnbull s'écarta tristement. Ça ne servait à rien. Lady Maud pouvait raconter ce qu'elle voulait, ça ne changerait rien. L'autoroute passerait par la gorge. Et de toute façon elle avait fait mauvaise impression à Lord Leakham. Il l'attendit, puis ils se frayèrent un chemin à travers les étals du marché jusqu'à l'hôtel « Aux Armes des Handyman ».

— Je me demande où Giles a bien pu passer, dit-elle en entrant dans l'hôtel.

— Je crois qu'il a accompagné Lord Leakham aux « 4 Plumes » lui répondit Me Turnbull. Il a laissé entendre qu'il voulait l'amener à des sentiments plus conciliants.

Lady Maud se tourna vers lui, furieuse.

— Ah oui, vraiment ? Eh bien je vais m'en charger, dit-elle d'un ton sec.

Sur ce, elle laissa Me Turnbull dans le salon pour se rendre dans le bureau du directeur, et téléphoner aux « 4 Plumes ». Quand elle revint, il y avait une touche de malice dans ses yeux.

Ils se dirigèrent vers la salle de restaurant et s'assirent à une table.

Aux « 4 Plumes », Sir Giles commanda deux doubles whiskies dans le salon. Il demanda la carte du jour.

Lord Leakham prit son whisky avec hésitation.

— Je ne devrais pas, à cette heure-ci, vous savez. Ulcère peptique. Enfin, la matinée a été bien fatigante. Qui est cette horrible femme qui ne cessait d'interrompre la séance, au premier rang ?

— Je crois que je vais prendre des crevettes en entrée, dit précipitamment Sir Giles.

— 'M'a rappelé les assises de Newbury en 28, continua Lord Leakham. 'Eu un tas d'ennuis à cause d'une femme, là-bas. Ne cessait de se lever dans le box et de crier. Allons, comment s'appelait-elle ? Il se gratta la tête d'une main couverte de taches de vieillesse.

— Lady Maud a son franc-parler, c'est sûr, approuva Sir Giles. Elle est d'ailleurs connue pour ça dans la région.

— Je veux bien le croire, dit le juge.

— C'est une Handyman, vous savez.

— Ah bon ? fit Lord Leakham d'un air indifférent.

— La famille Handyman a toujours été influente, expliqua Sir Giles. La brasserie et un certain nombre de débits de boisson lui appartiennent. En fait, nous sommes ici dans un établissement Handyman.

— Elsie Watson, dit tout à coup Lord Leakham. C'était son nom.

Sir Giles le regarda, incrédule.

— 'Avait empoisonné son mari. 'Ne cessait de proférer des injures dans le box, mais ça n'a rien changé. 'L'a pas empêchée d'être pendue.

Il sourit à cette évocation. Sir Giles étudia la carte d'un air songeur et chercha ce qu'il pourrait bien recommander à quelqu'un atteint d'un ulcère peptique. La crème de queue de bœuf ou le consommé ? D'un autre côté, il était enchanté du tour qu'avaient pris les choses au cours de l'enquête. L'exhibition de Maud avait conclu l'affaire. Finalement il commanda un tournedos Handyman pour lui-même et Lord Leakham choisit du poisson.

— Plus de poisson, fit le maître d'hôtel.

— Qu'est-ce que ça peut bien être, ce bœuf à la Handyman ? demanda le juge.

— Des boulettes.

— Pardon ?

— Des boulettes de viande.

— Et la brandade Handyman ? s'enquit Lord Leakham.

— Des boulettes de morue.

— De morue ? Ça m'a l'air bien. Oui, je crois bien que je vais en prendre.

— Plus de morue, dit le maître d'hôtel.

Lord Leakham jeta un regard désespéré sur la carte.

— Est-ce qu'il reste quelque chose ?

— Je vous recommande la Poule au Pot Edouard IV, dit Sir Giles.

— C'est de circonstance, dit Lord Leakham sinistrement. Oh, et puis, je suppose qu'il vaut mieux que je prenne ça.

— Et une bouteille de Chambertin, chuchota Sir Giles. Il n'était pas très fier de son français.

— Quelle étrange manière de gérer un hôtel, fit Lord Leakham.

Sir Giles commanda deux autres whiskies pour masquer sa contrariété.

Dans la cuisine, le chef prit leur commande.

— Vous pouvez laisser tomber le poulet. Tout ce qui reste, c'est du hochepot Lancashire ou des boulettes à ma façon.

— Mais il s'agit de Lord Leakham, et il a commandé de la poule, protesta le maître d'hôtel. Vous ne pouvez pas essayer de vous débrouiller ?

Le chef prit un flacon de piment en poudre sur une étagère.

— Je vais préparer quelque chose, dit-il.

Pendant ce temps, le sommelier avait quelques difficultés à trouver le Chambertin. Finalement, il prit la plus vieille bouteille qu'il pût trouver.

— Vous êtes bien sûr que c'est ça que vous voulez que je lui serve ? demanda-t-il au directeur, en lui présentant une bouteille remplie d'un liquide pourpre et trouble qui ressemblait à du poison.

— Ce sont les instructions de Milady. Il vous suffit de changer l'étiquette.

— C'est un procédé qui me paraît bien malhonnête.

Le directeur soupira.

— Ne m'accusez pas, murmura-t-il. Si elle veut empoisonner le vieux crabe, c'est son affaire. Moi, je ne suis payé que pour lui obéir. Au fait, qu'est-ce que c'est ?

Le sommelier essuya la bouteille.

— C'est un vieux porto, dit-il sans conviction.

— Vieux ? C'est le moins qu'on puisse dire, fit le directeur en retournant aux cuisines, où le chef était en train d'émietter des restes de boulettes sur un demi-poulet frit.

— Par pitié, faites en sorte que personne d'autre ne goûte à ce truc, dit-il au chef.

— Ça lui fera les pieds. Il n'avait pas à mettre son nez dans nos affaires, dit le chef en versant la sauce du hochepot Lancashire sur la préparation.

Le directeur remonta à l'étage et fit signe au maître d'hôtel. Sir Giles et Lord Leakham vidèrent leur verre de whisky et passèrent dans la salle du restaurant.

Dans l'hôtel « Aux Armes des Handyman », Lady Maud terminait son déjeuner et commandait un café.

— On ne devrait pas tant compter sur la loi, dit-elle. Ma famille n'en est pas arrivée où elle en est en faisant appel à la justice.

— Chère Lady Maud, dit Me Turnbull, je vous supplie de ne rien faire d'insensé. La situation est bien assez complexe et difficile. Je dois vous dire d'ailleurs que, très sincèrement, vos interventions de ce matin ne nous ont pas aidés. J'ai bien peur que Lord Leakham n'en ait des préventions contre nous.

Lady Maud renifla.

— Si ça n'est pas encore le cas, cela ne saurait tarder, dit-elle. Vous ne croyez pas sérieusement que j'ai l'intention d'accepter son jugement ? Ce type est un bouffon.

— C'est aussi un juge à la retraite, très respectable et respecté, dit Me Turnbull, inquiet.

— Sa réputation ne fait que naître, répliqua-t-elle. C'est évident que dès le départ il était décidé à recommander le passage de l'autoroute par la gorge. Il n'y a pas d'alternative avec la route d'Ottertown. C'est une diversion. Eh bien, en ce qui me concerne, je ne peux pas accepter une chose pareille.

— Je ne vois pas très bien ce que vous pourriez faire d'autre.

— Ça, Henri Turnbull, c'est parce que vous êtes avocat et que vous portez la justice aux nues. Moi pas. Et puisque la justice est une sottise, j'ai l'intention d'en faire prendre conscience à tout le monde.

— J'aimerais trouver une solution, fit tristement Me Turnbull.

Lady Maud se leva.

— Vous trouverez, Henri, vous trouverez. Il y a plus d'une autre manière de tuer un chat que de l'étouffer avec de la crème.

Laissant méditer Me Turnbull sur les conséquences de cette remarque, elle sortit fièrement de la salle de restaurant.

Aux « 4 Plumes », Lord Leakham, lui, aurait tout de suite compris. Et s'il avait eu le choix, c'est la crème qu'il aurait choisie à tout coup. Le cocktail de crevettes qu'il n'avait pas commandé mais que le serveur lui avait fourgué d'office semblait avoir mariné dans du tabasco, mais ce n'était rien en comparaison de la Poule au Pot Edouard IV. La première bouchée le laissa sans voix et convaincu qu'il venait d'avaler une substance corrosive épouvantable, du genre soude caustique.

— Votre poulet a l'air bon, dit Sir Giles alors que le juge se débattait pour retrouver sa respiration. C'est une spécialité de la maison, vous savez.

Lord Leakham ne le savait pas. Les yeux exorbités, il se saisit de son verre de vin et en but une grande lampée. Un instant, il crut que le vin l'aiderait. Son espoir fut de courte durée. Bien que son palais ait été cautérisé par la Poule au Pot, il était encore suffisamment sensible pour reconnaître que ce qu'il était en train d'avaler n'avait rien d'un Chambertin 64. D'abord, il était plein d'une sorte de lie qui lui faisait penser à du verre pilé. Il trouva que ce qu'il restait à boire de cette saleté était douceâtre à vomir. Maîtrisant ses nausées, il leva son verre dans la lumière et observa son fond opaque.

— Quelque chose qui ne va pas ? demanda Sir Giles.

— Qu'est-ce que vous avez dit que c'était ? demanda le juge.

Sir Giles relut l'étiquette sur la bouteille.

— Chambertin 64, murmura-t-il. Du bouchon ?

— Certainement quelque chose, dit Lord Leakham qui aurait préféré que cette cochonnerie n'ait jamais été mise en bouteille, et moins encore bouchée.

— Je vais en réclamer une autre, dit Sir Giles en appelant le sommelier d'un geste.

— Pas pour moi, je vous prie.

Mais il était trop tard. Le sommelier se précipitait. Lord Leakham, distrait par quelques résidus sous son dentier, prit machinalement une nouvelle bouchée de Poule au Pot.

— J'avais trouvé moi aussi qu'il était un peu foncé, dit Sir Giles qui ne s'aperçut pas du regard désespéré que lançait Lord Leakham, les yeux en feu. Notez, je dois avouer que je ne suis pas un grand connaisseur en matière de vins.

Toujours suffoquant, Lord Leakham repoussa son assiette.

Il réussit à résister à la tentation d'éteindre les flammes avec du porto hors d'âge, mais faisant fi de son dégoût, il vida son verre.

Au bar de l'hôtel « Aux Armes des Handyman », Lady Maud annonça que les consommations étaient offertes par la maison. Puis elle traversa la place du marché et réitéra son annonce à « La chèvre et Le Chou » avant de se diriger vers la « Vache Rouge ». Sur son passage, les bars se remplissaient de fermiers assoiffés, et à deux heures, tout Worford buvait à la santé de Lady Maud et à la condamnation de l'autoroute. Devant l'ancien palais, elle s'arrêta pour discuter à bâtons rompus avec le personnel de la télévision. Il y avait foule, et c'est toute contente que Lady Maud entra dans le palais.

— Je dois reconnaître que nous avons le public pour nous, dit le Général Burnett tandis qu'ils montaient les marches. Mais tout de même, j'ai trouvé que c'était plutôt terne, ce matin.

Lady Maud sourit.

— Je suis persuadée que vous allez trouver cet après-midi plus vivant, lui dit-elle en entrant majestueusement dans la salle où le Colonel et Mme Chapman discutaient avec les Bullett-Finch.

— Leakham a fait une belle carrière de juge, disait le Colonel. Je crois que nous pouvons lui faire confiance : il comprendra notre point de vue.

Quand il eut terminé son repas, Lord Leakham était tout à fait incapable de comprendre le moindre point de vue, hormis le sien. Ce que les crevettes tabasco et la Poule au Pot avaient entamé, le Chambertin 64 et ce qui l'avait remplacé, un vinaigre surchoix que Sir Giles avait préféré prendre pour du Chablis, l'avaient achevé. Ça, et la pêche Maud avec laquelle Lord Leakham espérait adoucir les spasmes de son ulcère peptique. Les pêches en boîte pouvaient passer, mais la glace était truffée de clous de girofle et de muscade. Quant au café... Il descendit en boitillant les marches du « 4 Plumes » avec l'espoir de retrouver sa voiture à la sortie. Vain espoir : elle avait été enlevée après contravention. Il remonta en boitant l'allée Ferret et traversa Abbey Close en compagnie de son hôte. Pendant ce temps, ses tripes sonnaient le glas de l'effort de retenue dont il avait fait preuve avant le déjeuner. Quand il arriva enfin au vieux palais, pour se faire huer par une énorme foule de fermiers et de fermières, il n'avait plus rien d'un juge à la retraite, mais tout d'un engin incendiaire prêt à exploser.

— Faites circuler ces bons à rien, grogna-t-il à Sir Giles. Je ne puis tolérer d'être l'objet de leur goujaterie.

Sir Giles appela le poste de police et demanda que plusieurs hommes soient envoyés au palais. Quand il prit sa place à côté de Lady Maud, il se rendit compte que les choses ne prenaient pas la tournure qu'il avait espérée. Le visage de Lord Leakham était affreusement marbré et ses mains tremblaient quand il empoigna le marteau sur le banc.

— La séance est ouverte, dit-il d'une voix altérée. Silence dans la salle.

La salle était comble et le juge dut à nouveau utiliser son marteau pour obtenir le silence.

— Témoin suivant.

Lady Maud se leva.

— Je désire faire une déclaration.

Lord Leakham la regarda avec répugnance. Elle n'avait rien d'agréable pour un estomac malade : elle était grosse et son attitude était des plus indigestes.

— Nous sommes ici pour prendre connaissance de faits, dit le juge. Pas pour écouter des déclarations d'opinion.

Me Turnbull se leva.

— Votre Honneur, dit-il avec déférence, l'opinion de ma cliente fait office de faits dans cette enquête.

— Une opinion n'est pas un fait. Qui que soit votre cliente...

— Lady Maud Lynchwood du château Handyman, Votre Honneur, l'informa Me Turnbull.

— ... elle a droit à ses opinions, continua Lord Leakham qui fixait avec une haine non dissimulée l'auteur de la Poule au Pot Edouard IV, mais elle n'est pas en droit de les exprimer dans cette salle et de s'attendre à ce qu'elles soient considérées comme des faits. Je vous renvoie à la règle des faits, Maître.

Me Turnbull ajusta ses lunettes de manière provocante.

— La règle des faits, sauf le respect dû à Votre Honneur, ne s'applique absolument pas aux circonstances présentes. Ma cliente n'a pas prêté serment, et...

— Silence dans la salle, grogna le juge, s'adressant particulièrement à un fermier ivre de Guilstead Carbonell, qui discutait fièvre porcine avec son voisin.

Me Turnbull adressa un regard pathétique à Lady Maud et se rassit.

— Témoin suivant, dit Lord Leakham.

Lady Maud tint bon.

— Je proteste, dit-elle avec une telle autorité qu'elle provoqua un « chut » dans la salle. Cette enquête est une mascarade...

— Silence dans la salle, hurla le juge.

— Je ne me tairai pas, hurla à son tour Lady Maud. Nous ne sommes pas ici dans une Cour de justice.

— C'en est certainement une, grinça le juge.

Lady Maud hésita. On ne pouvait nier que la salle était celle d'une Cour de justice.

— Ce que je voulais dire... commença-t-elle.

— Silence dans la salle, hurla Lord Leakham dont l'ulcère peptique recommençait à le faire souffrir atrocement.

Lady Maud se fit l'interprète des pensées intimes du juge.

— Vous n'êtes pas en état de présider cette enquête, cria-t-elle, supportée par plusieurs personnes du public. Vous n'êtes qu'un vieux fou sénile. J'ai le droit d'être entendue.

Le visage marbré de Lord Leakham vira au rouge sang et sa main se précipita sur le marteau.

— Je vous condamne pour offense au tribunal, cria-t-il en tapant avec son marteau.

Lady Maud bondit vers lui, d'un air menaçant.

— Messieurs les agents, arrêtez cette femme !

— Votre Honneur, dit Me Turnbull, je vous supplie de...

Mais il était trop tard. Alors que Lady Maud s'élançait, deux agents de police, agissant ainsi parce qu'ils croyaient sans doute qu'un ex-juge connaissait la loi mieux qu'eux, la saisirent par les bras. C'était une gaffe phénoménale. Même Sir Giles s'en rendit compte. A ses côtés, Me Turnbull criait qu'il s'agissait là d'un acte illégal, et derrière lui, comme si l'enfer se déchaînait, le public se leva et s'avança houleusement. Tandis qu'on emmenait sa femme qui se débattait et criait encore des insultes, tandis que Lord Leakham hurlait en vain que l'on évacue la salle, tandis qu'une bagarre éclatait et que des vitres étaient cassées, Sir Giles resta effondré sur son siège, témoin impuissant de l'anéantissement de son projet.

En bas de l'escalier, les cameramen avaient été alertés par les cris et les bris de verre des vitres qui pleuvaient sur leur tête, et ils avaient braqué leurs caméras sur la porte du palais. C'est alors que Lady Maud fit sa sortie, échevelée et étonnamment modeste tout à coup, encadrée par deux agents de police. Quelque part entre la salle et la sortie, elle s'était dépenaillée ; l'ensemble de lainage remonté de manière obscène, une chaussure en moins, la jupe déchirée de façon suggestive, et il s'avéra que deux de ses dents de devant manquaient. Elle fit un effort courageux pour sourire avant que de s'évanouir et de tomber sur le pavé, et fut filmée tandis qu'on la traînait à travers la place du marché pour l'emmener au poste.

— Au secours, cria-t-elle quand la foule fut sur le point de se disperser.

— Au secours, au secours !

Et elle obtint du secours. Une personne trapue et noiraude

sortit du palais et fonça sur le plus grand des policiers. Suivant l'exemple de Blott, les commerçants du marché se jetèrent dans la mêlée. Comme elle était cachée des caméras par la foule qui l'entourait, Lady Maud refit preuve d'autorité.

— Blott, dit-elle fermement. Lâchez les oreilles de cet agent.

Blott s'exécuta aussitôt, et les commerçants reculèrent sur son ordre.

— Messieurs les agents, faites votre devoir, dit Lady Maud en les entraînant vers le poste de police.

Après son départ, la foule reporta son attention sur la Rolls-Royce de Lord Leakham. Pommes et tomates pleuvaient sur l'ancien palais de justice. Blott tenta alors de retourner la voiture d'une seule main, et son geste fut salué par un rugissement d'approbation de la foule des badauds. Il fut immédiatement rejoint par plusieurs dizaines de fermiers. Quand Lord Leakham sortit du palais, accompagné par une escouade de policiers, il retrouva sa voiture sur le côté. Il fallut plusieurs charges à la matraque pour dégager un passage dans la foule. Pendant ce temps, les caméras n'avaient cessé d'enregistrer la réponse du public au projet du passage de l'autoroute par la gorge de Cleene. Dans l'allée Ferret, des vitrines furent brisées. Devant « La Chèvre et le Chou », Lord Leakham fut arrosé d'un seau d'eau glacée. Dans Abbey Close, il fut blessé par un morceau de pierre tombale. Quand il arriva enfin devant les « 4 Plumes », il fallut faire appel aux pompiers pour qu'ils dispersent à la lance à eau la foule qui assiégeait l'hôtel. Déjà la Rolls-Royce était en flammes et des bandes de jeunes gens ivres parcouraient les rues, manifestant leur loyauté à la famille Handyman en faisant éclater les réverbères.

Dans sa cellule, au poste, Lady Maud sortit son dentier de sa poche et se mit à sourire aux échos de la révolte. Si le prix de la justice était une constante publicité, elle était assurée que le procès serait juste. Elle avait atteint son objectif.

6

A Londres, le Cabinet qui se réunissait pour étudier des solutions à la tournure de plus en plus mauvaise que prenait la balance des paiements, accueillit la nouvelle des événements de Worford avec moins d'enthousiasme. Les journaux du soir avaient titré à la une l'arrestation de la femme d'un député, mais c'est par le journal télévisé que dans des millions de foyers on éprouva le sentiment que Lady Maud avait été la victime de brutalités policières inadmissibles.

— Oh mon Dieu, fit le Premier Ministre en la voyant sur l'écran. Qu'est-ce qu'ils ont foutu, nom de Dieu ?

— On dirait qu'elle a perdu deux dents, fit le Secrétaire d'Etat aux Relations Extérieures. N'est-ce pas un téton que l'on voit pendre, là ?

Lady Maud fit un brave sourire avant de s'écrouler sur le pavé.

— Je vais de ce pas demander une enquête, dit le Ministre de l'Intérieur.

— Mais enfin, qui a bien pu désigner Leakham ? grogna le Premier Ministre.

— Cette désignation nous a paru conforme aux garanties nécessaires d'impartialité, murmura le Ministre de l'Environnement. Si mes souvenirs sont exacts, une enquête d'utilité publique semblait suffisante pour satisfaire la population locale.

— Satisfaire ? commença le Premier Ministre. Mais il fut interrompu par un appel téléphonique du Chancelier de l'Echiquier qui se plaignait que le cours de la justice avait été entravé, et même après qu'on lui eut expliqué que Lord Leakham était un juge à la retraite, il avait murmuré mystérieusement que la justice était une et indivisible.

Le Premier Ministre raccrocha et se tourna vers le Ministre de l'Environnement.

— A vous de jouer... Vous nous avez mis dans le pétrin, à vous de nous en sortir. Il faut que tout le monde pense que nous allons dans le sens de la volonté du peuple.

— Je vais voir ce que je peux faire.

— Vous avez intérêt à faire mieux que ça, dit sévèrement le Premier Ministre.

Sur l'écran, on pouvait voir brûler la Rolls-Royce de Lord Leakham.

Le Ministre de l'Environnement quitta précipitamment la pièce et téléphona au domicile de son sous-secrétaire.

— Je veux qu'on envoie un médiateur à Worford pour remettre de l'ordre dans ce foutoir.

— Un médiateur ? Mr Rees était cloué au lit par la grippe et une fièvre à 40. Il n'était pas en état de satisfaire à la demande du Ministre : un médiateur pour Worford ? !

— Quelqu'un qui ait le sens des relations publiques.

— Des relations publiques ? Mr Rees passa en revue ses subordonnés dans l'espoir d'en trouver un qui s'y connaisse en relations publiques. Une réponse d'ici mercredi, cela vous convient-il ?

— Non, dit le Ministre. Je dois pouvoir annoncer au Premier Ministre que nous avons la situation en main. Je veux qu'on envoie quelqu'un dès demain matin. Il nous faut quelqu'un sur place pour mener les négociations. Je compte sur vous pour choisir quelqu'un d'entreprenant. Pas une de nos vieilles badernes ramollies. Quelqu'un qui sorte de l'ordinaire.

Mr. Rees posa le combiné en soupirant.

— Quelqu'un qui sorte de l'ordinaire, assurément. Médiateur... Il se sentit plus mal. Il n'aimait pas qu'on l'appelle chez lui, il n'aimait pas qu'on lui ordonne de prendre des décisions rapides, il n'aimait pas le Ministre et il n'aimait pas, mais alors pas du tout, qu'on dise de son service qu'il était fait de vieilles badernes ramollies. Il prit une autre cuillerée de sirop contre la toux et chercha un candidat ad-hoc pour Worford. Harrisson était en congé. Beard était sur l'affaire du complexe pétrolier de Scunthorpe. Et puis, il y avait Dundridge.

Il ne convenait absolument pas. Mais après tout, le Ministre avait précisé qu'il voulait quelqu'un qui sorte de l'ordinaire, et le moins que l'on pût dire de Dundridge, c'était qu'il sortait de l'ordinaire. Pour sûr. Mr. Rees, toujours couché et la tête cotonneuse à cause de la grippe, se mit à évoquer quelques-unes des initiatives de Dundridge. Il y avait eu le sens unique au cœur de Londres, d'une telle rigidité que pour aller de Hyde Park Corner à Piccadilly en voiture, il eût fallu passer par le Tower Bridge et Fleet Street. Ensuite, il y avait eu son opération pilote concernant l'installation de feux rouges à Clapham, projet si bien nommé qu'il avait coupé ce quartier du reste de Londres pendant une semaine ou presque. En bref, Dundridge était une catastrophe ambulante. D'un autre côté, il avait le sens des relations publiques. Ses projets, à première vue, étaient intéressants. Aussi, année après année, avait-il été promu, tiré vers le haut, par une vague inéluctable d'inefficacité, et par la nécessité d'éviter à la population que ne soient réalisés ses plus récents projets. Il était ainsi arrivé à ce niveau de la pyramide administrative où, grâce à l'inertie des subordonnés, les projets n'avaient plus aucune chance de se voir concrétiser.

Dans son semi-délire, tout à la fois dû à la fièvre et à la grande quantité de médicaments contre la toux qu'il avait ingurgités, Mr. Rees opta pour Dundridge. Il descendit au rez-de-chaussée et dicta ses instructions par téléphone à un répondeur qui se trouvait sur le bureau de sa secrétaire, au Ministère. Puis il se servit un grand whisky et le but à la santé de Dundridge à Worford.

— Médiateur ! dit-il en retournant se coucher.

Dundridge allait au bureau en métro. D'après lui, c'était la manière la plus rationnelle de voyager, et celle d'éviter le dur désordre de la réalité. Assis dans le wagon, il pouvait se concentrer sur les choses essentielles et trouver un minimum de cohérence au monde du dessus par la seule étude du plan de la ligne Nord, sur la paroi face à lui. Ce n'était que chaos : les rues, les magasins, les immeubles, les ponts, les voitures, les gens, tout ce fouillis de phénomènes disparates et pervers qui n'admettait pas une catégorisation facile. En regardant le plan, il oubliait tout ce désordre. Chalk Farm était précédé de Belsize Park et suivi de Camden Town, dans un ordre d'une parfaite rigueur : il savait où il se trouvait et où il allait. Et puis, sur le plan, la distance entre les stations était égale, et bien qu'il sût que cela ne correspondait pas à la réalité, cet arrangement schématique suggérait qu'elle eût dû l'être. S'il n'avait tenu qu'à lui, elle l'aurait été. Il avait passé sa vie en quête d'ordre. En ce qui le concernait, la variété n'était pas le sel de la vie, mais son amertume. La philosophie de Dundridge passait par la conformité de chaque chose à une norme. D'un côté, le hasard, la nature à l'état sauvage et chaque chose au petit bonheur la chance ; de l'autre, la science, la logique et les nombres.

Dundridge appréciait particulièrement les nombres, et son appartement à Hendon était conforme à cet attrait. Tout ce qu'il y possédait était numéroté et inscrit sur un tableau au-dessus de son lit. Par exemple : ses chaussettes 01/7 (le 01 se référant à lui-même et le 7 aux chaussettes) devaient se trouver dans le tiroir supérieur gauche (1) de sa commode (23) contre le mur (4) de la chambre (3). En se reportant au tableau, s'il cherchait les 01/7/1/23/4/3, il pouvait les trouver immédiatement. A l'extérieur, les choses étaient moins dociles et ses efforts pour introduire un système similaire dans son bureau, au Ministère, avaient rencontré une résistance considérable (force 10 sur l'échelle de Dundridge) et avaient été à la base de ses fréquents transferts d'un département à l'autre.

Il ne fut pas le moins du monde surpris d'apprendre que Mr. Joynson voulait le voir dans son bureau à neuf heures dix. Dundridge arriva à neuf heures vingt-cinq.

— J'ai été coincé dans le métro, expliqua-t-il avec amertume. Des plus contrariants. J'aurais dû arriver à neuf heures dix précises. Mais le métro avait du retard. Comme toujours.

— Je m'en suis aperçu, fit Mr. Joynson.

— C'est parce que les temps d'arrêt sont irréguliers, dit Dundridge. Il s'arrête parfois une demi-minute, parfois une minute et demie. Franchement, vous savez, je crois qu'il est grand temps que nous étudiions avec sérieux un moyen de transport souterrain au rythme régulier.

— Je ne pense pas que cela changerait grand-chose, dit Mr. Joynson d'un ton las. Pourquoi ne prenez-vous pas la rame précédente ?

— Je serais en avance.

— Cela changerait. Enfin, je ne vous ai pas fait demander pour discuter les déficiences du métro. Il fit une pause et étudia les instructions de Mr. Rees. En dehors du choix incroyable de Dundridge pour prendre en main une situation qui réclamait intelligence, doigté et souplesse, il était surpris par l'altération inhabituelle de sa syntaxe. Mais enfin, c'était un bienfait que Dundridge quitte Londres, et on ne pourrait l'accuser, lui, de l'avoir nommé pour cette tâche.

— J'ai là, dit-il enfin, les détails de votre nouvelle affectation. Mr. Rees veut que...

— Ma nouvelle affectation ? Mais je suis à la commission du Temps libre.

— On ne pouvait trouver mieux. Maintenant, vous allez vous occuper de l'autoroute des Midlands. Le mois prochain, je pense qu'on pourra vous caser aux Espaces verts.

— Je dois avouer que je trouve ces déménagements continuels très dérangeants. Je ne vois pas comment je pourrais faire un travail constructif quand je suis sans arrêt bringueballé d'un département à l'autre.

— Je vous l'accorde, approuva Mr. Joynson. Toutefois, vous n'aurez rien de constructif à faire dans cette affaire. Tout ce qu'on vous demande, c'est d'exercer un pouvoir de médiation.

— Un pouvoir de médiation ? répéta Dundridge, ragaillardi.

Mr. Joynson acquiesça.

— Un pouvoir de médiation, dit-il en vérifiant une fois encore ses instructions. Vous avez été nommé médiateur pour le Ministre, à Worford.

— Comment ? dit Dundridge qui était maintenant très inquiet. Mais il vient juste d'y avoir une émeute à Worford.

Mr. Joynson sourit. Il commençait à s'amuser.

— C'est exact, dit-il. Eh bien, votre travail consiste justement à faire en sorte qu'il n'y ait plus d'émeutes à Worford. Je crois savoir qu'il s'agit d'une charmante petite ville.

— Elle n'avait pas l'air si charmant que ça, hier soir, à la télévision.

— Allons, vous n'allez pas vous fier aux apparences, n'est-ce pas ? Voici votre lettre de nomination. Comme vous pouvez le voir, vous avez carte blanche pour les négociations.

— Je croyais que c'était Lord Leakham qui s'occupait de l'enquête ?

— Oui, c'est ça. Mais j'ai cru comprendre qu'il est légèrement indisposé à l'heure actuelle, et de toute façon, il semblerait qu'il se soit mépris sur son rôle.

— Ce que vous voulez dire, c'est qu'il est à l'hôpital, n'est-ce pas ?

Mr. Joynson ignora la question. Il se tourna vers une carte affichée au mur derrière lui.

— Votre mission est vraiment très simple, dit-il. La M 101, comme vous pouvez le voir ici, peut emprunter deux routes : l'une le long de la gorge de Cleene, ici ; l'autre, qui traverserait Ottertown. Celle d'Ottertown est hors de question, pour diverses raisons. A vous de faire en sorte que Leakham choisisse de la faire passer par la gorge de Cleene.

— C'est pourtant à lui de prendre la décision, dit Dundridge.

Mr. Joynson soupira.

— Mon cher Dundridge, quand vous aurez été aussi longtemps que moi dans l'administration, vous comprendrez que les enquêtes publiques, les commissions royales et autres commissions d'arbitrage n'existent que pour justifier des décisions déjà prises par les experts. Votre travail consiste à obtenir de Lord Leakham qu'il prenne la bonne décision.

— Sinon ?

— Dieu seul sait. Je suppose que dans le climat actuel, il vaudrait mieux faire passer la construction de ce sale truc par Ottertown, mais alors là, on devrait payer un maximum. A vous de faire en sorte que ça n'arrive pas. Vous avez tous pouvoirs pour négocier avec les parties en présence, et je pense que Lord Leakham se montrera coopératif.

— Je ne vois pas comment je pourrais négocier quand je n'ai rien à offrir, se plaignit Dundridge. Et de toute façon, qu'entend-on par « médiateur » ?

— Je suppose qu'il vous appartient de décider de ce que cela représente, dit Mr. Joynson.

Dundridge emporta dans son bureau le dossier de la M 101.

— Je suis nommé médiateur du Ministre à la Division des Midlands, dit-il à sa secrétaire en se pavanant. Puis il téléphona au service des véhicules du Ministère pour obtenir une voiture. Il relut une fois encore sa lettre de mission. Assurément, ses capacités avaient été reconnues en haut lieu. Dundridge avait le pouvoir et il allait en user.

Au château Handyman, Lady Maud se félicitait de la maestria avec laquelle elle avait réussi à interrompre l'enquête. Relaxée contre son gré, par ordre exprès du Chef de Police, elle était rentrée au château et, depuis, était submergée de messages de soutien. Le Général Burnett l'avait appelée pour la féliciter. Mme Bullet-Finch avait téléphoné pour savoir si elle n'avait besoin de rien après son internement, expression que Lady Maud avait trouvée presque aussi choquante que le commentaire du Colonel Chapman : elle avait du cran. Jusqu'à Mme Thomas, qui lui avait écrit au nom, comme elle le disait modestement, des petites gens. Lady Maud avait accueilli ces compliments avec brusquerie. Elle les trouvait incongrus. Après tout, elle n'avait fait que son devoir. Comme elle l'avait dit au reporter de l'*Observer*, « Les intérêts locaux ne peuvent être gérés que par les autorités locales », formule suffisamment ambiguë pour satisfaire son correspondant qui cita intégralement le point de vue de Lady Maud sur son rôle dans le Sud Worfordshire.

— Avez-vous l'intention d'intenter une action en justice contre la police pour arrestation illégale ? demanda le reporter.

— Certainement pas. J'ai le plus grand respect pour la police. Elle fait du très bon travail. Je tiens Lord Leakham pour seul responsable. Je prends d'ailleurs conseil auprès de juristes pour savoir quelle action je devrais engager contre lui.

A l'hôpital de Worford, Lord Leakham accueillit impassiblement cette nouvelle. Il avait à faire face à des problèmes plus immédiats : l'état de son système digestif d'une part, six points de suture sur le crâne d'autre part, et surtout, une commotion cérébrale. Dans ses moments de lucidité, il appelait la mort de ses vœux, et dans ses moments de délire, il hurlait des obscénités.

Mais si Lord Leakham était trop préoccupé de ses problèmes personnels pour penser clairement à l'interruption de l'enquête, Sir Giles, lui, ne pouvait penser à rien d'autre, ou presque.

— La situation est extrêmement trouble, dit-il à Hoskins au cours d'une entrevue qu'ils eurent le lendemain matin dans le bureau de ce dernier. Cette sale garce a lâché le chat dans la souricière, il n'y a pas à dire. Elle en fait une affaire d'Etat. Je suis inondé d'appels des conservationistes du pays entier, qui se disent tous de notre côté. Ça me met hors de moi. Pourquoi ne s'occupent-ils pas de leurs oignons ?

Hoskins alluma sa pipe d'un air morose.

— Ce n'est pas tout, dit-il. Ils envoient une grosse légume du Ministère pour prendre en main les négociations.

— Il ne nous manquait plus que ça, un con de bureaucrate qui vient mettre son nez dans nos affaires !

— Très juste, dit Hoskins. C'est pourquoi, dorénavant, je je ne veux plus que vous m'appeliez ici. Je ne peux me permettre d'avoir un quelconque rapport avec vous.

— Pensez-vous qu'il choisira le passage par Ottertown ?

Hoskins haussa les épaules.

— Je n'en sais rien. Tout ce que je sais, c'est que si j'étais à sa place, je ne choisirais sûrement pas la gorge.

— Faites-moi savoir ce que le zèbre proposera, dit Sir Giles avant de retourner à sa voiture.

7

Dundridge, qui roulait sur la Nationale 1, n'avait pratiquement aucune idée de la complexité de la situation dans le Worfordshire-Sud. Pour la première fois de sa vie, il était investi de l'autorité, et il escomptait l'utiliser à bon escient. Ce serait l'occasion de se faire un nom. Les années de frustration étaient révolues. A son retour à Londres, il se serait assuré la réputation d'un homme d'action rapide et efficace.

Il s'arrêta à Warwick pour déjeuner et étudia le dossier en mangeant. Il y avait une carte du district, le tracé des deux passages proposés et la liste des propriétaires concernés par le passage de l'autoroute, ainsi que le montant respectif des sommes qui devraient leur être versées à titre de dédommagement. Dundridge concentra son attention sur ladite liste. Un simple coup d'œil suffisait pour comprendre l'urgence de sa nomination et la difficulté de sa mission. La liste ressemblait à un cahier d'appel : Sir Giles Lynchwood, Général Burnett, Colonel Chapman, Mme Bullet-Finch, Mlle Percival. Dundridge passa chaque nom en revue avec gêne, ainsi que les sommes incroyables qui étaient offertes : un quart de million de livres pour Sir Giles ; cent cinquante mille pour le Général Burnett ; cent vingt mille pour le Colonel Chapman ; jusqu'à Mlle Percival, institutrice de profession, pour qui l'on prévoyait cinquante-cinq mille livres. Il compara ces sommes à ses propres revenus et ressentit de l'envie. La justice n'était pas de ce monde... Lui dont le socialisme était contenu tout entier dans la maxime « Chacun selon ses possibilités, à chacun selon ses besoins », se retrouva à penser à l'argent. Sa mère lui avait inculqué le dicton « Ne fais pas un mariage d'argent, fréquente-le ». Comme c'était plus facile à dire qu'à faire, sa vie sexuelle en était réduite à l'imaginaire. Là, à l'abri des difficultés désagréables de la réalité, il se laissait aller à ses diverses passions. Dans son monde imaginaire, Dundridge était riche, Dundridge était puissant et Dundridge possédait un entourage de femmes parfaites — ou plus précisément une seule femme, faite d'un montage de morceaux épars de femmes réelles qui l'avaient particulièrement attiré à l'occasion, mais sans leurs défauts concomitants. Pour la première fois, il allait fréquenter le monde de l'argent. C'était une perspective alléchante. Il termina son repas et reprit la route.

Au fur et à mesure qu'il roulait, il se rendait compte que le paysage changeait. Il avait quitté l'autoroute et se trouvait sur une route secondaire qui tournait et tournait. Les haies devenaient de plus en plus hautes et touffues. Des collines se dressaient et tombaient dans des vallées arides ; quant aux bois, ils prenaient une allure plus rude, plus sauvage. Jusqu'aux maisons qui avaient perdu leur aspect homogène, si agréable dans la banlieue nord de Londres. C'étaient soit de grandes maisons isolées, soit des fermes en pierre de taille entourées de hangars et de granges en tôle ondulée, noirâtre. De temps à autre, il traversait un village, amalgame bizarre de villas et de magasins, d'immeubles qui se dressaient de façon difforme au bord de la route, ou retirés derrière des grilles tarabiscotées. Et bien sûr, il y avait l'église. C'est ce qu'il détestait le plus. Elle lui rappelait la mort et les enterrements, le péché et la culpabilité, et tout ce qui s'ensuit. Souvenirs archaïques d'un passé superstitieux. Comme Dundridge vivait, sinon dans le présent, tout au moins dans le futur immédiat, ces *memento mori* n'avaient aucun attrait pour lui. Ils jetaient un doute horrible sur la nature rationnelle de l'existence. Non que Dundridge crût en la raison. Il ne plaçait sa foi qu'en la science et les nombres.

Maintenant qu'il roulait vers le nord, il devait admettre que le monde dans lequel il pénétrait était bien loin de son idéal. Le ciel avait changé avec le paysage et l'ombre de gros nuages glissait sur les champs et les collines. Quand il atteignit le Worfordshire-Sud, il était paniqué. S'il y avait un rapport quelconque entre Worford et la campagne environnante, ce devait être un endroit épouvantable, plein de créatures violentes et irrationnelles, animées de sentiments étranges. C'était le cas. Quand il passa sur le pont qui enjambait la Cleene, il lui sembla qu'il passait du XXe siècle à une époque plus reculée. Les maisons devant la porte de la cité étaient serrées les unes contre les autres, pêle-mêle ; seules les briques des perrons compensaient leur manque total d'uniformité. La porte, une grande tour de stuc avec un passage étroit et sombre, se dressait devant lui. Il la traversa nerveusement et déboucha dans une rue bordée de maisons du XVIIIe bien alignées. Là, il se sentit un moment plus à l'aise, mais son soulagement s'évanouit quand il arriva dans le centre-ville : des ruelles sombres et étroites, des maisons moyenâgeuses à moitié effondrées, saillant sur les rues pavées, des façades de magasins conformes aux normes du temps passé ; poteries et casseroles, épées et faucilles étaient suspendues devant la boutique d'un quincailler ; duffle-coats, pantalons de velours côtelé et bretelles, étalées devant celle d'un marchand d'habits ; un maquereau brillait sur le marbre d'un poissonnier ; une sellerie était ornée de mors, de rênes, de ceintures de cuir. En bref, Worford était une ville commerçante tout à fait normale, sauf pour Dundridge qui était habitué à l'anonymat feutré des supermarchés et qui se sentait dérangé par son côté archaïque. Il conduisit jusqu'à la place du marché et demanda au gardien du parking où se trouvait le bureau de la Direction régionale de l'équipement. Le gardien ne le savait pas et de toute façon Dundridge n'en aurait pas appris plus pour autant.

Les accents gallois et anglais se rencontraient dans le Worfordshire-Sud et se mélangeaient de façon incompréhensible. Dundridge se gara, puis se dirigea vers une cabine téléphonique. Il trouva dans l'annuaire le bureau de l'Equipement. C'était à Knacker's Yard.

— Où se trouve Knacker's Yard ? demanda-t-il au gardien du parking.

— Après Giblet Walk.

— Vous m'en direz tant, fit Dundridge en frissonnant. Et où se trouve Giblet Walk ?

— Voyons voir. Vous pouvez y aller en passant par « La Chèvre et Le Chou » ou vous pouvez prendre un raccourci par les abattoirs, dit le vieil homme en crachant dans le caniveau.

Dundridge considéra cette alternative peu alléchante.

— Et où se trouvent les abattoirs ? demanda-t-il au bout d'un moment.

— Derrière vous, dit le gardien.

Dundridge vit, dans la direction indiquée, une allée étroite et sombre. Dundridge ne se sentait pas à l'aise en l'empruntant. Certaines maisons étaient condamnées, et une ou deux d'entre elles s'étaient même écroulées. La ruelle avait une odeur particulière, semblable à celle des couloirs et tunnels dans les lignes souterraines. Il retint sa respiration et se dépêcha. Il arriva à Knacker's Yard.

— Le bureau de l'Equipement est au second, lui dit l'assistante d'un dentiste qui sortait d'une pièce, un plateau de métal à la main sur lequel reposaient deux fausses dents sanguinolentes. Mais je pense que c'est fermé. Vous cherchez quelqu'un en particulier ?

— Mr. Hoskins.

— Essayez le Club, dit l'assistante. D'habitude, à cette heure-ci, il y est. C'est au premier.

— Merci, dit Dundridge. Au premier, il y avait une porte sur laquelle on pouvait lire : WORFORD et DISTRICT GLADSTONE CLUB. Dundridge, perplexe, reprit son ascension. Comme l'assistante le lui avait dit, le Bureau régional de l'équipement était fermé. Il redescendit, eut un moment d'hésitation sur le palier du premier, mais, se rappelant qu'il était le plénipotentiaire et le médiateur du Ministre, il ouvrit la porte et jeta un œil à l'intérieur.

— 'Cherchez quelqu'un ? demanda un homme à la face rougeaude qui se tenait près d'un billard.

— Je cherche Mr. Hoskins, l'Attaché de l'Equipement.

L'homme à la face rougeaude posa sa queue et fit un pas en avant.

— Alors vous avez sonné à la bonne porte, dit-il. Bob, il y a là un type qui veut te voir.

Un autre bonhomme, tout aussi rougeaud que le précédent, assis au coin du bar, dévisagea Dundridge.

— C'est à quel sujet ? demanda-t-il.

— Je suis du Ministère de l'Environnement.

— Seigneur, fit Hoskins. Nous ne vous attendions pas avant demain.

— Le Ministre tient à me voir au travail le plus rapidement possible.

— Ça se comprend, dit Hoskins, soulagé de voir que Dundridge n'avait pas 60 ans, qu'il ne portait pas de lunettes cerclées d'or et qu'aucune autorité n'émanait de lui. Vous prendrez bien un verre ?

Dundridge hésita. Il n'était pas dans ses habitudes de boire en plein milieu de l'après-midi.

— Un demi, dit-il enfin.

— Ce sera deux pintes, fit Hoskins au barman.

Ils prirent leurs verres et traversèrent la salle pour s'installer à une petite table, dans un coin. Les autres reprirent leur partie de billard.

— C'est une drôle d'affaire, dit Mr. Hoskins. Je vous plains. Les sentiments de la population ne nous sont pas très favorables.

— J'avais remarqué, dit Dundridge en sirotant sa bière. Comme il s'en doutait, elle était forte et avait un goût désagréable. Sur le mur d'en face se trouvait le portrait de Gladstone, les yeux inlassablement baissés sur l'infraction aux lois sur la répression de l'ivresse publique. Stimulé par son exemple, Dundridge se mit en devoir d'expliquer sa mission.

— Le Ministre tient à ce que les négociations soient menées avec tact. Il m'a envoyé pour que je veille à ce que le résultat de ces négociations aient l'approbation de toutes les parties concernées.

— Ah bon ? fit Mr. Hoskins. Eh bien, tout ce que je peux en dire, c'est que vous allez rencontrer les pires difficultés.

— Pour ma part, je pense que la meilleure manière de procéder, c'est de proposer une autre voie de passage, continua Dundridge.

— C'est déjà fait : la route d'Ottertown.

— Pas question, fit Dundridge.

— Tout à fait d'accord. Il ne nous reste donc plus que celle de la gorge.

— Ou les collines plus au sud ? suggéra Dundridge avec espoir.

Mr. Hoskins secoua la tête.

— La forêt de Cleene est un site protégé, une réserve naturelle. Pas la moindre bon Dieu de chance.

— Eh bien, cela ne nous laisse pas beaucoup de choix, n'est-ce pas ?

— Aucun, dit Mr. Hoskins.

Dundridge but une autre bière. L'optimisme qui avait marqué le début de sa journée l'avait abandonné. C'était très bien de parler de négociations, pourvu qu'on eût des propositions à faire. Ce n'était pas le cas. Il devait faire face à la tâche peu enviable de faire accepter une décision contraire à leurs intérêts, à un groupe de propriétaires terriens des plus influents et des plus hostiles. Ce projet n'était pas pour l'enchanter.

— Je suppose qu'il n'y a pas la moindre chance d'arriver à persuader Sir Lynchwood et le Général Burnett de revenir sur leur position, dit-il sans grand espoir.

— Pas la moindre bon Dieu de chance. Et de toute manière, même s'ils acceptaient, cela ne changerait rien au problème. C'est de Lady Maud qu'il faut que vous vous occupiez. Et elle ne cédera pas.

— Je dois avouer que tout cela me paraît extrêmement délicat, à vous entendre, dit Dundridge en finissant sa bière.

Quand il quitta le Gladstone Club, il avait une idée claire de la situation. La pierre d'achoppement, c'était le château Handyman et Lady Maud. Il en explorerait les possibilités plus à fond dès le lendemain matin. Il remonta à pied jusqu'aux abattoirs, emprunta Giblet Walk jusqu'à la place du marché. Il prit une chambre à l'hôtel « Aux Armes des Handyman ».

Au château, Sir Giles passa la journée reclus dans son bureau. La présence, dans la maison et le jardin, d'une demi-douzaine de chiens de garde qui semblaient le considérer comme un intrus dans sa propre demeure n'en était pas la seule explication. Le plus important, c'était la colère de Lady Maud qu'il avait dû essuyer, pour avoir déjeuné avec Lord Leakham. Si le juge regrettait ce déjeuner, et d'après les rapports des médecins de l'hôpital, il y avait de grandes chances que ce fût le cas, il en était de même pour Sir Giles.

— Je voulais seulement apporter mon aide, avait-il expliqué. Je pensais qu'en lui offrant un bon repas, il serait mieux disposé à comprendre notre point de vue.

— Notre point de vue ? avait grincé Lady Maud. S'il ne s'agissait que de ça, c'était inutile. Il était parfaitement clair qu'il se prononcerait pour le passage par la gorge.

— Il y avait tout de même l'autre route, celle d'Ottertown, lui avait fait remarquer Sir Giles.

— L'autre route, mon œil. Si vous n'êtes pas capable de reconnaître une vache quand vous en rencontrez une dans un couloir, c'est que vous êtes encore plus crétin que je ne le pensais.

Sir Giles s'était réfugié dans son bureau, maudissant sa femme pour sa perspicacité. Il avait vu passer une mauvaise lueur dans son regard quand il avait évoqué Ottertown, et une ou deux allusions aux spéculateurs fonciers et à leurs magouilles, au cours du petit déjeuner, lui avaient fait penser qu'elle avait peut-être eu des échos de la nouvelle maison de Hoskins. Et maintenant, il y avait ce foutu fonctionnaire de Whitehall qui allait mettre son nez dans leurs affaires. Enfin, et de loin le plus inquiétant, il y avait eu les voix. Ou plutôt, une voix : la sienne. Il était en train de ranger sa voiture quand il s'était distinctement entendu dire qu' « on pouvait compter sur lui pour veiller à ce que rien ne soit entrepris qui puisse en quoi que ce soit compromettre... ». Pendant un instant, il supposa qu'il s'était parlé à lui-même, mais comme il avait un cigare à la bouche, cette explication ne tenait pas. D'ailleurs, la voix avait été très distincte. C'était une expérience très désagréable et pour laquelle il n'existait pas d'explication rationnelle. Il lui avait fallu deux whiskies bien tassés pour se convaincre qu'il avait rêvé la chose.

— Une vache, pour sûr, se dit-il. Je me demande ce qu'elle aurait dit si Leakham avait choisi la voie d'Ottertown.

C'était une pensée gratuite et tout à fait hors de propos. On ne ferait jamais passer l'autoroute par Ottertown. Francis Puckerrington Père aurait une autre crise cardiaque. Francis Puckerrington Père... Sir Giles s'arrêta à cette idée, surpris lui-même par l'ingéniosité de son intuition. Francis Puckerrington, Député du Comté d'Ottertown, était mourant. Qu'avaient donc dit ses médecins ? Que ce serait miracle s'il survivait jusqu'aux prochaines élections nationales. Des rumeurs avaient laissé entendre qu'il démissionnerait auparavant. Et la majorité qu'il avait obtenue aux dernières élections était négligeable, de l'ordre de 50 %. Si Leakham avait opté pour le passage de l'autoroute par Ottertown, le vieux Francis en serait mort. Et alors, une élection partielle aurait eu lieu. L'esprit tortueux de Sir Giles passa en revue toutes les conséquences qui en auraient découlé. Une campagne pour des élections partielles avec l'autoroute pour thème, et la démolition de 75 maisons H.L.M., avec une majorité de seulement 50 % au départ ? Il ne fallait pas y penser. Le Président du Groupe au Parlement en deviendrait fou. La décision de Leakham serait cassée.

L'autoroute passerait finalement par la gorge de Cleene. Et le meilleur, c'est que Sir Giles serait lavé de tout soupçon. C'était de la haute stratégie. Il était tiré d'affaire. Il allait téléphoner à Hoskins quand il se rendit compte qu'il valait mieux attendre de savoir ce que l'homme du Ministère avait à dire. Il n'était plus besoin de foncer, maintenant. Il irait voir Hoskins le lendemain matin. Plein d'un sentiment nouveau de défi, il quitta son bureau, et après avoir choisi une grande canne sur le ratelier de l'entrée, il sortit faire un tour dans le jardin.

L'après-midi était superbe. Le soleil brillait dans un ciel sans nuages. Les oiseaux chantaient. Les cerisiers, près du potager, étaient en fleurs et Sir Giles lui-même s'épanouissait sous l'effet d'une béate autosatisfaction. Il s'arrêta pour admirer le poisson doré du bassin d'ornement. Il était en train d'envisager la possibilité de faire monter à trois cent mille livres le montant de son dédommagement quand, pour la deuxième fois de la journée, il s'entendit parler.

— Je veux bien être pendu si je laisse profaner le paysage par une autoroute. A la première occasion, je saisirai le Parlement de l'affaire.

Sir Giles lança des regards affolés autour de lui, mais il n'y avait personne dans le jardin. Il se tourna et regarda dans la direction du château : toutes les fenêtres étaient fermées. Sur sa droite, il y avait le mur du potager. Il traversa la pelouse à toute allure et passa la tête par la porte. Blott s'occupait d'un carré de concombres.

— Vous avez dit quelque chose ? demanda Sir Giles.

— Moi ? fit Blott. Je n'ai rien dit du tout. Et vous ?

Sir Giles rentra précipitamment chez lui. L'après-midi n'avait plus rien de superbe. C'était plutôt un affreux après-midi. Il se réfugia dans son bureau et s'y enferma.

8

Dundridge passa une nuit épouvantable aux « Armes des Handyman ». Dans sa chambre, le sol était en pente, le plafond jauni ; une commode ocre et une armoire dont la porte s'ouvrait d'elle-même, dix minutes après qu'il l'eut fermée ; il passa la moitié de la nuit à imaginer une solution pour la garder fermée, et l'autre à écouter les bruits de la chambre voisine. Ils étaient désagréables et laissaient deviner une différence de taille et de tempérament qui faisaient des ravages dans son imagination. A deux heures, il finit par s'endormir, mais fut réveillé à trois heures par une soudaine éruption dans les canalisations de son lavabo. A trois heures et demie, une brise matinale fit grincer l'enseigne devant sa fenêtre. A quatre heures, l'homme d'à côté demanda à sa partenaire si elle voulait remettre ça. « Pitié », murmura Dundridge en enfouissant sa tête sous l'oreiller pour s'extraire à la réalité d'un tel débordement sexuel. A quatre heures dix, la porte de l'armoire, répondant aux tressautements sismiques de la chambre voisine, se rouvrit et se remit à craquer. Dundridge la laissa craquer et se réfugia auprès de sa femme composite et imaginaire. Avec son aide, il réussit à s'endormir... Pour être réveillé à sept heures par une fille au physique repoussant qui lui apportait du thé.

— Y a-t-il autre chose pour votre service ? demanda-t-elle avec un air de Sainte Nitouche.

— Absolument rien, répondit Dundridge qui se demandait ce qu'il pouvait bien avoir pour que seules les femelles les plus affreuses lui proposent leurs services vénériens. Il se leva, alla à la salle de bains et se débattit avec le mécanisme compliqué d'un chauffe-eau au gaz qui semblait décidé, soit à l'asphyxier, soit à exploser. Il opta pour une toilette à l'eau froide.

Le temps de prendre son petit déjeuner et il était, pour de bon, de très mauvaise humeur. Il n'avait pas réussi à trouver une stratégie cohérente et ne savait vraiment que faire. Hoskins lui avait suggéré un entretien avec Sir Giles Lynchwood, mais il décida de le reporter à plus tard. Il allait d'abord rendre visite à Lord Leakham à l'hôpital.

Après avoir erré dans les ruelles et grimpé une série de marches derrière le musée de Worford, il trouva l'hôpital, un lugubre bâtiment de pierres grises, dont on pouvait penser qu'il avait été un hospice. Il faisait face à l'abbaye. Un grand nombre de patients gériatriques étaient assis, en robe de chambre, sur les bancs du petit jardin. Maîtrisant son dégoût, Dundridge entra et demanda à voir Lord Leakham.

— Les heures de visite sont de deux à trois, dit la préposée à l'accueil.

— Je suis en mission pour le gouvernement, dit Dundridge qui pensait qu'il était temps de le prendre en considération.

— Je vais demander à la chef de service.

Dundridge sortit dans la lumière du soleil en l'attendant. Il n'aimait pas les hôpitaux, et particulièrement ceux qui donnaient sur des cimetières et puaient le désinfectant. Il en était à imaginer combien il serait affreux de se retrouver pour un mal sérieux dans un tel trou pour morts-vivants, quand la chef de service apparut. Elle était rébarbative et sinistre avec ses cheveux gris.

— Vous désirez voir Lord Leakham ?

— Pour affaire d'Etat, fit Dundridge pompeusement.

— Je vous accorde cinq minutes, dit la chef en lui montrant le chemin le long d'un couloir, jusqu'à une chambre particulière. Il souffre encore de contusions multiples et d'un traumatisme.

Elle ouvrit la porte.

— Et ne le contrariez pas, dit la chef. Nous ne voulons pas de rechute. C'est compris ?

Sur le lit, le visage gris et la tête enveloppée de bandages, Lord Leakham lança à la chef de service un regard venimeux.

— Je ne souffre que d'un empoisonnement alimentaire, dit-il.

Dundridge s'assit à son chevet.

— Je m'appelle Dundridge, dit-il. Le ministre de l'Environnement m'a demandé de venir voir si je pouvais faire quelque chose pour... euh... disons, pour négocier une sorte de pacte au sujet de l'autoroute.

Lord Leakham le regarda par-dessus ses lunettes, d'un air vindicatif.

— Ah bon ? Eh bien, laissez-moi d'abord vous dire ce que j'envisage pour ce qui est de l'autoroute, puis vous irez l'en informer. J'ai été chargé de diriger l'enquête d'utilité publique pour l'autoroute et je n'ai pas l'intention de me défiler.

— Cela va de soi, fit Dundridge.

— Qui plus est, je n'ai nullement l'intention de me laisser influencer par les chahuts et les émeutes.

— Bien entendu, dit Dundridge.

— Dès que ces crétins de docteurs se seront mis dans leur sale caboche que je n'ai rien d'autre qu'un ulcère peptique, je reprendrai l'enquête et ferai part de ma décision.

Dundridge acquiesça.

— C'est très bien, dit-il. Et quelle est votre décision ? Mais peut-être est-ce trop tôt pour vous la demander ?

— Certainement pas, cria Leakham. Je vais recommander qu'elle passe par la gorge, en plein milieu, vous m'entendez ? Je veux voir la maison de cette foutue bonne femme, démolie brique par brique. Je veux...

Il retomba sur son lit, épuisé par son éclat.

— Je vois, fit Dundridge qui se demandait quel était

l'intérêt d'une négociation quand on avait affaire à une force irrésistible d'une part, et à un roc immuable de l'autre.

— Oh non, vous ne voyez pas. Cette femme a délibérément envoyé son mari m'empoisonner. Elle a interrompu le cours des délibérations. Elle m'a insulté devant ma propre Cour. Elle a fomenté une émeute. Elle a ridiculisé la justice. Il faut qu'elle le regrette amèrement. On ne se moque pas impunément de la loi, monsieur.

— Assurément.

— Alors, négociez tant qu'il vous plaira, mais ne perdez pas de vue que la décision de faire passer l'autoroute par la gorge m'appartient et qu'il n'est pas dans mes intentions de renoncer au plaisir de l'annoncer moi-même.

Dundridge sortit dans le couloir et s'entretint avec l'infirmière en chef.

— Il pense que quelqu'un a tenté de l'empoisonner, dit-il en évitant soigneusement toute éventuelle calomnie.

— C'est son traumatisme, dit-elle. Ça ira mieux dans un jour ou deux.

Dundridge sortit, dépassa les patients gériatriques dans le jardin de l'abbaye, et tristement descendit les marches qui menaient à Market Street. A son avis, Lord Leakham ne reviendrait pas sur la certitude qui était sienne que Lady Maud avait voulu l'empoisonner, et il était persuadé — à juste titre — que le juge était ravi, de façon perverse, du contretemps de l'enquête, et qu'il attendait impatiemment d'aller mieux pour poursuivre sa vendetta. Il se demandait ce qu'il pourrait bien faire, quand il aperçut son reflet dans une vitrine. Ce n'était pas celui d'un homme de pouvoir. Il y avait en lui un air de découragement, une attitude de battu qui ne seyaient pas à son rôle de médiateur du Ministre. Il était temps de prendre le taureau par les cornes. Il se redressa, traversa la rue au pas de charge pour aller à la poste téléphoner au château Handyman. C'est Lady Maud qui répondit. Il lui expliqua qu'il désirait voir Sir Giles.

— Je suis désolée, mais Sir Giles n'est pas encore rentré,

dit-elle en modulant sa voix pour imiter une secrétaire. Il ne devrait pas tarder. Voulez-vous passer vers onze heures ?

Dundridge acquiesça. Il quitta la poste et se fraya un chemin à travers les étals du marché, jusqu'au parking où il récupéra sa voiture.

Au château Handyman, Lady Maud se félicita de sa performance. Elle envisageait d'avoir une conversation privée avec l'homme du Ministère. Dundridge. C'était le nom qu'il avait donné. Du Ministère. Sir Giles avait bien mentionné quelque chose à propos d'un envoyé de Londres dont la mission était de faire la lumière sur l'affaire. Et puisque Sir Giles ne devait rentrer que tard dans l'après-midi, c'était l'occasion idéale de soumettre à ce Mr. Dundridge les éléments qui allaient dans le sens de son intérêt. Elle monta se changer, tout en réfléchissant à la tactique à adopter. Elle avait réussi à damer le pion à Lord Leakham par un assaut direct, mais Dundridge lui avait semblé au téléphone bien moins sûr de lui qu'elle ne s'y attendait. Peut-être valait-il mieux essayer la persuasion, voire même un peu de charme. Cela brouillerait les cartes. Lady Maud choisit une robe de coton et se tapota de l'eau de lavande derrière les oreilles. Pour Mr. Dundridge, ce serait le traitement en douceur, l'approche de la pauvre petite sans défense. Si cela ne marchait pas, il serait toujours temps de revenir à des méthodes plus fermes.

Dans la serre, Blott ôta les écouteurs et retourna à ses fèves. Ainsi un fonctionnaire allait venir rendre visite à Sir Giles ? Un fonctionnaire ! Blott ne pouvait pas les blairer. Ils avaient rendu son enfance misérable et il désirait ne plus jamais avoir affaire à eux. Mais enfin, Lady Maud l'avait invité au château, et il supposait qu'elle savait ce qu'elle faisait. Quel dommage ! Blott aurait tant aimé qu'elle lui ordonne d'accueillir ce Dundridge comme il le méritait... Il était justement en train de l'imaginer, cet accueil qu'il lui aurait préparé, quand Lady Maud entra dans le jardin. Blott se redressa et l'observa. Elle portait une robe de coton, et à ses yeux au moins, elle était très belle. Ce sentiment, personne d'autre que lui ne l'aurait partagé, mais les critères de beauté de Blott n'étaient pas déterminés par la mode. Une grosse poitrine, des cuisses et des hanches énormes étaient les attributs d'une bonne mère, ou, à tout le moins, d'une forte mère ; or il n'avait jamais eu de mère au sens post-natal du terme, ni bonne, ni forte, ni rien d'autre. Il donnait donc beaucoup d'importance à ces signes extérieurs d'une maternité potentielle. Et là, debout au milieu des fèves, il se senti envahi d'un désir subit. Lady Maud, dans sa robe de coton à motifs floraux, alliait la botanique à la biologie. Blott était subjugué.

— Blott, fit Lady Maud qui ne se rendait pas compte de l'effet qu'elle lui faisait, un fonctionnaire du Ministère de l'Environnement va venir déjeuner. Je veux des fleurs dans la maison. Je veux qu'il ait une bonne impression.

Blott alla dans la serre chercher quelques fleurs convenables tandis que Lady Maud se baissait pour choisir une laitue pour le déjeuner. C'est à ce même moment que Blott jeta un regard par la porte de la serre. Ce fut le tournant de sa vie. Sa dévotion silencieuse pour la famille Handyman, la raison d'être de sa si longue passivité, fit brusquement place à un besoin pressant d'action.

Blott était amoureux.

9

Dundridge quitta Worford par la porte de la ville, traversa la rivière et prit la route d'Ottertown. Sur sa gauche, la rivière Cleene errait à travers champs, et sur sa droite, les collines dressaient de manière brutale leurs crêtes boisées. Il resta sur cette route pendant environ cinq kilomètres avant d'emprunter une route latérale vers Guilstead Carbonell, d'après le panneau indicateur. Il se retrouva en terrain assurément hostile. Chaque grange était badigeonnée du slogan « Sauvons la gorge », et des opinions similaires étaient peintes sur la route elle-même. Plus loin, une rangée de hêtres était enduite de lettres proclamant : « Non à l'autoroute », de sorte qu'en la dépassant Dundridge ne pouvait plus avoir aucun doute sur l'attitude de la population : elle était contre le projet.

Si ce n'était pour les slogans, Dundridge aurait quand même eu de quoi s'inquiéter. La forêt de Cleene était une nature sauvage. Elle n'avait rien de la netteté qu'il trouvait si rassurante dans le Middlesex. Les buissons exubérants, les quelques fermes qu'il rencontrait sur son passage, semblaient dater du Moyen Age. Il en était de même de la forêt épaissie d'arbres énormes, tordus et noueux, avec au sol de larges rougères. Il se sentit soulagé quand la route déboucha sur une vaste vallée, avec seulement quelques buissons et des champs. Le répit fut de courte durée. Au sommet de la colline suivante, il atteignit un croisement qui n'avait pour toute signalisation qu'une poterne délabrée.

Dundridge s'arrêta et étudia sa carte. D'après ses calculs, Guilstead Carbonell devait se trouver à gauche, la gorge et le château Handyman en face. Il aurait préféré que ce ne fût pas le cas. Devant lui, la forêt s'étalait plus épaisse encore et la route moins bien entretenue, avec de la mousse et de l'herbe qui poussaient au milieu. Il roula encore un kilomètre et demi, sur le point d'envisager que la carte l'avait induit en erreur, quand les arbres se mirent à se raréfier et qu'il put voir en face de lui la gorge elle-même.

Il descendit de voiture. En bas, la Cleene dégringolait entre des falaises chargées de ronces, de lierre et autres plantes rampantes. Plus loin se dressait le château Handyman, amalgame de pierres et de briques, de bois, de tuiles et de tourelles, monument à la gloire de l'éclectisme et de ce qui se faisait de moins heureux en architecture anglaise. Pour Dundridge, dévôt du fonctionnel, et pour qui la simplicité primait tout, c'était un cauchemar. Ruskins et Morris, Gilbert Scott, Vanbrugh, Inigo Jones et Wren (pour n'en nommer que quelques-uns) avaient tous marqué de leur influence un bâtiment qui alliait l'utilité d'un château d'eau à la laideur de Wormwood Scrubs. Autour s'étalait un parc de plusieurs acres, un mur, et de l'autre côté du mur, un cercle de collines très boisées. L'ensemble donnait une impression d'isolement. Quelque part à l'ouest, il devait y avoir des villes et des maisons, des magasins et des bus, mais il lui sembla qu'il se trouvait à la limite de la civilisation, si ce n'est au-delà. Avec le sentiment oppressant qu'il s'engageait vers l'inconnu, il revint à sa voiture et se mit à descendre la colline vers la gorge. Là il vit un petit pont suspendu qui traversait la rivière ; il grinça à son passage. De l'autre côté, une grande masse étrange se dressait à travers les arbres. C'était la loge. Dundridge arrêta la voiture et observa le bâtiment.

Construit en 1904 pour célébrer la visite d'Edouard VII, le pavillon était une réplique de l'Arc de triomphe, par déférence pour la francophilie du roi. Il y avait toutefois quelques différences : il était un peu plus petit, ses frises ne représentaient pas des scènes de bataille mais, cela mis à part, la ressemblance était remarquable. Dundridge considéra que son existence en plein cœur du Worfordshire était la preuve formelle que l'architecte du château Handyman était un kleptomane. Par ailleurs, il en émanait une arrogance altière telle qu'elle laissait Dundridge perplexe : si peu de temps après l'éclat de Lord Leakham, il lui faudrait faire preuve du plus grand tact. Dundridge évoqua sa tâche. Il lui fallait à tout prix trouver une sorte de compromis, pour éviter de se retrouver dans une situation extrêmement désagréable. Le passage de la route par Ottertown était hors de question, et cela, il le tenait de la plus haute autorité. Quant à la gorge... Il n'était pas question de toucher à la gorge, il en avait assez vu pour s'en convaincre. Il fallait à tout prix trouver une troisième solution. Mais il n'y avait pas de troisième passage possible. Il remonta dans sa voiture et passa sous la grande arche, en réfléchissant au problème. Ce faisant, l'évidence de la troisième solution l'aveugla soudain. Un tunnel. Un tunnel sous les collines de Cleene. Le tunnel avait le mérite d'être simple, droit, et surtout de ne pas toucher au paysage hideux que tant de personnes irritables et influentes admiraient incongrûment. Cela mettrait fin aux querelles sur les droits de propriété, aux indemnisations, aux troubles. Dundridge venait de découvrir la solution idéale.

Dans le hall d'entrée, Lady Maud, radieuse dans sa robe de coton, restait tapie au milieu des fougères. Loin au-dessus de sa tête, le lustre de verre dépoli diffusait une lueur rougeâtre au-dessus de l'escalier de marbre et ravivait l'aspect apoplectique des visages rougeauds de ses ancêtres qui, accrochés aux murs, regardaient ce qui se passait d'un air menaçant. Lady Maud tapota sa coiffure : elle était prête. Son plan était tout tracé. Monsieur Dundridge aurait droit à un traitement grâcieux, au moins au début. Après, elle verrait comment il réagirait. Quand la voiture dudit Dundridge fit crisser les graviers, elle rajusta les plis de sa robe et essaya son sourire sur un vase de gueules-de-loup. Puis elle avança et ouvrit la porte.

— Un nigaud ? Un nigaud ? Vous avez bien dit nigaud ? Dans les locaux de sa permanence qui se trouvaient fort heureusement près du Bureau Régional de l'Equipement, le mot avait une sonorité rassurante pour Sir Giles.

— Un parfait nigaud, fit Hoskins.

— Vous en êtes sûr ?

— Certain. Un nigaud de première catégorie, série A.

— C'est trop beau pour être vrai, dit Sir Giles, dubitativement. Il ne faut pas se fier aux apparences. J'ai eu affaire dans le temps à des clients très rusés qui semblaient être de vrais crétins.

— Je ne me fie pas aux apparences. Il n'a pas l'air crétin. Il l'est. 'Ne pourrait pas reconnaître l'entrée d'une sortie d'autoroute.

Sir Giles réfléchit à la chose.

— Je pense que vous exagérez, dit-il.

— Vous voyez ce que je veux dire. Il n'est pas plus expert que moi en autoroutes.

Sir Giles fit la moue.

— S'il est si bête, pourquoi le Ministre l'a-t-il choisi ? Il lui a donné carte blanche pour les négociations.

— Moi, ce que j'en dis, c'est qu'à cheval donné on ne regarde pas à la dent.

— Je dois avouer que vous avez raison, là. Ainsi vous pensez qu'il n'y a pas de quoi s'affoler ?

Hoskins sourit.

— Pas le moins du monde. Il va mettre un peu son nez par-ci, par-là, et finalement, il fera ce que nous voulons. Je suis sûr qu'il est du genre à se faire graisser la patte. Il joue les Sainte-Nitouche.

Sir Giles considéra ce mélange de métaphores et les trouva à son goût.

— J'ai cru comprendre que Lord Leakham peste encore.

— Il est très impatient de rouvrir l'enquête. Il dit qu'il va faire passer l'autoroute par la gorge, au prix de sa vie, s'il le faut.

— C'est probablement le prix qu'il devra payer si Lady Maud s'en mêle, dit Sir Giles. Elle est dans tous ses états.

— Elle ne pourra pas faire grand-chose une fois la décision prise.

— Moi, je n'en suis pas si sûr.

Sil Giles se leva et tout en regardant par la fenêtre, il repassa son plan en revue.

— Vous êtes sûr que ce Dundridge ne va pas se prononcer contre la gorge ? demanda-t-il au bout d'un moment.

— Lord Leakham ne le suivrait pas si c'était le cas. Il s'est mis dans la tête que vous avez tenté de l'empoisonner, conclut Hoskins avant de retourner à son bureau, laissant Sir Giles tout à sa réflexion quant à la meilleure tactique dans ce jeu du chat et de la souris.

Hoskins avait beau jeu de parler confidentiellement des nigauds du ministère. Il n'avait rien à perdre, lui. Mais ce n'était pas le cas de Sir Giles. Son siège au Parlement, et d'une. Tout de même, si le pire devait arriver et Maud mettre sa menace à exécution, il pourrait toujours en récupérer un autre. Cela valait la peine de tenter le coup. Rasséréné à la pensée que Lord Leakham était décidé à faire passer l'autoroute par la gorge, il sortit déjeuner.

Au château Handyman, la grâcieuse approche de Lady Maud avait fait merveille. Comme toute plante délicate qui aurait manqué d'eau, Dundridge s'était épanoui. Il était arrivé en pensant rencontrer Sir Giles, mais une fois passé le choc de se retrouver seul dans une énorme maison en présence d'une énorme femme, il s'était senti à l'aise. C'était la première fois depuis son arrivée dans le Worfordshire qu'on le prenait au sérieux. Lady Maud l'avait traité en personne d'importance.

— C'est si agréable de savoir que vous remplacez Lord Leakham, dit-elle en le dirigeant le long d'un couloir vers le salon.

Dundridge lui dit qu'en fait il n'était pas venu le remplacer.

— Je ne suis là qu'au titre de conseiller, dit-il avec modestie.

Lady Maud sourit avec un air de connivence.

— Bien sûr ! Mais nous savons bien ce que cela veut dire, n'est-ce pas ? murmura-t-elle en l'entraînant dans une complicité chaleureuse, délicieuse pour lui.

Il s'installa plus confortablement sur le divan.

— Le ministre insiste pour que le projet d'autoroute respecte au plus près les besoins des résidents.

Lady Maud réprima une grimace, qu'elle allongea en un sourire. L'idée qu'elle était une des résidentes la faisait bouillir, mais elle avait décidé de se moquer de ce fonctionnaire pleurnicheur et c'était bien ce qu'elle allait faire.

— Il faut aussi prendre en compte le paysage, dit-elle. La forêt de Cleene est l'un des derniers exemples de forêt originelle qui reste dans le pays. Ce serait vraiment honteux de l'abîmer pour une autoroute. Qu'en pensez-vous ?

Dundridge n'était pas du tout d'accord, mais il était assez malin pour n'en rien dire et d'ailleurs il avait là l'occasion de mettre à l'épreuve sa théorie du tunnel.

— Je pense avoir trouvé une solution au problème. Il ne s'agit évidemment que d'une idée à moi, vous comprenez, elle n'a rien d'officiel. Il me semble qu'il serait possible de creuser un tunnel sous les collines. Mais bien sûr, comme je le dis, il ne s'agit là que d'une idée...

Lady Maud s'était dressée, et pendant un moment Dundridge craignit qu'elle ne se jette sur lui. Elle se pencha en avant et prit sa main.

— Comme c'est merveilleux, dit-elle. C'est absolument génial, mon cher, mon très cher monsieur. Et elle s'assit plus près de lui sur le divan et plongea son regard dans le sien, en extase. Dundridge rougit et regarda ses pieds. Il n'avait pas l'habitude que des femmes mariées lui prennent la main et plongent leur regard dans le sien, en extase, ni qu'elles l'appellent leur cher, très cher monsieur.

— Ce n'est rien. Qu'une idée.

— Une idée extraordinaire, dit Lady Maud en l'enveloppant d'une bouffée de lavande. Du coin de l'œil Dundridge pouvait voir sa poitrine palpiter sous un bouquet de soucis. Il s'effondra sur le divan.

— Bien sûr, il faudra faire une étude..., commença-t-il...

— Bien sûr, mais cela prendra du temps, n'est-ce pas ?

— Des mois, dit Dundridge.

— Des mois ?!

— Au moins six.

— Six mois !

Lady Maud abandonna sa main avec un soupir, pour réfléchir au répit que représentaient six mois. En six mois, tant de choses pouvaient se passer, et si elle s'en mêlait, il y en aurait beaucoup. Il faudrait que Giles pèse de tout son poids pour le tunnel. Elle battrait le rappel à tous les conservateurs du pays pour qu'ils la soutiennent. En six mois, elle ferait des merveilles. Et tout ça, elle le devait à ce petit bonhomme inexistant, aux chaussures en faux cuir. Mais à le mieux considérer, elle s'aperçut qu'elle l'avait sous-estimé. Il y avait quelque chose de presque attirant dans sa vulnérabilité.

— Vous restez à déjeuner, dit-elle.

— Eh bien... Heuh... C'est-à-dire...

— Mais si, restez, dit Lady Maud. J'insiste. Vous pourrez ainsi expliquer à Giles, pour le tunnel, quand il rentrera cet après-midi. Elle se leva et sortit de la pièce, d'un air majestueux, laissant Dundridge essayer de comprendre pourquoi Sir Giles avait retardé son retour à l'après-midi alors qu'il devait rentrer à onze heures. Livré à lui-même, il se laissa étourdir par l'enthousiasme que sa proposition avait déclanché. Si la réaction de Sir Giles était aussi favorable que celle de sa femme, il se serait fait des amis influents. Et riches. Il passa les doigts en connaisseur sur les moulures d'une table en bois de rose ; c'était donc ainsi que vivaient les riches, pensa-t-il : les deux pour cent de gens qu'il était intéressant de connaître.

Sir Giles revint de Worford à seize heures et trouva Lady Maud d'une humeur exceptionnellement bonne.

— J'ai reçu la visite d'un jeune homme si étrange, lui dit-elle, quand il lui en demanda la raison.

— Ah bon ?

— Il s'appelle Dundridge. Il vient du Ministère de...

— Dundridge ? Vous avez bien dit Dundridge ?

— Oui. Un homme vraiment très intéressant...

— Intéressant ? J'avais cru comprendre que c'était un nig... Mais peu importe. De quoi vous a-t-il parlé ?

— Eh bien, de tout et de rien, dit Lady Maud, enchantée de l'inquiétude de son mari.

— Comment ça, de tout et de rien ?

— Nous avons parlé de l'absurdité de faire passer l'autoroute par la gorge.

— Je présume qu'il est favorable à la route d'Ottertown ?

Lady Maud secoua la tête.

— En fait, pas du tout.

— Ah non ? fit Giles qui s'inquiétait sérieusement. Et alors, pour quelle solution est-il, bon Dieu ?

Lady Maud savoura son anxiété.

— Il a en tête une troisième voie de passage. Une route qui évite et Ottertown et la gorge.

Sir Giles devint livide.

— Une troisième voie ? Mais il n'y a pas de troisième voie. C'est impossible. Il ne pense quand même pas passer par la forêt, non ? C'est une zone protégée.

— Pas PAR, mais SOUS, dit Lady Maud, triomphalement.

— Sous ?

— Un tunnel. Un tunnel sous les collines. Vous ne trouvez pas que c'est une idée géniale ?

Sir Giles tomba pesamment sur une chaise. Il semblait malade.

— J'ai dit : « Ne trouvez-vous pas que c'est une idée géniale ? »

Sir Giles se ressaisit.

— Euh... Pardon ?... Ah oui... Superbe, murmura-t-il. Tout à fait superbe.

— Vous n'avez pas l'air très enthousiaste.

— C'est que je ne pense pas que cela soit possible financièrement. Le prix en serait exorbitant. Je ne pense pas que le ministère soit prêt à envisager la chose.

— Moi, si, dit Lady Maud. Si on le « stimule » un peu.

Elle sortit sur la terrasse par la porte-fenêtre et regarda le parc avec amour. Avec l'aide de Dundridge, elle venait de résoudre le problème. Le domaine était sauvé. Il restait la question de l'héritier et il lui vint à l'esprit que pour ça aussi Dundridge pouvait se montrer inestimable. Au cours du repas, il s'était mis à parler de son travail avec ferveur. Une ou deux fois, il avait mentionné la cémentation. Le mot l'avait fait vibrer. Et maintenant, tandis qu'elle se penchait sur le balcon pour observer les profondeurs de la pinède, il lui revenait à l'esprit avec intensité. Cémentation, murmura-t-elle. Ensemencement... C'était un mot nouveau pour elle, étrangement technique pour un acte aussi intime, mais elle n'était pas d'humeur à chicaner sur les mots.

On ne pouvait pas en dire autant de Sir Giles. Il alla dans son bureau en se dandinant et appela Hoskins.

— Qu'est-ce que c'est que ces salades ? Ce salaud de Dundridge, un nigaud ? grogna-t-il. Connaissez-vous sa dernière trouvaille ? Un tunnel. Vous m'avez bien entendu. Une saloperie de tunnel sous les collines.

— Un tunnel ? Hors de question. Il ne peut pas creuser un tunnel sous la forêt.

— Et pourquoi pas ? On en creuse bien un sous la Manche,

nom de Dieu. On peut en creuser dans tous les bon Dieu de coins, de nos jours.

— Je sais, je sais, mais ce serait financièrement prohibitif.

— Financièrement prohibitif ? Mon cul ! Si ce crétin se met à dégoiser tous azimuts sur le tunnel, il va réactiver le soutien de tous les maniaques écolos du pays. Il faut qu'on l'arrête.

— Je vais faire de mon mieux, dit Hoskins sans enthousiasme.

— Vous allez faire mieux que ça, gronda Sir Giles. Vous allez le ramener à la solution d'Ottertown.

— Mais que faites-vous des soixante-quinze pavillons H.L.M. ?

— Je me les fous au cul, les soixante-quinze pavillons H.L.M. Tout ce que je vous demande, c'est de faire en sorte qu'il laisse tomber l'idée de tunnel.

Sir Giles raccrocha et lança un regard furibond par la fenêtre. S'il ne prenait pas des mesures énergiques, il se retrouverait avec le château Handyman sur le dos. Et Lady Maud, de surcroît. Il se leva et donna un coup de pied dans la corbeille à papiers, qui alla valser dans un coin.

10

Dundridge n'eut aucune considération pour le paysage, sur le chemin de retour à Worford. Sa rencontre avec Lady Maud l'avait abasourdi et avait beaucoup regonflé son ego. Le repas avait été des plus agréables. Après deux grands gins, il lui avait semblé que Lady Maud appréciait ce qu'il lui racontait. Elle avait écouté son exposé sur la théorie du transport à flot continu, avec une ferveur évidente qui manquait d'habitude à son auditoire, et il avait trouvé son enthousiasme extraordinairement rafraîchissant. Qui plus est, il émanait d'elle une assurance, une suprême confiance en elle, qui était contagieuse et qui exerçait sur lui une fascination formidable. Malgré son manque de symétrie, de beauté, malgré la distance manifeste entre son physique et celui de la femme de ses rêves, il se devait d'admettre qu'il lui trouvait un certain charme. Après le repas, elle lui avait fait visiter la maison et le jardin, et il l'avait suivie, pièce après pièce, les jambes flageollantes, en proie à une incroyable excitation. A un moment, alors qu'il venait de trébucher dans le jardin de rocailles, elle lui avait pris le bras : il s'était senti fondre de plaisir. A un autre moment, alors qu'il l'avait frôlée en passant devant elle la porte de la salle de bains, il avait noté avec délices sa passivité. Quand il quitta la maison, il se sentait aussi heureux qu'un gamin. Il était apprécié. Cela faisait toute la différence.

Il revint à l'hôtel « Aux Armes des Handyman ». Il y trouva Hoskins qui l'attendait dans le salon.

— Je ne fais que passer voir comment se présentent les choses.

— Bien. Bien. Impeccable.

— Ça a marché, avec Leakham ?

La chaude exaltation de Dundridge se refroidit.

— Je n'aime pas beaucoup son attitude, dit-il. Il semble capable de tout pour faire passer l'autoroute par la gorge. Il est clair qu'il éprouve une haine tout à fait injustifiée pour Lady Maud. Je dois avouer que je ne comprends pas son attitude. A mon avis, c'est une femme charmante.

Hoskins le dévisagea, incrédule.

— Ah bon ?

— Délicieuse, dit Dundridge, se sentant à nouveau envahi par la chaude exaltation.

— Délicieuse ?

— Charmante, fit Dundridge, rêveur.

— Oh mon Dieu, fit Hoskins, incapable de cacher plus avant sa surprise. Ça le dépassait que quelqu'un pût trouver Lady Maud charmante et délicieuse. Il regarda Dundridge d'un autre œil.

— Elle est un peu grosse, non ? suggéra-t-il.

— Avenante, dit Dundridge avec bienveillance. Simplement avenante.

Hoskins frissonna et changea de sujet.

— Alors, et ce tunnel ? commença-t-il.

Dundridge le regarda avec stupeur.

— Comment êtes-vous au courant ?

— Les nouvelles vont vite par ici.

— Assurément. Je ne l'ai mentionné que ce matin.

— Vous n'envisagez pas sérieusement de proposer le percement d'un tunnel sous les collines, j'espère ?

— Je ne vois pas pourquoi, dit Dundridge. C'est un compromis qui est loin d'être idiot.

— Mais sacrément cher, dit Hoskins. Cela coûterait des millions et prendrait des années à réaliser.

— Au moins, cela éviterait les émeutes. J'ai été envoyé pour essayer de trouver une solution acceptable par toutes les parties. Le tunnel me paraît être une solution tout à fait acceptable. De toute façon le projet n'est encore qu'à l'état de concept.

— Oui, mais... commença Hoskins. Dundridge s'était levé et quittait la pièce sur une remarque évasive quant à la nécessité pour chacun d'élargir ses vues. Hoskins retourna à l'Office Régional de l'Equipement, perdu dans ses pensées. Il s'était trompé sur le compte de Dundridge. Le type n'était pas si nigaud, après tout. Mais d'un autre côté, il avait trouvé Lady Maud charmante et délicieuse... « Sacré pervers », se dit-il en décrochant le téléphone. Sir Giles n'allait pas aimer.

Blott non plus. Il avait eu une journée à peu près dénuée d'appels téléphoniques dans le potager. Il y avait eu le coup de téléphone de Dundridge, le matin, mais dans l'ensemble, on l'avait laissé en paix. A seize heures trente, il avait entendu Sir Giles appeler Hoskins pour lui parler du tunnel. A dix-sept heures trente, il arrosait les tomates quand Hoskins rappela pour dire que Dundridge était sérieux au sujet du tunnel.

— C'est impossible, grommela Sir Giles. C'est une idée outrageante. Un énorme gâchis sur le dos des contribuables.

Blott secoua la tête. L'idée du tunnel lui semblait très bonne.

— Essayez toujours de le lui dire, dit Hoskins.

— Et Leakham ? demanda Sir Giles. Il ne va pas l'avaler, n'est-ce pas ?

— Je ne sais pas trop. Tout dépend du poids que possède Dundridge à Londres. Le ministère risque de faire pression sur Leakham.

Il se fit un silence pendant que Sir Giles réfléchissait au problème. Dans la serre, Blott se débattait avec les complexités de la langue anglaise. Pourquoi Lord Leakham devait-il avaler un tunnel ? Comment Dundridge pouvait-il posséder un poids à Londres ? Et de toute façon, pourquoi Sir Giles était-il contre l'idée du tunnel ? Tout cela était bizarre.

— J'ai autre chose à vous annoncer, dit enfin Hoskins. Il en pince pour votre légitime.

Sir Giles émit un drôle de bruit.

— Il quoi ? s'étrangla-t-il.

— Il s'est épris de Maud, lui expliqua Hoskins. Il m'a dit qu'il la trouvait charmante et délicieuse.

— Charmante et délicieuse ? dit Sir Giles. Maud ?

— Et avenante.

— Oh mon Dieu ! Je comprends maintenant pourquoi elle arbore l'air satisfait d'un chat qui viendrait d'avaler une souris.

— J'ai pensé qu'il était important que vous le sachiez. Cela peut nous procurer une sorte de pouvoir sur lui.

— Rejoignez-moi au Club à neuf heures, dit Sir Giles qui venait de prendre une décision. Il faut qu'on en discute.

Il raccrocha.

Dans la serre, Blott, livide, fixait les géraniums. Si Sir Giles avait été surpris, Blott avait une réaction plus vive encore. La soudaine prise de conscience qu'il était amoureux de Lady Maud avait ensoleillé sa journée. Mais il était hors de lui d'apprendre que Dundridge partageait ses sentiments. Il était évident que Lady Maud méprisait son mari, et d'après ce qu'elle avait dit, Blott avait cru comprendre qu'il y avait une autre femme à Londres. Dundridge, c'était autre chose. Blott quitta la serre, se nettoya et rentra chez lui.

Son chez soi, c'était la loge. L'architecte de l'arche avait réussi à combiner l'utile et l'agréable, et dans le temps, la loge avait abrité plusieurs familles de paysans dans des conditions plutôt insalubres et contraignantes. Blott occupait seul l'endroit et le trouvait tout à fait à son goût. Il y avait bien sûr quelques inconvénients : les fenêtres étaient très petites et cachées dans les décors extérieurs ; il n'y avait qu'une porte, de sorte que pour aller d'un côté à l'autre de l'arche, il fallait gravir les marches de l'escalier jusqu'au sommet, et là, passer de l'autre côté. Mais il s'était installé confortablement sous les combles, dans une grande pièce. Les deux façades étaient percées d'un œil-de-bœuf, de sorte que Blott pouvait observer le château d'un côté et, de l'autre, voir arriver les visiteurs lorsqu'ils traversaient le pont. Il avait transformé une petite pièce en salle de bains, et une autre en cuisine ; il stockait des pommes pour que son domaine sente bon. Et, enfin, il y avait la bibliothèque, pleine de livres récupérés sur les étals du marché de Worford ou dans la librairie de livres d'occasion de Ferret Lane. Il n'y avait pas de romans dans la bibliothèque de Blott, aucune lecture légère, seulement des livres d'histoire anglaise. Dans son genre, c'était une bibliothèque d'érudit, née d'une curiosité insatiable pour son pays d'adoption. Il pensait que pour devenir anglais à part entière, il fallait trouver le secret de cette condition, et que si vraiment secret il y avait, il ne pouvait le trouver que dans le passé. Au cours des longues soirées d'hiver, il s'asseyait face au feu et s'absorbait dans l'histoire romanesque de l'Angleterre. Certains personnages occupaient le premier plan dans son esprit, Henry VIII, Drake, Cromwell, Edouard Ier, et il cherchait à faire correspondre ces héros ou ces méchants de l'Histoire, sinon avec lui-même, du moins avec d'autres personnes connues de lui. Lady Maud, malgré le fait qu'elle soit mariée, était la Reine Vierge, tandis que Sir Giles le faisait penser à Sir Walpole, dans ses côtés les moins savoureux. Mais ça, c'était en hiver. L'été, il allait et venait. Deux fois par semaine, il se rendait à vélo à Guilstead Carbonell, au « Royal George », et s'installait au bar jusqu'au moment d'aller au lit, le lit en question étant celui de Mme Wynn qui tenait le pub, et dont le mari avait eu la délicatesse de la laisser veuve à l'issue d'un assaut ennemi le jour J. Mme Wynn trouvait Blott utile (il essuyait les verres et portait les bouteilles) et Blott trouvait Mme Wynn confortable, peu exigeante et accommodante sur le plan de la bière ; il avait un faible pour la Handyman Brown.

Alors qu'il se lavait le cou (on était vendredi soir et Mme Wynn l'attendait), il se rendit compte qu'il n'éprouvait plus les mêmes sentiments pour elle. Non qu'il ait jamais ressenti grand-chose, mais le peu qu'il avait éprouvé venait d'être balayé par la vague subite de son amour pour Lady Maud. Cela ne lui semblait plus correct d'aller chez Mme Wynn. Il avait toujours eu le béguin pour Lady Maud, mais soudain il s'agissait d'autre chose. Il tira la langue et l'examina dans le miroir de la salle de bains ; elle semblait normale. C'était peut-être le temps. Un jour, il avait entendu parler des effets du printemps sur les fantasmes des jeunes gens. Or il n'était plus jeune. Il avait cinquante ans. Cinquante ans et amoureux. Toqué.

Il sortit, enfourcha sa bicyclette, passa le pont et se dirigea vers Guilstead Carbonell. Il venait d'atteindre le croisement lorsqu'il entendit le bruit d'une voiture qui arrivait sur lui à toute allure. Il descendit de vélo pour la laisser passer. C'était Sir Giles dans sa Bentley. « Il va à son club de golf pour voir Hoskins », se dit-il, en observant la voiture avec soupçon. « Il prépare un coup. » Il remonta sur son vélo et roula en roue libre, vers le « Royal George » et Mme Wynn. Peut-être fallait-il raconter à Lady Maud ce qu'il avait entendu. Non, ce n'était pas une bonne idée ; il n'était pas dans ses intentions de lui apprendre l'intérêt que Dundridge lui portait.

— Chacun pour soi, se dit-il, heureux de sa maîtrise de l'idiome.

Au club de golf de Worford, Sir Giles et Hoskins parlaient tactique.

— Il a sûrement un point faible, dit Sir Giles. On peut toujours acheter un homme.

— Peut-être Maud ?

— Ne faites pas l'imbécile. Elle ne va pas s'envoyer en

l'air avec un fonctionnaire minable alors que la clause réversible du contrat est en jeu. D'ailleurs, je n'y crois pas.

— Je l'ai très nettement entendu dire qu'il la trouvait charmante. Et avenante.

— Bon, bon. Disons qu'il aime les grosses. Qu'est-ce qu'il aime d'autre ? L'argent ?

Hoskins eut un frisson.

— Difficile à dire. Il faudra du temps pour le savoir.

— Mais c'est justement ce que nous n'avons pas. Le temps. Qu'il commence à dégoiser sur sa connerie de tunnel et on aura le feu aux poudres. Non, il nous faut agir vite.

Hoskins le regarda avec suspicion.

— Qu'est-ce que ça veut dire, cette histoire de « nous » ? demanda-t-il. C'est votre problème, pas le mien.

Sir Giles se rongea un ongle tout en réfléchissant.

— Combien ?

— Cinq mille livres.

— En échange de quoi ?

— Tout ce que vous voulez.

— Disons cinq pour cent de l'indemnité. A sa réalisation.

Hoskins fit un rapide calcul et trouva que cela ferait douze mille cinq cents livres.

— Comptant, dit-il.

— Vous êtes dur, Hoskins. Vous êtes dur, dit Sir Giles mélancoliquement.

— Bon, qu'attendez-vous de moi ? Que je le sonde à fond ?

Sir Giles secoua la tête. Ses petits yeux se mirent à briller.

— Vous avez dit « bizarre ». Bizarre. Qu'est-ce qui vous a fait penser à ça ?

— Je ne saurais dire. Une impression, fit Hoskins.

— Pédé peut-être ?

— Difficile à dire. Il faudrait du temps pour le savoir.

— L'alcool ? La drogue ? Les hommes ? Les femmes ? L'argent ? Bon Dieu, il doit bien y avoir quelque chose qui le fait flipper !

— On pourrait toujours essayer de le compromettre, dit Hoskins. Ça s'est déjà fait.

Sir Giles acquiesça.

— Un cadeau empoisonné. L'expéditeur anonyme. C'est vrai, ça s'est déjà vu. Mais c'est trop risqué. S'il allait se plaindre à la police ?

— Qui ne tente rien n'a rien. De toute manière, il n'y aurait aucune trace de l'origine de l'envoi. Je vous parie qu'il mordra à l'hameçon.

— Sinon, il est perdu pour nous. Non, il doit bien y avoir quelque chose d'imparable.

Ils se mirent à chercher en silence une manière ad hoc de compromettre Dundridge.

— D'après vous, est-il ambitieux ? finit par demander Sir Giles.

Hoskins acquiesça.

— Très.

— Connaissez-vous des gens du milieu ?

— A Worford ? Vous voulez rire ! fit Hoskins.

— N'importe où.

Hoskins secoua la tête.

— Si vous pensez à ce à quoi je pense...

— Je le pense.

— Des photos ?

— Des photos, admit Sir Giles. De jolies photos compromettantes.

Hoskins réfléchit à la question.

— Il y a bien Bessie Williams, dit-il. Elle était mannequin dans le temps, si vous voyez ce que je veux dire. Elle a épousé un photographe de Bridgeminster. Elle accepterait si on y mettait le prix. Un souvenir le fit sourire. Je peux la contacter.

— Faites-le, dit Sir Giles. Je paierai jusqu'à cinq cents livres pour une série de bonnes photos.

— Je m'en occupe, lui dit Hoskins. Et maintenant, si l'on revenait au problème de mon paiement comptant ?

Quand Sir Giles quitta le Golf Club, le problème était

réglé. Il rentra chez lui en voiture, parmi les vapeurs de whisky. « Le bâton d'abord, et ensuite la carotte », se dit-il. Le lendemain, il irait à Londres rendre visite à Mme Forthby. Autant se trouver dans le coin quand ça se passerait.

11

Dundridge passa la matinée du lendemain dans le Bureau Régional de l'Equipement avec Hoskins, qui l'inondait de cartes tout en discutant du projet du tunnel. Il était fort surpris de noter le changement d'attitude de ce dernier à l'endroit du projet : il semblait lui accorder ses faveurs.

— C'est une brillante idée. Dommage qu'on n'y ait pas pensé plus tôt. Cela aurait évité bien des ennuis.

Dundridge, tout flatté qu'il était, n'en était plus si persuadé. Il commençait à avoir des doutes sur les possibilités du tunnel. Le Ministère n'en apprécierait sûrement pas le coût, les délais seraient très importants, et il fallait encore gagner Lord Leakham à cette idée.

— Vous êtes bien sûr qu'il n'y a pas d'autre passage possible ? demanda-t-il à Hoskins.

Hoskins secoua la tête.

— C'est soit la gorge, soit Ottertown, soit votre tunnel.

En étudiant les cartes, Dundridge devait admettre qu'il n'y avait aucun autre passage possible. Les collines de Cleene s'étalaient d'une pièce, mise à part une fissure : la gorge de Worford à Ottertown.

— Tout ce cinéma que font les gens pour un bout de forêt, c'est grotesque, se plaignit Dundridge. De simples arbres. Qu'est-ce qu'ils ont donc de si particulier, ces arbres ?

Ils déjeunèrent dans un restaurant de River Street. A la table voisine, un couple d'une trentaine d'années donnait l'impression de trouver Dundridge fascinant : plus d'une fois, quand il avait levé la tête, Dundridge avait croisé le regard de la femme qui le regardait avec un doux sourire. Elle était assez jolie, avec des yeux en amande.

Dans l'après-midi, Hoskins l'emmena sur le site que traverserait l'autoroute si elle devait passer par Ottertown. Ils longèrent la route, passèrent devant les pavillons H.L.M. et revinrent par Guilstead Carbonell. Hoskins arrêtait la voiture de temps en temps et insistait pour qu'ils grimpent au sommet de chaque colline pour avoir une meilleure vue du tracé proposé. Quand ils revinrent enfin à Worford, Dundridge était épuisé. Et il était pompette. Ils s'étaient arrêtés en chemin dans plusieurs pubs : à cause de Hoskins qui répétait que les hommes se devaient de boire des pintes et que les demis n'étaient bons que pour les gamins (avec un tel mépris dans son inflexion sur « les gamins ») il avait consommé nettement plus de Handyman Triple XXX qu'à l'accoutumée.

— Nous donnons une petite fête, ce soir, au Golf Club, dit Hoskins, quand ils passèrent la porte de la ville. Si vous voulez venir...

— Je pense que je vais me coucher tôt.

— Dommage, fit Hoskins. Vous y rencontreriez bon nombre de notables influents. Il n'est pas bon de donner l'impression aux notables qu'on les snobe.

— C'est bon, fit Dundridge à contre-cœur. Je vais prendre un bain, et manger quelque chose. Je verrai alors comment je me sentirai.

— A tout à l'heure, mon vieux, dit Hoskins quand Dundridge sortit de la voiture pour monter dans sa chambre d'hôtel.

Un bain et un repas, et il se sentirait certainement bien. Il prit une serviette et se dirigea vers la salle de bains dans le couloir. Quand il revint de sa brève immersion dans un bain tiède — le chauffe-eau avait encore refusé de marcher — il se sentait mieux. Il dîna et décida que Hoskins avait probablement raison. Cela pouvait être utile de rencontrer les plus influents des notables. Il sortit chercher sa voiture et conduisit jusqu'au Golf Club.

— Ravi de vous voir, dit Hoskins quand Dundridge put le rejoindre après s'être frayé un chemin au milieu de la foule. Quel poison prendrez-vous ?

Dundridge opta pour un *gin tonic.* Il avait eu son comptant de bière pour la journée. Autour de lui, des hommes costauds parlaient fort des doglegs du troisième trou et des hasards de l'eau pour le cinquième. Dundridge n'était pas dans le coup. Hoskins lui apporta son verre et le présenta à un certain Mr. Snell.

— Enchanté, mon gars, fit avec chaleur Mr. Snell de derrière sa grosse moustache. Quel est votre handicap ?

Réprimant son envie de lui demander de s'occuper de ses oignons, Dundridge lui répondit qu'à sa connaissance il n'en avait pas.

— Un débutant, hein ? Oh, peu importe. Patientez. Il faut bien débuter un jour.

Il s'éloigna ; Dundridge erra dans la direction opposée. En observant autour de lui les visages vineux des hommes et les cheveux au henné des femmes, il se maudit d'être venu. Si c'était là l'idée que Hoskins se faisait des gens influents, il pouvait s'en passer. Il sortit sur la terrasse et se pencha audessus de la rue. Il se trouvait au dix-huitième étage. Il allait finir son verre et rentrer chez lui. Il s'apprêtait à rentrer dans le salon, quand une voix lui dit :

— Si vous allez vers le bar, pourriez-vous m'apporter un autre verre ?

C'était une voix douce et séduisante. Dundridge se retourna et se trouva face à une paire d'yeux en amande. Il changea d'avis. Il alla au bar chercher deux autres verres.

— Ces conversations sont si ennuyeuses, dit la fille. Etesvous joueur de golf ?

Dundridge dit qu'il n'y connaissait rien.

— Moi non plus. C'est un sport si ennuyeux ! Elle s'assit et croisa les jambes. C'étaient de vraiment belles jambes. De toute façon, je n'aime pas les sportifs. Je préfère les intellectuels. Elle sourit à Dundridge. Je m'appelle Sally Boles. Et vous ?

— Dundridge, fit Dundridge en s'asseyant de manière à avoir un meilleur aperçu sur ses jambes.

Dix minutes plus tard, il alla chercher deux autres verres. Vingt minutes plus tard, deux autres encore. Il s'amusait enfin.

Mlle Boles, apprit-il, était en visite chez son oncle. Elle aussi venait de Londres. Elle travaillait pour une firme de conseillers esthétiques. Dundridge lui répondit que cette profession lui convenait bien. Elle trouvait la campagne terriblement ennuyeuse. Dundridge lui dit que lui aussi. Il fit preuve d'un lyrisme poisseux en évoquant les joies de la vie londonienne. Tout au long, les yeux en amande de Sally Boles lui souriaient de façon séduisante, et ses jambes se croisaient et se décroisaient dans la nuit qui tombait. Quand il proposa un autre verre, Mlle Boles insista pour aller le chercher elle-même.

— C'est mon tour, dit-elle. De plus, je veux me refaire une beauté.

Elle laissa Dundridge seul sur la terrasse, en proie à une joyeuse stupeur. Quand elle revint avec les verres, elle semblait soucieuse.

— Mon oncle est parti sans moi, dit-elle. Serait-ce abuser de vous demander de me raccompagner ?

— Mais pas du tout. C'est un plaisir, dit Dundridge en buvant une gorgée. Sa boisson avait un goût très amer.

— Je suis désolée, j'ai pris du Campari, dit Mlle Boles en guise d'explication.

Dundridge lui dit que ce n'était pas grave. Il vida son verre et ils quittèrent la terrasse pour se diriger vers le parking.

— J'ai passé une soirée délicieuse, dit Mlle Boles en montant dans la voiture de Dundridge. Il faut absolument que l'on se revoie à Londres.

— Avec plaisir, dit Dundridge. Je serais heureux de vous voir très souvent.

— C'est promis.

— Vraiment ?

— Appelez-moi Sally, dit Mlle Boles, en se coulant contre lui.

— Oh Sally... commença Dundridge qui se sentit tout à coup extraordinairement fatigué... Je voudrais vous voir très souvent.

— Mais certainement, mon chou-chou, certainement, dit Mlle Boles en retirant les clés de voiture de ses doigts inertes. Dundridge venait de s'effondrer.

A Londres, Sir Giles était étendu sur le dos, dans le lit de Mme Forthby, tandis que cette dernière resserrait ses attaches. Par moments il luttait un peu pour faire vrai et geignait d'une voix rauque. Mais Mme Forthby était implacable, du moins en apparence. Le fantasme de Sir Giles passait par une brutalité féroce, et elle faisait de son mieux. Comme c'était une âme au grand cœur et qu'il n'était pas dans ses habitudes d'attacher les gens et de les fouetter, elle n'était pas très douée ; en fait, elle était par principe contre tout châtiment corporel. C'était en grande partie parce qu'elle était progressiste qu'elle acceptait de gâter Sir Giles.

— Si cela lui fait plaisir, le pauvre, qui suis-je pour le lui refuser ? se disait-elle. Bien sûr, il lui arrivait souvent d'avoir à dire non à Sir Giles au beau milieu de son rituel. Mais si Mme Forthby n'était pas brutale de nature, on pouvait quand même imaginer le contraire, dans la lumière tamisée de la chambre. Par ailleurs, elle avait le mérite d'être une forte femme et de porter ses costumes de façon tout à fait convaincante. Ce soir, elle était Cat Woman, Miss Dracula, La Cruelle Maîtresse Faisant Des Expériences Sur Sa Victime Sans Défense.

— Non, non, geignait Sir Giles.

— Si, si, insistait Mme Forthby.

— Non, non.

— Si, si.

De ses doigts, Mme Forthby lui ouvrit la bouche de force et y fourra le baillon.

— Non...

C'était trop tard. Mme Forthby gonfla le baillon et se pencha sur lui, un sourire malicieux aux lèvres. Ses seins se dessinèrent, lourds de menace. Ses mains gantées...

Elle alla dans la cuisine faire du thé. En attendant que l'eau se mette à bouillir, elle sirota un digestif et réfléchit. Elle se sentait parfois lasse de sa relation décousue avec Sir Giles, et elle aurait préféré un arrangement plus régulier. Il faudrait qu'elle lui en parle. Elle réchauffa la théière et versa l'eau bouillante. Après tout, elle ne rajeunissait pas et l'idée de devenir Lady Lynchwood n'était pas pour lui déplaire. Allons bon, où avait-elle bien pu mettre le couvercle de la théière ?

Sur le lit, Sir Giles se débattait avec ses attaches, puis se calmait. Il était étendu sur le dos, épuisé de bonheur, dans l'attente de sa cruelle maîtresse. Il dut attendre longtemps.

Entre les périodes d'excitation folle, il revenait à Dundridge en pensée. Il espérait que Hoskins n'avait pas tout fichu par terre. C'était toujours le même problème, avec les subalternes : impossible de leur faire confiance... Sir Giles préférait en règle générale s'occuper lui-même de son travail, mais le risque était trop grand s'il s'impliquait dans les détails pratiques de cette opération-là. D'abord le bâton, et ensuite la carotte. Il se demanda jusqu'à quel prix il lui faudrait faire monter la carotte. Deux mille, trois mille, quatre mille livres ? Ajoutées les cinq mille de Hoskins. Mais enfin, c'était encore rentable. Pour un profit de cent-cinquante mille livres, cela valait la peine. Pour voir la fureur de Maud, aussi, quand elle se rendrait compte que l'autoroute allait passer par la gorge. Une bonne leçon pour cette sale garce. Mais où était donc passée Mme Forthby ? Pourquoi ne revenait-elle pas ?

Mme Forthby venait de boire une tasse de thé et s'en servait une autre. Elle commençait à avoir chaud dans son costume serré. Elle allait prendre un bain. Elle se dirigea vers la salle de bains et ouvrit le robinet.

— Quelle vieille sotte je fais. C'est peu de dire que je suis une tête de linotte, se dit-elle en ramassant le fouet. La maîtresse cruelle, Miss Dracula, retourna dans la chambre et ferma la porte.

Dans la bibliothèque de sa loge, Blott lisait un livre de Sir Arthur Bryant, mais ses pensées glissaient régulièrement vers Lady Maud, Mme Wynn, Dundridge et Sir Giles. Dans son état de dévotion romantique actuel, il éprouvait le désir de mettre genou à terre devant Lady Maud et de lui avouer son amour. C'était complètement aberrant. Elle se mettrait en colère. Pire encore, elle risquait de lui rire au nez. A l'idée de son rire hautain, il abandonna sa lecture. C'était une soirée merveilleuse. Le soleil s'était couché à l'ouest, de l'autre côté des collines, mais le ciel était encore clair. Blott eut envie d'une bière. Il n'irait pas jusqu'à Guilstead Carbonell pour en boire une. Mme Wynn voudrait qu'il reste passer la nuit et Blott n'avait pas envie de coucher avec elle à nouveau. Il avait passé la nuit précédente à tergiverser avec sa conscience, essayant de se décider à lui avouer que tout était fini entre eux. Finalement, c'était son sens des réalités qui avait eu le dessus. Lady Maud n'était pas pour lui. Il lui faudrait se contenter de rêver d'elle. C'est ce qu'il avait fait en faisant l'amour avec Mme Wynn, laquelle s'était étonnée de sa fougue retrouvée. « Comme au bon vieux temps », lui avait-elle dit, pleine de gratitude tandis qu'il se rhabillait pour rentrer au château en vélo. Il irait faire une promenade. Il y avait des lapins dans la pinède. Blott alla chercher son fusil et se mit en route. Il traversa le parc. Il longea la rivière qui murmurait gentiment ; il y avait quelque chose d'estival dans l'air. Dans un buisson, un merle appela. Blott ne prêtait pas attention à la nature environnante. Il rêvait de bouleversements, d'une Lady Maud en danger, d'un acte d'héroïsme de sa part qui révélerait la vraie nature de ses sentiments pour elle, et les unirait dans l'amour et le bonheur. Quand il arriva dans la pinède, il faisait trop noir pour voir les lapins. Mais de toute façon Blott n'était plus intéressé par les lapins. Une lumière venait de s'allumer dans la chambre de Lady Maud. Il traversa la pelouse en rampant et se mit à la fixer jusqu'à ce qu'elle s'éteigne. Alors, il rentra chez lui se coucher.

12

A son réveil, Dundridge se retrouva sur un bas-côté de la route de Londres. Sa tête éclatait, il avait terriblement froid et le levier de vitesse lui rentrait dans les côtes. Il s'assit, dégagea ses jambes de sous le volant et se demanda ce qui avait bien pu se passer. Il se souvenait parfaitement de la soirée au Golf Club. Il se remémorait sa conversation avec Mlle Boles sur la terrasse. Il se rappelait même qu'il était allé avec elle jusqu'à sa voiture. Après quoi, néant.

Il sortit de la voiture pour rétablir la circulation du sang dans ses jambes et s'aperçut que son pantalon était défait. Il se reboutonna et, pour masquer sa gêne, voulut renouer sa cravate. Mais il dut se rendre à l'évidence : il n'avait pas de cravate. Il sentit que le col de sa chemise était déboutonné. Quant à son maillot de corps, il était à l'envers. Il parvint à voir l'étiquette du tricot en tirant dessus. A la réflexion, il ne se sentait pas très à l'aise dans son slip Kangourou non plus. Il marcha sur un de ses lacets. Il s'affala contre sa voiture, sérieusement alarmé. Il se trouvait à mille lieues de nulle part... Il regarda sa montre... A six heures du matin, les chaussures délacées, son tricot de corps et son slip à l'envers, le pantalon déboutonné et tout ce dont il se souvenait, c'est qu'il était entré dans la voiture avec une fille aux yeux en amande et de superbes jambes.

Alors, Dundridge imagina un scénario épouvantable pour les événements de la nuit. Peut-être avait-il violé la fille. Une crise de folie furieuse. Ce qui expliquerait le mal de tête. Toutes ces années passées à s'abandonner à la femme composite de ses fantasmes se retournaient contre lui. Il était devenu fou et avait violé Mlle Boles, peut-être même l'avait-il tuée. Il observa ses mains. Au moins il n'y avait pas de sang dessus. Il l'avait peut-être étranglée. C'était du domaine du possible. En fait, il y avait toutes sortes de possibilités, chacune affreuse. Dundridge se pencha pour relacer ses chaussures, puis, après avoir vérifié qu'il n'y avait pas de corps dans le fossé, remonta dans la voiture et se demanda quoi faire. Il n'y avait aucune raison pour rester sur le bas-coté. Il roula jusqu'au premier poteau indicateur qui lui apprit qu'il se dirigeait vers Londres. Il fit demi-tour et conduisit jusqu'à Worford, se gara dans la cour de son hôtel et regagna sa chambre. Il était au lit quand la fille d'étage lui apporta son thé.

— Quelle heure est-il ? demanda-t-il d'un air ensommeillé.

La fille le regarda avec un méchant sourire.

— Vous devriez le savoir, dit-elle. Vous venez juste de rentrer. Je vous ai vu monter les marches en catimini. Une nuit de java, hein ?

Elle posa le plateau et sortit, laissant Dundridge se maudire pour sa bêtise. Il but un peu de thé et se sentit plus mal encore. Il se mit sur le côté et s'endormit. Quand il se réveilla, il était midi. Il se leva, se rasa tout en étudiant son visage dans le miroir, à la recherche d'un signe quelconque de la maniaquerie sexuelle qu'il redoutait d'y trouver. L'image qu'il recevait en retour était celle d'un visage tout à fait ordinaire, mais Dundridge n'en était pas rassuré pour autant. Les meurtriers présentaient d'habitude un visage tout à fait quelconque. Peut-être avait-il été victime d'un simple malaise, ou d'amnésie. Encore que cela n'expliquât pas pourquoi, et son maillot de corps, et son slip, étaient à l'envers. Il avait dû se déshabiller à un moment de la nuit.

Pire encore, il avait dû se rhabiller si précipitamment qu'il n'avait pas fait attention à la manière. Ce qui sous-entendait la panique et à tout le moins une urgence incroyable. Il descendit déjeuner. Après le repas, il mettrait la main sur un annuaire et y chercherait les Boles. Evidemment, l'oncle de la femme pouvait ne pas s'appeler Boles. Mais cela valait la peine d'essayer. Si ça ne marchait pas, il essaierait auprès de Hoskins ou du Golf Club. A la réflexion, ce n'était peut-être pas une bonne idée. Il n'avait pas intérêt à attirer l'attention sur le fait qu'il avait raccompagné Mlle Boles chez elle. L'avait-il raccompagnée seulement ?

En fait, il n'eut pas besoin de chercher dans l'annuaire. Le réceptionniste lui tendit une grande enveloppe. Elle lui était adressée et portait les mentions « PERSONNEL » et « CONFIDENTIEL ». Dundridge emporta l'enveloppe dans sa chambre sans l'ouvrir. Grand bien lui fit de ne l'avoir pas ouverte dans le hall. Il savait à présent ce qu'il avait fait la nuit précédente.

Il laissa tomber les photographies sur son lit et s'affala dans un fauteuil. L'instant d'après, il se relevait pour fermer la porte à clé. Il revint vers le lit et fixa les photos. C'étaient des 10/18, papier brillant, tout à fait obscènes. Prises au flash, elles étaient parfaitement nettes. Et ce que l'on y voyait, c'était le portrait de Dundridge nu (et pas gêné le moins du monde de l'être), en train de procéder avec Mlle Boles à toute une série d'actes monstrueux qui dépassaient les limites de sa propre imagination. Tout au moins supposait-il que c'était avec elle. De fait, elle semblait porter... Elle ne semblait pas, elle PORTAIT un masque, une espèce de cagoule qui rendait toute identification impossible. Il scruta les photos, une à une, et aperçut l'homme masqué. Il rangea précipitamment les photos dans l'enveloppe et se mit à suer avec abondance, assis au bord de son lit. Quelqu'un voulait le faire chanter.

Voulait ? Il avait bel et bien réussi, oui ! Mais Dundridge n'était pas riche. Il n'était pas en mesure de payer un sou. Il rouvrit l'enveloppe et étudia les preuves de sa dépravation.

Mlle Boles. Mlle Boles ? Il ne s'agissait sûrement pas de son vrai nom. Sally Boles... Il avait déjà entendu ce nom quelque part. Mais bien sûr ! Sally Bowles dans *I'm a Camera*[1]. Dundridge n'avait pas besoin de précisions supplémentaires. Il s'était fait bel et bien posséder. De la plus belle manière, à en juger par les photographies.

Il se demandait comment réagir quand le téléphone se mit à sonner.

— Allô ? fit-il.

— Mr. Dundridge ? fit une voix de femme.

— Lui-même, dit Dundridge d'une voix mal assurée.

— J'espère que les épreuves vous ont plu.

— Les épreuves ? Espèce de garce, grogna Dundridge.

— Appelez-moi Sally, dit la voix. Je ne pense pas que le formalisme soit de rigueur avec moi.

— Que voulez-vous ?

— Mille livres... pour commencer.

— Mille livres ? Mais je n'ai pas mille livres.

— Eh bien, vous avez intérêt à vous les procurer, n'est-ce pas chéri ?

— Je vais vous dire ce que je vais faire, hurla Dundridge. Je vais prévenir la police.

— Faites ça, fit une voix rauque d'homme et vous vous retrouverez avec le visage en bouillie. Vous n'avez pas affaire à des amateurs, mec. Nous sommes des pro, compris ?

Dundridge ne comprenait que trop bien. Ce fut à nouveau la femme qui lui parla.

— Si vous envisagez vraiment de prévenir la police, sachez que nous y avons un ou deux clients. Nous serons informés. Vous feriez mieux de dénicher vos mille livres.

— Je ne peux...

— Ne cherchez pas à nous joindre. Nous vous rappelle-

1. Pièce de théâtre tirée du livre de John Van Druten *Good Bye To Berlin* dont Sally Bowles fut l'interprète principale à Broadway.

rons, dit Mlle Boles avant de raccrocher. Dundridge posa le récepteur. Puis il se prit la tête dans les mains.

Sir Giles rentra de Londres d'excellente humeur. Mme Forthby s'était dépassée et il était encore sous le coup du plaisir. Plus encore, il y avait eu le message téléphonique cryptique de Hoskins.

— Le poisson est ferré, avait-il dit.

Il ne restait plus qu'à se procurer le filet dans lequel emprisonner Mr. Dundridge. Sir Giles se gara, monta dans le bureau de sa permanence et téléphona à Hoskins pour lui demander de le rejoindre.

— Les voici. Une série d'épreuves comme vous les vouliez, dit Hoskins en étalant les photos sur le bureau.

Sir Giles les étudia en connaisseur.

— Très bon, dit-il. C'est tout à fait ça. Et qu'en pense notre amoureux ?

— Ils lui ont réclamé mille livres. Il dit qu'il n'a pas une telle somme.

— Il l'aura, ne vous en faites pas, dit Sir Giles. Il aura ses mille livres, et nous, nous le tiendrons. On n'entendra plus parler de tunnel dans le futur. Dorénavant, il ne s'agira plus que d'Ottertown.

— Ottertown ? fit Hoskins, tout à fait surpris. Mais je pensais que vous vouliez que l'autoroute passe par la gorge. Je pensais...

— Que vous êtes pénible, Hoskins ! dit Sir Giles en rangeant les photos dans l'enveloppe et celle-ci dans son attaché-case : vous ne voyez pas plus loin que le bout de votre nez. Vous ne croyez tout de même pas que je vais accepter de perdre une charmante demeure et ma ravissante épouse, n'est-ce pas ? Vous n'imaginez tout de même pas que je néglige les intérêts de mes électeurs comme le Général Burnett et ce sacré Bullet-Finch, hein ? Bien sûr que j'y tiens. Je suis Sir Giles le probe, l'ami des pauvres.

Sur ce, il descendit, laissant Hoskins complètement dérouté par son soudain changement de tactique.

Il n'y avait rien de tel que d'aiguiller les gens sur une fausse piste. Faire d'une pierre deux coups, pensa-t-il en montant dans sa Bentley. La décision de faire passer l'autoroute par Ottertown tuerait Puckerrington à coup sûr. Sir Giles envisagea ce décès avec délectation. Il n'aimait pas Puckerington. Sale snob. Eh bien, il serait la première cible. Puis il y aurait de nouvelles élections à Ottertown et il faudrait faire passer la route par la gorge et adieu au château Handyman. Deuxième cible. D'ici là, il aurait eu le temps de revendiquer de plus grosses sommes compensatoires, et personne, pas même Lady Maud, ne pourrait l'accuser de n'avoir pas fait le maximum. Il n'y avait qu'un seul problème : ce vieux crétin de Leakham risquait de persister dans son obstination à faire passer la route par la gorge. Mais ce n'était qu'un problème mineur. Maud, quant à elle, lui poserait un problème plus important : il risquait de perdre son siège au Parlement, mais il serait plus riche de cent cinquante mille livres, et Mme Forthby l'attendait. Tout bien pesé, il y gagnerait. L'important, c'était de faire en sorte que le projet de tunnel avorte. Sir Giles se gara devant l'hôtel « Aux Armes des Handyman » et fit porter un message à Dundridge, dans sa chambre, lui disant qu'il l'attendait dans le salon de l'hôtel.

Dundridge descendit, morose. Un député local était bien la dernière personne qu'il avait envie de voir. Il pouvait difficilement lui demander conseil sur le chantage dont il faisait l'objet. Sir Giles l'accueillit avec une cordialité que Dundridge ne trouvait plus justifiée, en raison de sa situation.

— Cher ami, je suis ravi de vous voir, dit-il en serrant avec vigueur la main molle de Dundridge. Je pensais vous rendre visite et avoir avec vous un entretien au sujet de cette autoroute insensée, mais j'ai dû malheureusement me rendre à Londres. On s'occupe bien de vous, ici ? Vous savez, c'est l'un de nos établissements. Si vous avez la moindre plainte à formuler, faites-le-moi savoir et je ferai en sorte d'arranger les choses. Allons prendre le thé dans le salon privé. Il l'amena dans un petit salon où se trouvait un poste de télévision. Sir Giles se laissa tomber dans un fauteuil et prit un cigare.

— Vous fumez ?

Dundridge fit signe que non.

— Vous avez bien raison. Encore qu'on dise que le cigare ne fait pas grand mal et un homme a le droit à un ou deux petits vices, fit Sir Giles en coupant le bout de son cigare avec un coupe-cigares en argent massif.

Dundridge tressaillit. Le cigare lui rappelait l'un des objets qui figuraient de façon évidente dans ses relations avec Mlle Boles ; quant aux vices...

— Et maintenant, venons-en à cette affaire d'autoroute, dit Sir Giles. Je pense qu'il serait préférable que nous mettions cartes sur table. Je ne suis pas du genre à tourner autour du pot, je peux vous l'assurer. J'appelle les choses par leur nom et je n'aime pas perdre mon temps. Je n'en serais pas où j'en suis, si ce n'était le cas.

Il fit une légère pause pour permettre à Dundridge d'apprécier la profusion des métaphores et sa façon bourrue d'attaquer l'entretien.

— Et je ne crains pas de vous dire que je n'aime pas, mais alors pas du tout, votre idée de construire une autoroute à travers ma propriété, nom d'une pipe.

— Ça n'est certainement pas mon idée, fit Dundridge.

— Pas la vôtre personnellement, répondit Sir Giles, mais vous, les types du Ministère, vous avez décidé comme ça, vlan ! de faire passer cette saloperie par la gorge. Osez me dire le contraire ?

— Eh bien, c'est-à-dire, euh... commença Dundridge.

— Et voilà. Qu'est-ce que je disais ? Vous ne pouvez pas prétendre le contraire.

— En fait, je suis contre le passage par la gorge, dit Dundridge quand il en eut l'occasion.

Sir Giles le regarda avec étonnement.

— Vraiment, dit-il ? Heureux de vous l'entendre dire. J'en déduis donc que vous optez pour Ottertown. Je ne peux d'ailleurs pas vous en blâmer. C'est certainement la meilleure route, et de loin.

— Non, dit Dundridge. Pas Ottertown. Un tunnel, sous les collines.

Sir Giles feignit la surprise.

— Eh, attendez un peu, dit-il. La forêt de Cleene est un site protégé. Vous n'allez vous mettre à la saloper !

Son accent, aussi changeant qu'une girouette, avait pris la direction de Huddersfield[1].

— Mais il ne s'agit pas de la saloper... commença Dundridge.

Sir Giles s'était penché par-dessus la table avec un regard mauvais.

— Ça, c'est ce que vous dites, fit-il en pointant son index sur la poitrine de Dundridge. Maintenant vous allez m'écouter, jeune homme. Vous allez me faire le plaisir d'oublier toutes ces conneries de tunnel. Je veux une décision rapide dans un sens ou dans l'autre. Je n'aime pas que l'on me fasse perdre mon temps parce que des types comme vous passent des heures à brasser du vent et à beaucoup parler pour ne rien dire, comme votre histoire de tunnel. C'est peut-être très bien pour ma légitime qui s'en laisse conter, mais avec moi, ça ne prend pas. Je veux une réponse claire : oui ou non. Oui pour Ottertown et non pour la gorge.

Il se rassit et tira sur son cigare.

— Dans ce cas, dit Dundridge, raidement, il vaudrait mieux que vous ayez un entretien avec Lord Leakham. C'est à lui de prendre la décision finale.

— Leakham ? Leakham ! Lui qui prendra la décision finale ? fit Sir Giles. N'essayez pas de me bluffer, mon vieux. Le Ministère ne vous a pas envoyé ici pour aider cette vieille carne desséchée à prendre sa décision. Il vous a envoyé pour

1. Huddersfield : ville d'Angleterre considérée comme ayant l'accent le plus vulgaire du pays.

que vous lui conseilliez ce qu'il avait à dire. On ne m'attrape pas comme ça. Je reconnais un expert quand j'en vois un. Il fera en réalité ce que vous, vous lui direz de faire.

Dundridge se sentit mieux. Il avait enfin droit à l'estime qu'il méritait.

— Eh bien, je pense avoir une certaine influence, concéda-t-il.

Sir Giles rayonna.

— Bon, bon, qu'est-ce que je vous disais ? Les grands hommes se comptent sur les doigts de la main et je sais reconnaître le talent. Eh bien, sachez que je suis généreux. Passez me voir quand vous en aurez fini avec Lord Leakham. Je vous recevrai.

Dundridge lui fit les gros yeux.

— Vous ne voulez pas dire que...

— Désignez-moi votre œuvre de charité, dit Sir Giles avec un clin d'œil colossal. Je dis toujours que « charité bien ordonnée commence par soi-même », hein ? Mais je ne suis pas un mauvais bougre. Je paye toujours pour les services qu'on me rend.

Il tira à nouveau sur son cigare et observa Dundridge à travers un nuage de fumée. C'était le moment de vérité. Dundridge déglutit nerveusement.

— C'est très aimable à vous..., commença-t-il.

— N'en dites pas plus, fit Sir Giles. Ça n'est pas la peine. Quel que soit le moment où vous voudrez me voir, je serai soit au bureau de ma permanence, soit au château. Le meilleur moment pour me joindre est certainement le matin, à mon bureau.

— Mais, que vais-je bien pouvoir dire à Lord Leakham ? demanda Dundridge. Il est intransigeant sur le passage de l'autoroute par la gorge.

— Dites-lui de ma part que ma chère et tendre épouse a l'intention de le traîner dans la boue pour son arrestation illégale, s'il n'opte pas pour Ottertown. Dites-le lui.

— Je ne pense pas que Lord Leakham appréciera beaucoup, fit Dundridge nerveusement. Lui-même n'aimait pas beaucoup l'idée de proférer des menaces contre le vieux juge.

— Dites-lui que je le poursuivrai jusqu'à ce qu'il ne lui reste plus un sou en poche. Et que j'ai des témoins, n'oubliez pas. Des témoins très influents qui viendront à la barre et qui jureront qu'il était saoul et qu'il n'avait pas toute sa tête lors de l'enquête et aussi qu'il a fait preuve d'arbitraire. Dites-lui qu'il y laissera sa réputation et qu'il ne lui restera pas un sou quand j'en aurai fini avec lui. J'ai bien l'intention d'aller jusqu'au bout.

— Je doute fort qu'il aime cela, dit Dundridge qui lui-même n'aimait pas cela, mais alors pas du tout.

— Je ne pense pas, en effet, que cela lui plaise, dit Sir Giles. Je ne suis pas du genre à accepter qu'on me contrarie.

Dundridge en avait la preuve. Tandis que Sir Giles partait en voiture, Dundridge remonta dans sa chambre et regarda à nouveau les photos. Stimulé par leur obscénité, il prit une aspirine et s'en alla lentement vers l'hôpital. Il lui fallait obtenir de Lord Leakham qu'il change d'avis au sujet du passage de l'autoroute. Sir Giles avait dit qu'il payait pour les services rendus et Dundridge entendait bien avoir quelque chose à lui faire payer. Il n'avait plus le choix. C'était ça ou sa perte.

En rentrant au château Handyman, Sir Giles s'arrêta, ouvrit son attaché-case et sortit les photographies. Elles étaient vraiment très intéressantes. Mme Williams était une femme pleine d'imagination. Aucun doute. Et attirante. Très attirante. Peut-être un jour irait-il lui rendre visite. Il rangea les photos et reprit sa route vers le château.

13

A l'hôpital, Dundridge eut quelques difficultés à trouver Lord Leakham.

— Il est vraiment vilain de se promener ainsi, dit l'infirmière en chef. Vous le trouverez probablement à l'abbaye. Il a pris l'habitude d'y aller alors qu'il ne devrait pas. Il dit qu'il aime regarder les tombes. Moi je trouve ça morbide.

— Vous n'avez pas l'impression que son esprit a été affecté, non ? demanda Dundridge avec espoir.

— Pas vraiment. Les lords sont tous un peu toqués à mon avis, lui expliqua l'infirmière en chef.

Dundridge finit par le trouver dans le parc, discutant les mérites du chat à neuf queues avec un vétéran retraité qui, par bonheur, était sourd.

— Eh bien, que voulez-vous encore, demanda Lord Leakham quand Dundridge l'interrompit.

— Juste un mot, fit Dundridge.

— A quel sujet ?

— L'autoroute, expliqua Dundridge.

— Quoi encore ? Je rouvre l'enquête publique lundi. Cela ne peut-il attendre jusque-là ?

— Je crains que non, dit Dundridge. Le fait est que l'étude sur le terrain, de l'environnement social et des facteurs géographiques qui y sont subordonnés, ...

— Ah mon Dieu ! fit Lord Leakham.

— Nous en sommes arrivés à la conclusion, continua

Dundridge, inventant vaillamment un jargon à la hauteur de la situation ; étant donné que...

— Bon, tout ça rime à quoi ? Ottertown ou la gorge Cleene. Dites-le, mon vieux.

— Ottertown, dit Dundridge.

— Il faudra passer sur mon corps, dit Lord Leakham.

— J'espère bien que non, fit Dundridge, en déguisant ses vrais sentiments. Il y a tout de même une chose que je dois vous dire. Comme vous le savez, le gouvernement est décidé à éviter toute autre publicité qui pourrait contrarier le projet d'autoroute...

— Vous ne comptez quand même pas démolir soixante-quinze pavillons H.L.M. tout neufs sans provoquer une mauvaise publicité, souligna Lord Leakham ?

— Or l'action en justice pour dommages et intérêts que Lady Lynchwood a l'intention d'intenter contre vous est sur le point de...

— Contre moi ? hurla le juge.

— Pour arrestation illégale, dit Dundridge.

— Ça, c'est le problème de la police. Si elle a la moindre plainte à formuler, laissez-la poursuivre ceux qui sont responsables. En tout cas, aucun juge intègre ne prononcera un verdict en sa faveur.

— J'ai cru comprendre qu'elle a l'intention d'appeler à la barre plusieurs témoins éminents, dit Dundridge. Ils témoigneront que vous étiez saoul.

Lord Leakham se mit à enfler.

— Et grossier à son endroit, dit Dundridge en serrant les dents. Et déréglé. En bref, que vous n'étiez pas en état de...

— Quoi ? éclata le juge avec une telle violence que de nombreux patients âgés détalèrent pour s'abriter et que les pigeons du toit de l'hôpital s'envolèrent.

— Bref, fit Dundridge, elle a l'intention de s'attaquer à votre réputation. Evidemment, le Ministère doit prendre toutes ces choses en considération, vous comprenez ?

Il était peu évident que Lord Leakham pût comprendre

quoi que ce soit. Il venait de s'effondrer sur un banc et regardait fixement, le visage livide, ses pantoufles.

— Il y a aussi, continua Dundridge en poussant son avantage, le fait que beaucoup de gens partagent le sentiment que vous vous montrez partial à son endroit pour ce qui est de la gorge.

— Partial ? nasilla Lord Leakham. La gorge est le passage le plus logique.

— Pour ce qui est de l'action en justice qu'elle a l'intention d'intenter, il semblerait que si vous optiez pour Ottertown...

Dundridge laissa la phrase en suspens.

— Vous pensez qu'elle pourrait changer d'avis ?

— J'ai l'impression que oui, fit Dundridge. En fait, j'en suis certain.

Dundridge retourna à l'hôtel, assez content de sa prestation. Le désespoir lui avait valu une facilité d'élocution qu'il n'avait jamais eue auparavant. Il irait voir Sir Giles le lendemain matin au sujet des mille livres. Il dîna tôt, monta dans sa chambre et, une fois encore, regarda les photos. Puis il éteignit et se mit à penser à toutes les choses qu'il n'avait pas faites à Mlle Sally Boles et qu'à la réflexion il aurait aimé lui faire. Comme l'étrangler, cette salope.

Au château Handyman, Sir Giles et Lady Maud dînaient seuls. Leur conversation était rarement brillante et se limitait à un échange de propos acrimonieux mais, pour changer, ils étaient tous deux de bonne humeur. Dundridge en était la cause.

— Un jeune homme si intelligent, dit Lady Maud en se servant des asperges. Je suis persuadée que ce tunnel est la meilleure solution.

Sir Giles en doutait.

— Moi, je parie qu'il optera pour Ottertown, dit-il.

— J'espère que non. Ce serait tellement moche, d'expulser ces pauvres gens de chez eux.

— On leur reconstruira des maisons neuves, dit Sir Giles. Ce n'est tout de même pas comme si on les mettait à la rue. De toute façon, les gens qui habitent les H.L.M. n'ont que ce qu'ils méritent. Ce sont des parasites qui vivent aux crochets de l'Etat.

Lady Maud fit valoir que certains ne faisaient pas exprès d'être pauvres. Qu'ils étaient juste comme ça, comme Blott, par exemple.

— Cher Blott, dit-elle. Vous savez, il a fait quelque chose d'étrange, ce matin. Il m'a offert un cadeau, un petit personnage qu'il a sculpté dans du bois.

Sir Giles n'écoutait pas. Il pensait encore aux habitants des H.L.M.

— Ce que les gens du peuple ne peuvent se fourrer dans leur sale caboche, c'est que tout ne leur est pas dû.

— J'ai trouvé que c'était plutôt gentil de sa part, dit Lady Maud.

Sir Giles se servit du soufflé au fromage.

— Ce que les gens ne comprennent pas, c'est que nous ne sommes que des animaux, dit-il. Le monde est une foutue jungle. L'homme est un loup pour l'homme, un point c'est tout.

— Les loups ? fit Lady Maud ramenée à la réalité à cette évocation. Cela me fait penser qu'il faudra probablement que je renvoie tous les chiens-loups maintenant. Juste quand je commençais à m'attacher à eux. Pensez-vous vraiment que M. Dundridge va se décider pour la route d'Ottertown ?

— Sûr et certain, répondit Sir Giles. J'en mettrais ma main au feu.

— Vraiment ? fit Lady Maud d'un air songeur. Je me demande comment vous pouvez en être si sûr. Lui avez-vous parlé ?

Sir Giles hésita.

— Je le tiens des plus hautes autorités, dit-il.

— Hoskins ? Cet homme affreux ? Moi, je m'en méfierais. Il est capable de dire n'importe quoi.

— Il m'a dit aussi que ce Dundridge en pince pour vous, fit Sir Giles.

Il semblerait que vous lui ayez fait grosse impression. Cette remarque éveilla la curiosité de Lady Maud, à la réflexion.

— Je suis sûre qu'il n'en est rien. C'est encore une invention de Hoskins.

— Cela pourrait expliquer pourquoi il préfère la route d'Ottertown, dit Sir Giles. Vos charmes l'auront renversé.

— Ah, très drôle ! fit Lady Maud.

Plus tard, en faisant la vaisselle, elle se surprit à penser à Dundridge, si ce n'est avec affection, du moins avec un intérêt nouveau. Il y avait quelque chose d'attirant chez ce petit homme, une fragilité qu'elle trouvait préférable à la fatuité écœurante de Sir Giles... Ainsi donc, Dundridge s'était épris d'elle. C'était bon à savoir. Il lui faudrait cultiver son amitié. Elle s'adressa un sourire. Puisque Sir Giles avait des rendez-vous galants à Londres, elle ne voyait aucune raison de ne pas profiter de son absence à des fins personnelles. Mais par-dessus tout, ce qui l'attirait le plus chez Dundridge, c'était son côté anonyme.

— Il fera l'affaire, se dit-elle, en se séchant les mains.

Le lendemain, Dundridge alla trouver Sir Giles à onze heures, dans le bureau de sa permanence.

— J'ai eu un entretien avec Lord Leakham, lui dit-il, et je pense qu'il sera raisonnable.

— C'est formidable, mon cher. Formidable. Je savais bien que vous y arriveriez. C'est un gros poids dont vous me soulagez, je vous assure. Alors maintenant, dites-moi : y a-t-il quelque chose que je puisse faire pour vous ? Sir Giles se cala largement dans son fauteuil. Après tout, un bienfait en vaut un autre.

Dundridge se raidit avant de formuler sa demande.

— En fait, vous le pouvez, dit-il. Mais il hésita avant de continuer.

— Je vais vous dire ce que je vais faire, dit Sir Giles, venant à sa rescousse. Je ne sais si vous aimez parier, mais moi, oui. Je vous parie mille livres contre un penny que le vieux Leakham prétend que l'autoroute doit passer par Ottertown. Qu'en pensez-vous? On ne pourrait trouver marché plus honnête, n'est-ce pas?

— Mille livres contre un penny? fit Dundridge, qui ne pouvait en croire ses oreilles.

— C'est ça, mille livres contre un penny. C'est à prendre ou à laisser.

— Je prends, fit Dundridge.

— C'est bien. Je le savais. Et pour vous prouver ma bonne foi, je vais m'exécuter immédiatement.

Il se pencha sur un tiroir du bureau et en retira une enveloppe.

— Vous pouvez compter, si vous le désirez. Il posa l'enveloppe sur le bureau. Pas besoin de reçu. Evitez seulement de le dépenser avant que Leakham annonce sa décision.

— Certainement, fit Dundridge. Il mit l'enveloppe dans sa poche.

— Heureux d'avoir fait votre connaissance, dit Sir Giles.

Dundridge descendit l'escalier. Il venait d'accepter un pot-de-vin à peine masqué. C'était la première fois de sa vie. Après son départ, Sir Giles arrêta le magnétophone. C'était une bonne chose d'avoir un reçu. Quand l'enquête serait terminée, il brûlerait l'enregistrement, mais en attendant, il valait mieux tenir que courir.

14

Quand Lord Leakham annonça qu'il optait pour le passage de l'autoroute par Ottertown, sa décision provoqua des réactions diverses. A Worford, ce fut une explosion de joie et les pubs Handyman débitèrent gratuitement de la bière. A Ottertown en revanche, le député Francis Puckerington fut inondé de lettres de protestation qui lui valurent une nouvelle attaque cardiaque. A Londres, le Premier Ministre, soulagé qu'il n'y ait pas eu d'autre émeute à Worford, félicita le Ministre de l'Environnement pour la manière adroite avec laquelle son département avait traité l'affaire, et le Ministre de l'Environnement félicita Mr. Rees pour le choix de son médiateur. Ce dernier était bien le seul à montrer de l'enthousiasme au Ministère.

— Ce couillon de Dundridge nous a mis dans la merde, cette fois-ci, dit Mr. Joynson. Je savais bien que c'était une erreur, de l'envoyer là-bas. Le passage de l'autoroute par Ottertown va nous coûter dix millions de plus.

— Au point où nous en sommes, dit Rees. Au moins nous en sommes débarrassés.

— Débarrassés ? Il va revenir dès demain, imbu du succès de son intervention.

— Oh non, il ne va pas revenir, lui dit Rees. Il nous a mis dans cette mélasse, c'est à lui de nous en sortir. Le Ministre a approuvé sa nomination d'Inspecteur de l'autoroute des Midlands.

— Inspecteur de l'autoroute des Midlands ? Je ne savais pas que ce poste existait.

— Il n'existait pas. On l'a créé tout exprès pour lui. Ne me demandez pas pourquoi. Tout ce que je sais, c'est que Dundridge est dans les bons papiers d'une ou deux personnes influentes du Sud Worfordshire. Il y a toutes sortes de magouilles en jeu.

A Worford, Dundridge accueillit la nouvelle de sa nomination avec consternation. Il avait passé le week-end dans les affres de l'angoisse, confiné dans sa chambre d'hôtel, en partie par crainte de manquer l'appel téléphonique de Mlle Boles et en partie parce qu'il n'avait pas envie de laisser l'argent que lui avait remis Sir Giles dans sa valise, ni de le garder sur lui dans ses déplacements. Mais il n'avait pas reçu d'appel. En plus de ses problèmes, il ne pouvait pas se cacher qu'il avait accepté un pot-de-vin. Il avait beau essayer de se persuader qu'il s'agissait d'un simple pari, il n'arrivait pas à se rassurer.

— Je pourrais en prendre pour trois ans avec ça, se dit-il, et il se mit à envisager sérieusement de rendre l'argent. Mais il était atterré par les photos. Le nombre d'années de prison qu'il risquait, pour s'être livré aux actes que les photos suggéraient, dépassait son imagination.

Quand l'enquête rouvrit le lundi, ses nerfs étaient prêts à lâcher. Il s'était discrètement assis au fond de la salle et avait eu du mal à entendre le débat. La présence de bon nombre de policiers n'était pas pour le rassurer. Ils étaient là pour s'assurer qu'il n'y aurait pas d'autre explosion de violence. Dundridge avait mal interprété leur rôle et avait préféré quitter la salle d'audience avant que Lord Leakham n'ait annoncé sa décision. Il se trouvait dans l'entrée du palais, au rez-de-chaussée, quand un éclat de joie lui annonça la fin de l'enquête.

Sir Giles et Lady Maud furent les premiers à le féliciter. Ils descendirent l'escalier, le Général Burnett et Mr. et Mme Bullett-Finch sur leurs talons.

— Merveilleux ! dit Sir Giles.

Lady Maud saisit la main de Dundridge.

— Nous avons une grande dette envers vous, dit-elle en le fixant de manière significative.

— Ce n'est rien, murmura Dundridge avec modestie.

— Taratata. Vous m'avez fait un grand plaisir. Passez donc nous voir avant de partir.

Sir Giles lui avait fait un clin d'œil éloquent (Dundridge ne pouvait plus supporter ses clins d'œil), lui chuchotant un truc du genre : « un pari est un pari », et Hoskins avait insisté pour qu'ils aillent prendre un verre tous ensemble : il convenait de célébrer l'événement. Dundridge ne voyait pas ce qu'il y avait à célébrer.

— Vous avez des amis à la Cour, expliqua Hoskins.

— Des amis à la Cour ? qu'est-ce que vous entendez par là exactement ?

— Mon petit doigt me dit que quelqu'un a parlé en votre faveur. Attendez un peu et vous verrez.

Dundridge avait attendu avec l'espoir que Mlle Boles l'appellerait, mais en fait, au lieu d'une demande de dix mille livres, il avait obtenu sa nomination. « Inspecteur de l'autoroute des Midlands avec pour mission la coordination... » Oh mon Dieu, murmura-t-il. Il passa un grand nombre de coups de fil frénétiques au Ministère, menaçant de donner sa démission si on ne le rappelait pas à Londres, mais l'enthousiasme avec lequel Mr. Rees souscrivit à sa décision suffit à le faire se rétracter.

Jusqu'à Hoskins, dont on aurait pu penser qu'il n'apprécierait pas d'avoir Dundridge pour supérieur hiérarchique, qui semblait soulagé.

— Que vous avais-je dit, mon vieux ? fit-il après que Dundridge lui eut annoncé la nouvelle. Des amis à la Cour. Des amis à la Cour.

— Mais je ne connais rien à la construction des autoroutes. Je suis un administratif, pas un ingénieur.

— Tout ce que vous avez à faire, c'est de veiller à ce que les entrepreneurs respectent leurs délais. Ça n'est pas compliqué. Laissez-moi faire pour le reste. En fait, vous avez essentiellement un rôle de relations publiques.

— Mais je suis responsable de la coordination des travaux de construction. C'est ce qu'il y a marqué là, protesta Dundridge en agitant sa lettre de nomination. « Et tout particulièrement de résoudre les problèmes relatifs à l'environnement et à l'écologie humaine. » Je suppose que cela veut dire : traiter avec les locataires des pavillons H.L.M. d'Ottertown.

— C'est à peu près ça. Mais à votre place, je ne m'en ferais pas tant. Chaque chose en son temps.

— Oh, et puis, zut. J'imagine qu'il me suffit de me faire à l'idée.

— Je vais vous installer un bureau ici. Vous feriez mieux de vous mettre à chercher un pied-à-terre.

Dundridge avait passé deux jours à visiter des logements dans Worford, avant de s'installer dans un appartement qui donnait sur le château de la ville. Ça n'était pas une vue très folichonne, mais l'appartement avait l'avantage d'être relativement moderne et supérieur aux chambres sordides qu'il avait visitées par ailleurs. De plus, il était meublé et avait le téléphone. Dundridge accordait une importance particulière au téléphone. Il ne voulait pas que Mlle Boles s'imagine qu'il n'était pas prêt à payer les mille livres pour les photos et leur négatif. Mais les jours passaient et il n'y avait toujours pas de rançon : il commença à se détendre. Peut-être ne s'agissait-il que d'une sale farce, après tout. Il alla même jusqu'à demander à Hoskins s'il savait quelque chose sur la fille qu'il avait rencontrée au cocktail, mais Hoskins lui répondit qu'il ne se rappelait pas grand-chose de la soirée et qu'il ne connaissait pas la moitié des gens qui s'y trouvaient.

— J'ai un trou de mémoire pour cette soirée, mon vieux. J'ai passé un bon moment. De ça, je m'en souviens. Pourquoi ? Vous avez l'intention de la revoir ?

— Je me demandais seulement qui c'était, dit Dundridge avant de retourner dans son bureau et de préparer la cérémonie qui devait marquer le début de la construction de l'autoroute. Il avait décidé que ce serait grandiose.

Lady Maud pensait de même, mais ce qu'elle avait en tête, était d'une tout autre nature. Elle attendit que Sir Giles lui annonce son intention de passer la nuit à Londres, pour inviter Dundridge à dîner. Elle lui fit parvenir une invitation officielle.

Dundridge loua un habit, s'attendant à une soirée mondaine. Il s'était requinqué, en avalant deux gins bien tassés. A son arrivée, il trouva Lady Maud vêtue d'une manière sinon affolante du moins à mettre en danger quiconque l'approcherait.

— Je suis si heureuse que vous ayez pu venir, lui dit-elle en le prenant par le bras. Je suis désolée, mais mon mari a dû aller à Londres pour affaires. J'espère que cela ne vous contrarie pas trop de vous retrouver seul avec moi.

— Pas du tout, fit Dundridge, sentant ses jambes se dérober, comme chaque fois qu'il se trouvait en sa présence.

Ils passèrent dans le salon où Lady Maud prépara des cocktails.

— J'avais pensé inviter le Général Burnett et les Bullett-Finch, mais le Général a tendance à monopoliser la conversation et Ivy Bullett-Finch est un tel rabat-joie !

Dundridge avala une gorgée de son verre et se demanda ce qu'elle avait bien pu y mettre. Son cocktail avait l'air inoffensif, mais il ne l'était assurément pas. En revanche, la robe de Lady Maud ne cachait rien. C'était un truc de soie créé pour souligner les courbes féminines... certainement réalisé pour quelqu'un de plus mince. Elle était bombée, quand elle aurait dû pendre, et crissait au lieu de froufrouter. Mais le pire, c'est qu'elle était serrée à en couper le souffle et que Dundridge se retrouva pantelant. Par ailleurs, la voix de Lady Maud avait subi une curieuse altération : elle était étrangement rauque.

— Alors, demanda-t-elle en s'asseyant à côté de lui dans un crissement de soie prête à craquer. Comment trouvez-vous votre nouveau nid d'amour ?

— Nid d'amour ? fit Dundridge, incapable sur le coup de comprendre qu'il ne s'agissait pas de Lady Maud mais de son appartement.

— Il faudra que j'aille le voir, si vous le permettez. A moins que vous n'ayez peur que cela vous compromette. Elle soupira et sa grosse poitrine se souleva comme une vague déferlante.

— Me compromettre ? Dundridge pensa qu'il ne pouvait pas être plus compromis qu'il ne l'était déjà avec ces horribles photos. Je serai ravi de vous recevoir.

Lady Maud gloussa bêtement.

— J'ai bien peur que la vie excitante de Londres ne vous manque, murmura-t-elle. Nous devons nous employer à éviter que vous ne vous ennuyiez.

Dundridge se figea sur le divan et s'efforça de détourner les yeux de Lady Maud dont les attraits le fascinaient.

— Je vais vous resservir, souffla-t-elle doucement. Et à nouveau il se sentit défaillir sous les bouffées de l'alcool et de son parfum. Ce qui le subjuguait vraiment, c'était son assurance : elle était grosse, elle était autoritaire, elle n'avait rien d'une belle femme selon ses critères à lui, et pourtant, elle n'en était pas moins sûre d'elle. Et Dundridge se sentait transporté en sa présence. Il vida son verre et sourit à Lady Maud. Elle lui rendit son sourire.

Quand ils passèrent à table, il était d'une gaieté incongrue. Il lui ouvrit la porte, lui offrit son bras ; il la fit asseoir, ramenant la chaise contre ses grosses cuisses avec précaution ; il sabla le champagne avec une nonchalance qui laissait à penser qu'il buvait rarement autre chose et éclata d'un rire bon enfant quand le bouchon alla faire tinter les cristaux du lustre. Et pendant tout le repas — huîtres et canard en gelée — il ne se préoccupa plus de ce que le monde pouvait penser de lui. Le sourire de Lady Maud, moitié bâillement, moitié gouffre, lui intimait de se laisser aller. Et il s'exécutait. Pour la première fois, il vivait à la hauteur de ses espérances, et plus haut encore. Un deuxième bouchon sauta, le canard disparut pour faire place à des fraises à la crème et les derniers vestiges d'inhibition le quittèrent ainsi que la gêne qu'il éprouvait à se retrouver seul avec une femme mariée dont l'époux avait dû s'absenter pour affaires. Toutes ces considérations s'étaient envolées dans les bulles de sa gaieté et la luminescence de la sollicitude de Lady Maud. Sous la table, son genou confirmait les promesses de son sourire ; sur la table, sa main pesait sur la sienne et traçait le contour de ses doigts ; aussi, quand elle le prit par le bras après le café et lui offrit de danser, ne fut-il pas surpris de s'entendre lui répondre qu'il en serait ravi. Bras dessus bras dessous, ils longèrent le couloir qui menait à la salle de bal au plancher branlant. Mais, lorsqu'il vit la salle illuminée par les lustres et un disque posé sur l'électrophone, il se rendit compte du pétrin dans lequel il s'était fourré. Il ne savait pas danser.

Blott revenait du château Wilfrid par la colline. Depuis une semaine il évitait Guilstead Carbonell, le Royal George et les faveurs de Mme Wynn. Il avait pris l'habitude d'aller dans un petit pub à mi-chemin entre l'église et la route d'Ottertown. Ça n'était pas le genre du Royal George, juste une pièce avec des bancs le long des murs et un tonneau de bière Handyman dans un coin, mais son atmosphère lugubre convenait à l'humeur de Blott. Quand il avait consommé ses huit pintes en silence, il se sentait prêt à dormir. Il grimpa la colline en titubant et s'arrêta, sidéré par la vue du château. Les lumières de la salle de bal étaient allumées. Blott ne se souvenait pas de les avoir jamais vues allumées depuis le mariage de Lady Maud. Elles imprimaient des rectangles dorés sur la pelouse et la serre qui jouxtait la salle brillait de l'éclat vert des fougères et des palmiers. Il suivit en trébuchant le chemin, traversa le pont, pénétra dans la pinède. Là, il faisait nuit noire, mais l'instinct de Blott s'y retrouvait. Il en sortit au niveau du portail et traversa la pelouse pour rejoindre la terrasse. De la musique, de la musique vieillotte lui parvenait. Il contourna la véranda et jeta un œil par la fenêtre.

A l'intérieur, Lady Maud dansait... ou apprenait à danser... peut-être même apprenait-elle à danser à quelqu'un. Il ne savait pas au juste. Sous les grands lustres, elle se mouvait avec une grâce éléphantesque si attendrissante qu'il en eut le souffle coupé. De-ci, de-là, à grandes enjambées et doubles pirouettes elle allait, ébranlant le plancher sous ses pas, avec dans les bras un petit homme maigre qui arborait un air d'intense concentration. Blott le reconnut. C'était l'homme du Ministère qui était venu déjeuner la semaine précédente. Blott n'avait pas aimé son attitude alors, et il l'appréciait moins encore à présent. Et Sir Giles qui était absent. Malade de dégoût, il piétina le parterre de fleurs en s'écartant de la fenêtre. Il avait presque envie de faire irruption et de clamer ce qu'il pensait de tout ça. Mais ça ne servirait à rien. Il contourna la maison en titubant. Devant l'entrée se trouvait une voiture. Il y jeta un œil. C'était SA voiture. Ce serait bien fait pour ce salaud, de rentrer à pied. Il s'agenouilla près de la roue avant gauche et libéra la valve. Puis il ouvrit le coffre et laissa échapper l'air de la roue de secours. Ce serait une bonne leçon pour ce salopard qui venait bricoler avec les femmes des autres. Blott descendit l'allée en zigzaguant jusqu'à la loge et se mit au lit. Par l'œil-de-bœuf il pouvait voir les lumières du château. Elles étaient toujours allumées quand il s'endormit; l'air de la nuit portait encore les faibles échos des trombones.

15

Tout ce que les cocktails, le dîner, les avances et les minauderies de Lady Maud avaient eu comme effet sur Dundridge, la danse l'anéantit. Et en particulier l'interprétation qu'elle faisait de la « valse-hésitation » : c'était une invitation à un déplacement de vertèbre ; quant à son tango, il était une menace de hernie discale. Tous ses efforts pour obtenir d'elle quelque chose de plus simple, étaient restés vains.

— Vous vous débrouillez merveilleusement bien, lui dit-elle en lui marchant sur les pieds. Tout ce qui vous manque, c'est un peu de pratique.

— Et si on essayait quelque chose de moderne ?

— Les danses modernes sont si peu romantiques, lui répondit-elle en posant sur l'électrophone un disque plus rapide. Il n'y a aucune intimité.

Dundridge n'avait que faire de l'intimité.

— Je crois que je vais m'asseoir le temps de cette danse, dit-il en clopinant vers un fauteuil.

Mais Lady Maud ne l'entendait pas de cette oreille. Elle le rattrapa au vol et l'entraîna dans une série de circonvolutions à grandes enjambées, en le serrant contre sa poitrine avec une poigne qui n'admettait aucune opposition. Quand le disque s'arrêta, Dundridge lui dit avec politesse mais fermeté :

— Il faut vraiment que je m'en aille.

— Comment ? Déjà ? Juste une autre 'tit', toute 'tit' coupe de champagne, fit Lady Maud.

— Oh, eh bien, soit ! répondit Dundridge, qui préférait encore l'enfer de l'alcool au tangage sur la piste de danse.

Ils emportèrent leur verre sous la véranda et restèrent là, au milieu des fougères, un moment.

— Quelle nuit merveilleuse. Allons sur la terrasse, fit Lady Maud en le prenant par le bras. Ils s'appuyèrent contre le balcon de pierre et plongèrent leur regard dans les profondeurs de la pinède.

— Il ne nous manque plus que la lune, murmura-t-elle en se tournant vers lui.

Dundridge leva les yeux vers le ciel. Il était beaucoup plus tard que l'heure à laquelle il se couchait habituellement, et le champagne ne suffisait pas à faire oublier l'ambiguïté de la situation dans laquelle il se trouvait. Il venait de vivre assez de situations scabreuses pour toute une vie et le risque de voir Sir Giles rentrer inopinément, pour le trouver avec sa femme, à une heure du matin, en train de boire du champagne ne le réjouissait pas.

— Je pense qu'il va pleuvoir, dit-il pour changer de sujet.

— Gros bêta, roucoula-t-elle. C'est une délicieuse nuit étoilée.

— Ah oui ? Eh bien, il faut vraiment que j'y aille. J'ai passé une bien agréable soirée.

— Bon, bon, s'il le faut vraiment...

Ils rentrèrent.

— Un autre verre, peut-être ?

Mais Dundridge refusa de la tête et emprunta le couloir en boîtant.

— Je compte sur vous pour revenir me voir, lui dit-elle quand il monta dans sa voiture. Le plus tôt possible. Cela fait des siècles que je ne m'étais autant amusée.

Elle lui fit au revoir de la main et Dundridge descendit l'allée. Il n'alla pas loin. La voiture se déportait sans cesse sur la gauche et faisait un bruit épouvantable. Il descendit de voiture.

— Merde, fit-il quand il sentit que le pneu avant était dégonflé.

Il alla dans le coffre chercher le cric. Il avait déjà monté la voiture sur cric et retiré la roue, quand les lumières du château s'éteignirent. Il prit la roue de secours et la mit en place. Il descendit le cric et le rangea. Puis il remonta dans la voiture, remit le moteur en marche et redémarra. La voiture se déportait encore à gauche. Il s'arrêta en jurant.

— J'ai dû remettre le pneu dégonflé, se dit-il en ressortant le cric.

A l'intérieur du château, ce fut avec tristesse que Lady Maud éteignit les lumières de la salle de bal. Elle avait passé une bonne soirée et regrettait qu'elle se terminât de manière si morne. Elle avait cru, un peu plus tôt dans la soirée, que Dundridge céderait à ses nombreuses avances.

— Ah ! Les bonshommes ! dit-elle avec mépris en se déshabillant.

Elle se planta devant la glace et s'observa avec lucidité. Elle était la première à admettre qu'elle n'était pas une beauté selon les critères actuels, mais elle n'avait que faire des critères actuels, quels qu'ils fussent. Dans son monde à elle, on savait apprécier les choses essentielles : les femmes fortes, les meubles massifs, les appétits solides et les sentiments intenses. Le présent l'embêtait avec ses discours sur la sexualité, ses hommes femmelettes, ses femmes homasses, et ses régimes amaigrissants. Elle rêvait de partager l'enchantement de l'amour avec un homme qui saurait apprécier les plaisirs du lit, de la chair et de la procréation. Dundridge n'était sûrement pas ce genre d'homme.

— Pauvre petit mec, se dit-elle en se couchant. Il ne sait pas ce qu'il a manqué.

Dehors, le pauvre petit mec savait ce qui lui manquait : un pneu gonflé. Après avoir rechangé la roue et redescendu le cric, il se rendit compte que la roue de secours était à plat. Il remonta dans la voiture et se demanda que faire. Tout près de lui, quelque chose se mit à bouger sur la pelouse. Il n'allait tout de même pas passer la nuit ainsi. Il remonta péniblement l'allée jusqu'à la bâtisse. Il sonna.

A l'étage, Lady Maud sauta du lit et alluma. Ainsi le pauvre petit mec avait-il changé d'avis, après tout. Il la prenait au dépourvu. Elle attrapa son rouge et s'en barbouilla les lèvres à la hâte, se poudra et s'inonda de Chanel N° 5 derrière chaque oreille. Elle enleva enfin son pyjama pour se glisser dans un déshabillé puis descendit ouvrir la porte.

— Je suis désolé de vous déranger de la sorte, mais j'ai crevé, dit-il nerveusement.

Lady Maud lui sourit d'un air complice.

— Vous avez crevé ?

— Oui, en fait, deux pneus sont crevés.

— Deux pneus ?

— Oui, deux, fit Dundridge. Il était parfaitement conscient de l'improbabilité de la chose : deux pneus crevés, c'était incroyable !

— Vous feriez mieux d'entrer, dit avidement Lady Maud.

— Je voudrais juste téléphoner à un garagiste...

Lady Maud l'en dissuada.

— C'est impossible. Il est bien trop tard. Personne ne voudra se déplacer à cette heure.

Elle le prit par le bras, le fit entrer dans la maison et referma la porte.

— Je suis vraiment désolé de vous causer tout ce tracas, lui dit-il.

Elle le fit taire.

— Gros bêta, roucoula-t-elle. Allons, montez avec moi, nous allons vous trouver un lit.

— Vraiment, je... commença Dundridge. Mais cela ne servait de rien. Elle tourna les talons et passa devant lui, tel un spinnaker de parfum, pour monter l'escalier de marbre. Il la suivit, misérablement.

— Prenez cette chambre, dit-elle quand ils arrivèrent sur

le palier. Elle alluma. Allez dans la salle de bains faire votre toilette. Je ferai votre lit pendant ce temps.

— La salle de bains ? fit Dundridge qui tout à coup la regarda avec stupeur. Dans la faible clarté de l'entrée, elle n'avait été qu'une silhouette. Maintenant, en revanche, il pouvait voir les dimensions de ses appâts. Son visage aussi était fantastique. Quand elle lui sourit, il eut l'impression de voir s'ouvrir une plaie pourvue de dents. Et son parfum !

— C'est au fond du couloir à gauche.

Dundridge emprunta le couloir en boitillant et ouvrit plusieurs portes avant de trouver la salle de bains. Il s'enferma à clé. Quand il en sortit, le couloir était éteint. Il retourna sur le palier en tâtonnant et essaya de se rappeler où était sa chambre. Il en trouva une ouverte. A l'intérieur il faisait noir. Il chercha du bout des doigts l'interrupteur, là où il pensait le trouver. En vain.

— Il y a quelqu'un ? chuchota-t-il. Pas de réponse. Ce doit être la bonne, se dit-il. Il referma la porte, se glissa à travers la pièce jusqu'à toucher le pied du lit. Une faible lueur parvenait de la fenêtre. En se déshabillant, il remarqua que le parfum de Lady Maud flottait encore lourdement dans la pièce. Il alla jusqu'à la fenêtre, l'ouvrit, puis il revint jusqu'au lit en faisant attention à ne pas se cogner les orteils et se coucha. A cet instant précis, il se rendit compte de sa terrible erreur. Une bouffée de Chanel N° 5 s'échappa des draps, accablante. Les bras de Lady Maud se refermèrent sur lui, et c'est avec un « Oh, le vilain garçon » enroué que sa bouche s'abattit sur la sienne. L'instant d'après, Dundridge était englouti. Il se sentait enveloppé par toutes sortes de choses effroyables, chaudes et énormes, bras, jambes, seins, lèvres, nez, cuisses, qui le portaient, l'enlaçaient, l'écrasaient enfin dans une frénésie de chair accablante. Il se débattit tant et plus. Malheureusement, Lady Maud interpréta mal sa réaction : elle fondit sur lui comme une lame de fond. Il était dépossédé de tout sauf de son esprit et de ses inhibitions. Tout en gigotant dans ses bras, ses pensées se bousculaient, aboutissant à des conclusions effarantes. Il s'était trompé de chambre ; elle était amoureuse de lui ; il était dans le lit d'une nymphomane ; son comportement pouvait donner des motifs de divorce à son mari ; elle était en train de le violer. C'était tout à fait ça. Ses mains ne lui laissaient aucun doute sur la question. Lui, qui était habitué à une stimulation purement cérébrale due à l'idée qu'il se faisait de la femme imaginaire, il ne savait comment se comporter avec Lady Maud, qui était réelle.

— C'est une ter... arriva-t-il à crier, quand Lady Maud reprit son souffle. Mais aussitôt elle imprima sa bouche sur la sienne, réduisant au silence ses protestations, tout en le menaçant de suffocation. C'est alors qu'il eut l'énergie du désespoir. D'un coup de reins herculéen, il se jeta au bas du lit, entraînant dans sa chute Lady Maud qui était toujours collée à lui comme une sangsue. En se libérant pour se relever, Dundridge fit tomber la table de nuit qui se brisa. L'instant d'après il passait la porte et se précipitait dans le couloir. Derrière lui, Lady Maud tira sur la chaînette pour allumer. Sonnée par la violence de la chute et la table de nuit qu'elle avait reçue sur la tête, elle s'engagea lourdement dans le couloir et l'éclaira. Pas de trace de Dundridge.

— Il ne faut pas être si timide, cria-t-elle. Mais elle n'obtint pas de réponse.

Elle alla dans la chambre voisine, alluma : elle était vide aussi. Elle passa de chambre en chambre, les éclairant et appelant Dundridge. Il avait disparu. Jusqu'à la salle de bains, qui était ouverte et vide. Elle se demandait où il avait bien pu passer quand un bruit sur le palier attira son attention. Elle revint sur ses pas et alluma le hall d'entrée. Elle le surprit en train de descendre l'escalier sur la pointe des pieds. Il resta un instant immobile, tel un satyre pétrifié ; il tourna vers elle un regard pathétique puis il dévala les marches, traversa le hall d'entrée au sol de marbre, ses jambes maigres et ses pieds blêmes se reflétant sur les dalles. Lady Maud se pencha par-dessus la balustrade et éclata de rire. Elle riait encore en descendant l'escalier.

L'écho de son rire emplit le hall d'entrée et parcourut le couloir.

Tapi dans un coin sombre près de la cuisine, Dundridge frissonna en l'entendant. Ce rire dément, et lui qui ne savait même pas où il était ! Il vit au bout couloir l'ombre de ses formes volumineuses se profiler dans la lumière du hall. Elle avait cessé de rire et cherchait à accommoder sa vue à l'obscurité.

— Allons, vous pouvez sortir de votre cachette, cria-t-elle.

Dundridge n'était pas fou. Il commençait à comprendre pourquoi deux de ses pneus étaient à plat, pourquoi il avait été invité en l'absence de Sir Giles : Lady Maud était une nymphomane invétérée. Il se retrouvait dans une immense demeure, sans vêtements, sa voiture en panne, en compagnie d'une femelle nue, cinglée et complètement déchaînée. Pour rien au monde il ne sortirait de sa cachette. Alors que Lady Maud longeait lourdement le couloir, il tourna les talons et détala, se cogna contre une table, heurta un balustre en fer forgé et se mit à grimper l'escalier de service. Derrière lui, on fit de la lumière. Quand il atteignit le palier, il lança un regard en arrière et vit que Lady Maud le fixait. Un seul regard lui suffit pour confirmer ses craintes : barbouillis de rouge à lèvres, de taches de fard, cheveux en bataille... Folle à lier.

— Taïaut ! cria-t-elle.

Dundridge prit la fuite.

Blott se réveilla. Il regarda par l'œil-de-bœuf de la loge. Le château se profilait au pied de la chaîne de collines. Il s'apprêtait à se rendormir quand il vit s'éclairer l'une des pièces du haut, puis une autre, aussitôt suivie par une troisième.

Il était deux heures dix. Il aperçut que le lustre du hall d'entrée brillait. Il se leva, ouvrit la fenêtre et passa la tête.

Un rire hystérique lui parvint faiblement. Ou des pleurs ? Lady Maud !

Blott enfila une paire de pantalons, ses pantoufles, prit un douze coups et se précipita dans l'escalier. Il se passait des choses graves au château. Il remonta l'allée en courant si vite qu'il manqua s'aplatir contre la voiture de Dundridge. Ainsi ce salaud était-il encore là ! Probablement la pourchassait-il de pièce en pièce. Cela expliquait les lumières qui s'allumaient les unes après les autres et le rire hystérique. Il n'allait pas tarder à y mettre fin. Son fusil bien en main, il passa par les écuries pour atteindre la porte de la cuisine. Il y avait de la lumière. Blott traversa la cuisine, arriva dans le couloir, écouta. Il n'y avait plus de bruit. Il longea le couloir jusqu'au hall d'entrée où il s'immobilisa. « Il doit être là-haut. » Il était à mi-hauteur de l'escalier quand Lady Maud surgit du corridor, hors d'haleine. Elle s'arrêta net à la vue de Blott. Elle était nue comme un ver. Blott ne pouvait s'arracher à sa vue, bouche bée. Là-haut, tout près de lui, se trouvait la femme qu'il aimait. Habillée, il la trouvait superbe. Nue, c'était une perfection. Sa grosse poitrine, son ventre, ses cuisses étaient des merveilles. Elle avait tout ce dont il avait toujours rêvé et, de surcroît, elle était en détresse : des traces de larmes barbouillaient ses joues. L'heure de lui prouver son dévouement était arrivée.

— Blott, lui dit-elle, mais enfin que faites-vous ici ? Et pourquoi ce fusil ?

— Je suis votre chevalier, ma Dame, répondit-il.

— Mon chevalier ? fit Lady Maud qui semblait oublier qu'elle n'était pas dans une tenue adéquate pour discuter intendance avec son jardinier. Comment ça, mon chevalier ? Vous êtes ici pour vous occuper du jardin, pas pour vous promener en pantoufles dans la maison, en pleine nuit, un fusil à la main.

Blott baissa la tête sous le choc.

— Je suis venu protéger votre honneur, murmura-t-il.

— Mon honneur ? Vous êtes venu protéger mon honneur ? Avec un fusil. Mais vous êtes complètement fou !

Blott commençait à se le demander. Il était accouru, pensant la trouver inerte, morte après avoir été violée, ou tout au moins demandant grâce, et elle était là, debout, en haut des marches, nue, en train de lui passer un savon. A la réflexion, Lady Maud trouva, elle aussi, la situation aberrante. Elle retourna dans sa chambre, enfiler un peignoir.

— Bon, eh bien ! fit-elle après avoir retrouvé sa dignité, qu'est-ce que c'est que ces salades sur mon honneur ?

— Je croyais vous avoir entendu appeler à l'aide, marmonna-t-il.

— Appeler à l'aide, bien sûr, lança-t-elle avec mépris. Vous n'avez rien entendu du tout. Vous avez bu ! Je vous ai déjà dit ce que je pensais de la boisson et je n'ai pas l'intention de me répéter. Par ailleurs, si j'avais jamais besoin d'aide pour protéger ce que vous appelez mon honneur, ce qui Dieu m'est témoin, n'est pas le cas, je ne voudrais sûrement pas vous voir arriver avec un fusil à douze coups. Vous allez me faire le plaisir de retourner à la loge et de vous coucher. Et que je n'entende plus jamais parler de ces sottises, c'est compris ?

Blott acquiesça de la tête et redescendit l'escalier sans demander son reste.

— Et éteignez les lumières en sortant.

— Oui, madame, fit-il en empruntant le couloir de la cuisine, empli d'un sentiment atroce d'injustice.

Il se dirigea vers la terrasse en passant par la verrière. Il était sur le point de refermer la porte, quand il aperçut une silhouette tapie dans les fougères. C'était l'homme du ministère, et tout comme Lady Maud il était nu. Il claqua la porte et descendit les marches du perron, l'esprit bouillonnant de rêves vengeurs. Il était venu au château dans l'intention honnête de protéger sa Dame de la sexualité dépravée de ce sale petit vilain et, en fait, il s'était fait rabrouer, houspiller, traiter de poivrot. C'était trop d'injustice. Il s'arrêta au milieu du parc, pointa son fusil en l'air et tira deux coups. Voilà ce qu'il pensait de ce foutu monde. Tout c' que c' foutu monde pouvait comprendre. La violence.

Il traversa le parc à grandes enjambées et réintégra sa chambre.

La détonation du coup de fusil fut pour Dundridge — toujours caché dans la verrière — la preuve flagrante des intentions homicides de Lady Maud à son endroit. On l'avait attiré au château, on lui avait crevé ses pneus, on avait essayé de le violer, une femme complètement dingue l'avait poursuivi, nu, dans toute la maison, et maintenant, on le tirait comme un lapin. Et pour couronner le tout, il risquait de mourir de froid. Il resta vingt minutes encore dans la verrière à épier le moindre bruit ; tout était silencieux. Il rampa hors de sa cachette, alla à la porte de la terrasse et de là jeta un œil au-dehors. Aucune trace de l'homme au fusil. Il fallait qu'il tente sa chance. A l'est, une vague lueur annonçait l'aube et il lui fallait se sauver tant qu'il faisait nuit. Il dévala l'escalier et gagna sa voiture au pas de course.

En deux minutes il avait réintégré le siège du chauffeur et mis le contact. Il roula aussi vite que son pneu à plat le lui permettait, recroquevillé sur son siège, appréhendant la détonation du fusil. Mais il n'y en eut pas. Il alluma les phares, négocia son passage sur le pont suspendu et entama l'ascension de la colline. Son pneu flip-flopait sur la route et la voiture tirait violemment à gauche. La forêt de Cleene se refermait sur lui ; ses phares accrochaient ici et là des formes monstrueuses et des ombres cauchemardesques, mais Dundridge n'était plus terrorisé par la sauvagerie de la nature. Tout était préférable aux horreurs humaines qu'il fuyait. A tel point que, quand trois kilomètres plus loin, son pneu finit par déjanter, ce fut sans hésitation qu'il remplaça la roue morte par la roue de secours, à plat elle aussi. Puis, il roula plus lentement. Il atteignit Worford au lever du soleil. Il gara sa voiture sur la double ligne blanche en bas de chez lui, s'assura qu'il n'y avait personne en vue, traversa le trottoir, descendit le passage menant à l'escalier de service de son immeuble.

Là encore, il y avait problème : la clé de son appartement se trouvait dans la poche de son habit.

Il se retrouvait sur le palier de son appartement, sans vêtements, grelottant, décomposé. Privé de toute dignité, il en devint presque humain : après un instant d'hésitation, il se projeta contre la porte avec une rare violence. A la deuxième tentative, la serrure céda. Il entra, claquant la porte derrière lui. Il venait de prendre une décision. Contre vents et marées, il ferait tout en son pouvoir pour obtenir le détournement de l'autoroute. On pourrait toujours essayer de l'acheter, de le faire chanter, il irait jusqu'au bout. Et quand il en aurait terminé, cette dingue de garce n'aurait plus du tout envie de rire.

16

L'occasion se présenta plus tôt qu'il ne le pensait et d'une manière fortuite. Croulant sous les plaintes des locataires des soixante-quinze pavillons H.L.M. qui devaient être démolis, harassé par le Conseil municipal d'Ottertown, furieux du refus du Ministre de l'Environnement de rouvrir l'enquête publique, alarmé par ses médecins qui lui annonçaient que s'il n'abandonnait ses fonctions publiques, un arrêt du cœur y mettrait un terme, Francis Puckerington démissionna de son siège au Parlement. Sir Giles fut le premier à le féliciter pour la sage décision qu'il venait de prendre, de se retirer des affaires.

— Je voudrais bien en faire autant. Mais vous savez ce que c'est...

Non, Mr. Puckerington ne voyait pas, mais il soupçonnait que derrière la bienveillance de Sir Giles se cachait un intérêt financier.

Lady Maud partageait ses soupçons. Depuis le début de l'enquête, elle trouvait que Sir Giles se comportait bizarrement, qu'il faisait preuve d'une impatience contenue et d'une excitation réprimée qui l'inquiétaient. Plusieurs fois, elle l'avait surpris qui arborait un sourire insistant. Or, quand il souriait, c'est qu'il concoctait quelque chose de fort déplaisant. Elle ne pouvait en deviner la cause, dans la mesure où elle ne s'intéressait pas à la politique; les conséquences de la démission de Mr. Puckerington lui échappaient. Hoskins, lui, était mieux informé. Il comprit pourquoi Sir Giles avait si volontiers accepté la solution du passage de la route par Ottertown.

— Génial, lui dit-il au Golf Club.

Sir Giles prit un air étonné.

— Je ne vois pas de quoi vous parlez. Je n'étais nullement au courant de l'état de santé de ce pauvre type. Une grosse perte pour le parti.

— Ne me faites pas prendre les vessies pour des lanternes !

— Moi, c'est votre Bessie que je prendrais bien, dit Sir Giles en se détendant un peu. J'espère qu'elle se porte bien ?

— Très bien. Elle passe quelques jours de vacances avec son mari à Majorque, je crois.

— Très malin. Notre jeune ami doit commencer à se poser des questions. Ça n'est pas plus mal : qu'il continue de mijoter.

— Il a probablement claqué l'argent que vous lui avez remis.

— Que je lui ai remis ? fit Sir Giles, qui préférait que sa main droite ignore ce que faisait la gauche.

— C'est bon, n'en parlons plus. Je vais tout de même vous annoncer une bonne nouvelle : votre femme ne l'intéresse plus du tout.

Sir Giles eut un profond soupir.

— Quel dommage ! Pendant un temps, je caressais l'espoir qu'il pourrait peut-être... Enfin, il ne faut pas s'attendre à des miracles. C'était pourtant un rêve bien agréable.

— Il ne peut plus la sentir. Peut plus la voir.

— Je me demande bien pourquoi on en arrive tous là, au bout d'un moment. Enfin, cela ne pouvait pas tomber à un meilleur moment.

— C'est bien ce que je pensais. Il a déjà envoyé trois mémos au ministère pour demander que l'autoroute passe par la gorge, comme c'était prévu à l'origine.

— Il est du genre girouette, non ? Je suppose que vous avez cherché à l'en dissuader ?

— A chaque fois. Oui, à chaque fois.

— Mais mollement, non ?

Hoskins sourit.

— J'essaie de faire preuve d'ouverture d'esprit en la matière.

— C'est une marque d'intelligence. Vous avez parfaitement raison de ne pas vous engager. Eh bien, les choses ont l'air de bouger.

C'était le cas, en effet. A Londres, la démission de Francis Puckerington eut des répercussions immédiates.

— Des élections partielles dans une circonscription où l'on prévoit de démolir soixante-quinze pavillons H.L.M. ? dit le Premier Ministre. Et son dernier score était de combien ?

— Quarante-cinq pour cent, fit le Chef du Groupe. Un siège chaudement disputé.

— Chaudement disputé, à d'autres. Il est perdu pour nous.

— Ça en a tout l'air, admit le Président du Groupe. Maintenant, si l'on pouvait détourner l'autoroute...

Le Premier Ministre décrocha son téléphone.

Dix minutes plus tard, Mr. Rees demanda à Mr. Joynson de le rejoindre.

— Ça y est, fit-il, avec un plaisir non dissimulé.

— Ça y est, quoi ?

— J'ai retiré l'huile du feu. Le projet d'Ottertown est mort et enterré. La M 101 va passer par la gorge de Cleene.

— C'est une bonne nouvelle, fit Mr. Joynson. Mais comment vous y êtes-vous pris ?

— Ce n'est qu'une question de patience et de douce persuasion. Les ministres ne font que passer, mais il leur arrive parfois de prendre conscience de leurs erreurs.

— Ce qui veut dire que vous allez rappeler Dundridge, je suppose, dit Mr. Joynson qui était plutôt du genre pessimiste.

— Pas pour tout l'or du monde. Dundridge se débrouille très bien. J'espère ne plus jamais le revoir.

Dundridge, quant à lui, eut des sentiments mitigés à l'annonce de la nouvelle. Il y voyait l'occasion de donner une bonne leçon à cette garce de Lady Maud, mais, d'un autre côté, il était ennuyé d'avoir accepté le pot-de-vin de Sir Giles. D'une part il se réjouissait du malheur de Lady Maud quand elle apprendrait que le château des Handyman allait malgré tout être démoli, mais d'autre part il appréhendait la réaction de son mari. Il n'avait aucune raison de s'en faire : en effet, Sir Giles avait évité de se trouver sur place quand l'orage éclaterait, ayant pris la précaution de se faire retenir à Londres avant que la nouvelle ne soit divulguée. Par ailleurs, Hoskins l'avait rassuré :

— Vous n'avez pas à vous inquiéter de Sir Giles, lui avait-il dit. C'est Lady Maud qui va se montrer féroce.

Dundridge voyait ce qu'il voulait dire.

— Si Lady Maud appelle, je ne suis pas là, dit-il à la standardiste. N'oubliez pas. Je ne suis jamais là pour Lady Maud.

Tandis que Hoskins se préoccupait des détails matériels du nouveau tracé de la route et préparait les avis d'expropriation, Dundridge passait le plus clair de son temps sur le terrain, ce qui revenait à rester chez lui sans répondre au téléphone. Pour apporter quelque crédit à son statut d'Inspecteur des travaux de construction de l'autoroute des Midlands, il imagina une contre-attaque à la campagne pour l'arrêt de la construction, que Lady Maud ne manquerait pas de lancer.

— La rapidité de manœuvre est vitale, expliqua-t-il à Hoskins.

— On lui a déjà fait le coup, lui fit remarquer Hoskins.

Il avait trop souvent eu affaire à des propriétaires récalcitrants lorsqu'il supervisait les expulsions, pour se laisser intimider par Lady Maud ; par ailleurs, il comptait sur Sir Giles pour la neutraliser.

— Elle ne nous posera pas de problèmes. Vous verrez. Quand il sera temps de la mettre dehors, elle partira. C'est ce qu'ils font tous. La loi, c'est la loi.

Dundridge n'était pas convaincu. Il savait d'expérience combien la loi comptait peu pour elle.

— Ce qu'il faut, c'est faire vite, expliqua-t-il.

— Faire vite ? Vous ne pouvez pas aller vite quand il s'agit de la construction d'une autoroute. C'est un processus lent.

Dundridge balaya ses objections.

— Nous devons concentrer notre action sur des objectifs clés. Prendre l'initiative de l'attaque et l'ennemi de vitesse, fit-il avec emphase.

Hoskins le regardait avec circonspection. Il n'avait pas l'habitude du jargon militaire.

— Allons, mon vieux, je sais ce que vous ressentez...

— Sûrement pas, l'interrompit Dundridge avec véhémence.

— J'allais vous dire qu'il n'est pas nécessaire de compliquer les choses. Laissez-les suivre leur cours naturel et vous verrez que les gens finiront par se faire à l'idée. Vous ne pouvez vous imaginer combien les gens sont adaptables.

— C'est justement ce qui me préoccupe. Bon, le principe de mon plan passe par des attaques-surprises.

— Des attaques-surprises ? Comment ça, bon Dieu !

— Avec des bulldozers, dit Dundridge en dépliant une carte du district.

— Des bulldozers ? Mais enfin, on ne peut envisager des attaques-surprises avec des bulldozers vagabondant dans la campagne, fit Hoskins qui commençait à s'inquiéter pour de vrai. Et bon Dieu, que vont-ils attaquer par surprise ?

— Les positions stratégiques ; les lignes de communication ; les têtes de pont.

— Les têtes de pont ?

— Voici comment je vois les choses, continua Dundridge implacablement. Le centre névralgique de la résistance se trouvera là. Il désigna un point dans la gorge. C'est ici que se trouve le point névralgique sur le plan de la stratégie. Emparons-nous en et nous serons vainqueurs.

— S'en emparer ? hurla Hoskins. La construction d'une autoroute passe par des étapes bien définies. Les entreprises travaillent selon des ordres de mission programmés et nous devons nous y tenir.

— C'est justement là qu'est l'erreur. Notre tactique passe par un changement de programmation quand l'ennemi s'y attend le moins.

— Mais c'est impossible, persista Hoskins. Vous ne pouvez pas vous mettre à démolir des maisons sans en avoir prévenu les habitants auparavant.

— Mais qui a parlé de démolir des maisons? fit Dundridge, offusqué. Sûrement pas moi. Ce que j'ai en tête est tout à fait différent. Voici ce que je propose de faire.

Pendant une demi-heure, il exposa son plan extraordinaire. Quand il en eut terminé, Hoskins dut admettre qu'il était impressionné. Il avait eu tort de taxer Dundridge de crétinisme. A sa manière, ce type était ingénieux.

— Malgré tout, j'espère que nous n'aurons pas à en arriver là, dit-il enfin.

— Vous verrez, cette garce ne va pas se contenter de nous regarder installer une autoroute sur les ruines de son château. Elle va contre-attaquer et se battre à mort.

Hoskins rejoignit son bureau, préoccupé. Il n'y avait rien d'illégal dans le plan de Dundridge, malgré le jargon militaire. D'un certain point de vue, il était même extrêmement habile.

Le Comité pour la sauvegarde de la gorge de Cleene se réunit sous la présidence du général Burnett au château Handyman. Lady Maud intervint en premier lieu :

— J'ai l'intention de me battre à mort contre ce projet, dit-elle, confirmant ainsi la prédiction de Dundridge. Je n'accepterai pas d'être chassée de chez moi simplement parce qu'une poignée de bureaucrates crétins à Londres se sont mis dans leur sale caboche de passer outre les conclusions d'une enquête publique légale. C'est inadmissible.

— C'est tellement injuste, dit Mme Bullet-Finch. Surtout quand on pense à ce que Lord Leakham a dit sur la sauvegarde de la vie naturelle du site. Ce que je n'arrive pas à comprendre, c'est pourquoi ils ont si subitement changé d'avis.

— D'après moi, dit le général Burnett, leur revirement est en relation directe avec la démission de Puckerington. Je tiens des plus hautes instances que le gouvernement pensait que le nouveau candidat perdrait à coup sûr les élections partielles s'ils persistaient à faire passer la route par Ottertown.

— Pourquoi Puckerington a-t-il démissionné ? demanda Mlle Percival.

— Maladie, dit le Colonel Chapman. Il a le cœur malade.

Lady Maud ne disait rien. Ce qu'elle venait d'apprendre expliquait bon nombre de choses. Elle comprenait enfin pourquoi Sir Giles souriait en la regardant et pourquoi il avait l'air si impatient. Les morceaux du puzzle se mettaient en place. Elle comprenait aussi pourquoi il avait été si alarmé par le projet du tunnel, pourquoi il avait appuyé le projet d'Ottertown et pourquoi la décision de Lord Leakham l'avait tant satisfait. Plus que tout, elle se rendit compte de l'ampleur de sa traîtrise. Le colonel Chapman la tira de ses pensées.

— Enfin, il y a tout de même quelque chose de positif dans tout ça. J'ai entendu dire que les sommes compensatoires seraient augmentées. L'augmentation serait de l'ordre de vingt pour cent. Ce qui fait pour vous, Lady Maud, dans les trois cent mille livres.

Lady Maud restait figée sur sa chaise. Trois cent mille livres. Elles n'étaient pas à elle. C'est à Sir Giles qu'appartenait le château. Il en était propriétaire et l'avait mis en vente de la seule manière légale possible. Devant une telle trahison, elle restait muette. Elle secoua la tête avec lassitude et se mit à observer par la fenêtre Blott qui tondait la pelouse, tandis que la discussion se poursuivait.

La séance fut levée sans qu'aucune décision n'ait été prise.

— Cette pauvre vieille Maud a l'air complètement abattu par cette affreuse histoire, dit le général Burnett à Mme Bullett-Finch alors qu'ils rejoignaient leur voiture. Cela l'a complètement démolie. Mauvais.

Mme Bullett-Finch acquiesça.

— Elle me fait beaucoup de peine.

Lady Maud resta sur le perron jusqu'à leur départ, puis elle rentra pour réfléchir. Les comités ne pourraient plus rien. On y discuterait, on y rédigerait des pétitions, mais s'il était besoin de passer à l'action, on continuerait de discuter. Le Colonel Chapman avait tout fichu parterre en parlant d'argent. Plus personne ne se battrait à présent.

Elle emprunta le couloir jusqu'au bureau et resta un moment à l'entrée de la pièce, à l'observer. C'est là que Sir Giles avait tout manigancé, là, dans ce sanctuaire, à ce même bureau qui avait vu s'asseoir son père et son grand-père, et c'est là qu'elle allait s'asseoir, elle, pour réfléchir à la manière d'arrêter la construction de l'autoroute et de le détruire, lui. Dans son esprit, les deux choses étaient indissociables. Sir Giles avait conçu l'idée du passage de l'autoroute ! C'est par l'autoroute qu'il devait être brisé. Elle n'avait plus aucun scrupule. Cet homme qu'elle avait toujours méprisé l'avait dupée, trahie. Elle s'était vendue à lui pour sauver sa demeure et sa famille. Son sentiment de culpabilité augmenta sa détermination. S'il en était besoin, elle vendrait son âme au diable pour l'arrêter maintenant. Elle s'installa devant le bureau et fixa les filigranes de l'encrier d'argent de son grand-père, afin d'y trouver l'inspiration. Il avait la forme d'une tête de lion. Une heure plus tard, elle avait trouvé la solution. Elle tendit la main vers le combiné du téléphone et s'apprêtait à le décrocher quand la sonnerie retentit. Sir Giles appelait de Londres.

— Je voulais vous prévenir que je ne serai pas de retour ce week-end. Je sais que c'est bigrement contrariant de ne pas être sur place en ce moment, avec toutes ces histoires d'autoroute, mais je ne peux absolument pas me libérer.

— Peu importe, dit Lady Maud en feignant son indifférence habituelle. Je dois pouvoir me débrouiller toute seule, si je puis dire.

— Comment cela se passe-t-il ?

— Nous venons de tenir une réunion du comité pour discuter de notre action. Nous envisageons d'organiser une série de meetings au plan national.

— C'est tout à fait bien, dit Sir Giles. Je fais de mon mieux de mon côté pour obtenir du ministre qu'il revienne sur sa décision. Quant à vous, continuez votre action.

Il raccrocha.

Lady Maud fit une grimace. Elle allait continuer son action, pour sûr. Elle décrocha le téléphone et composa un numéro. Deux heures plus tard, elle avait parlé avec le directeur de sa banque, le gardien-chef du zoo de Whipsnade, le conservateur du parc animalier de Woburn, les directeurs de cinq petits zoos privés et un fabricant de clôtures à Birmingham. Elle sortit chercher Blott.

Depuis la nuit de la visite de Dundridge, son comportement bizarre la préoccupait. Elle regrettait ce qu'elle lui avait dit sur la boisson. Ça n'avait certes pas arrangé les choses. Il se rendait plus souvent au Royal George, et une fois même, elle l'avait entendu chanter dans la pinède, fort tard dans la nuit. « Typiquement italien » avait-elle pensé, confondant « Wir Fahren Gegen England » avec *La Traviata.* « Probablement le mal du pays. » Blott était bel et bien saoul quand il avait traversé le parc en titubant cette nuit-là. Et s'il éprouvait une nostalgie quelconque, c'était pour l'innocence de Lady Maud, que la visite de Dundridge avait anéantie.

Elle le trouva dans le potager.

— Blott, lui dit-elle, j'ai besoin de votre aide.

Il grogna d'un air morose.

— C'est pourquoi ?

— Vous connaisez le coffre-fort mural du bureau ?

Il opina du chef.

— Je voudrais que vous me l'ouvriez.

Blott secoua la tête et se remit à désherber le plan d'oignon.

— Impossible sans la combinaison.

— Si j'avais la combinaison, je ne vous demanderais pas de l'ouvrir, répondit-elle sur un ton acerbe.

Blott frissonna.

— Si je n'ai pas la combinaison, comment voulez-vous que je l'ouvre ?

— Faites sauter la paroi.

Blott se redressa et la regarda droit dans les yeux.

— Faire sauter la paroi ?

— Avec des explosifs. Vous n'avez qu'à utiliser... Voyons, comment appelle-t-on ce truc qui fait des flammes ?...

— Chalumeau. Ça n'irait pas.

— Peu m'importe comment vous vous y prendrez. Vous pouvez l'arracher du mur et le lâcher du haut du toit si le cœur vous en dit, mais moi, j'ai besoin de l'ouvrir. Il faut absolument que je sache ce qu'il y a dedans.

Blott repoussa son chapeau et se gratta la tête. C'était une nouvelle Lady Maud qui parlait.

— Pourquoi ne lui demandez-vous pas la combinaison ?

— A lui ? fit Maud avec dédain. Parce que je ne veux pas qu'il le sache. Voilà pourquoi.

— Il le saura si nous faisons sauter la paroi, fit remarquer Blott.

Lady Maud réfléchit un instant.

— Nous pourrons toujours dire que c'étaient des voleurs, dit-elle enfin.

Blott passa en revue les tenants et les aboutissants de la proposition. Elle lui convenait.

— Oui, c'est plausible. Allons voir ça.

Ils allèrent dans le bureau examiner le coffre qui était encastré dans un mur, derrière quelques livres.

— Ce sera dur, dit Blott.

Il passa dans la salle à manger pour examiner l'autre côté du mur.

— Cela va faire du dégât, dit-il en revenant dans le bureau.

— Peu m'importent les dégâts. La demeure sera rasée si on ne fait rien. Alors, qu'est-ce que quelques dégâts en comparaison ? On pourra toujours les réparer.

— Ah bon ? fit Blott qui commençait à comprendre. Alors je vais utiliser la masse.

Il se dirigea vers l'atelier dans la cour et en revint avec une masse, un coin de métal et une barre à mines.

— Vous êtes bien sûre que c'est ce que vous voulez ?

Lady Maud acquiesça. Alors, il balança la masse contre le mur de la salle à manger. Une demi-heure plus tard le coffre en était extrait. A deux ils le portèrent dehors et le posèrent dans l'allée. Il était assez petit. Blott tourna machinalement les boutons. Il réfléchissait.

— Il nous faudra des explosifs puissants. De la dynamite, par exemple.

— Mais nous n'avons pas de dynamite, lui fit remarquer Lady Maud. Et vous ne pouvez quand même pas aller dans un magasin en acheter comme si de rien n'était. Ne pouvez-vous pas forer un trou et pêcher les papiers avec un fil de fer ?

— Trop épais. Et le métal est très dur. C'est comme un blindage de tank.

Il s'arrêta. Comme un tank... Parmi la panoplie d'armes qu'il avait collectées pendant la guerre, il y avait un lance-roquettes. Il était dans un long caisson de bois qui portait les initiales P.A.C.F. (Projectile Antichar-d'Infanterie). Allons bon, où avait-il bien pu l'enterrer ?

17

A la nuit tombante, Blott quitta la loge, une pelle à la main. Il avait mangé des saucisses et de la purée pour son dîner et se sentait bien calé. Il était surtout très heureux. En longeant le mur du parc à l'endroit même où il le faisait lorsqu'il était prisonnier de guerre, il se sentait aussi excité qu'un gamin. A l'époque, il avait appuyé contre le mur un morceau de grillage dont il s'était servi pour grimper. Il était toujours là, rouillé, au milieu d'un buisson d'orties. Il l'en retira, l'appuya contre le mur et grimpa. Il n'y avait plus de barbelés et pourtant, à califourchon au sommet du mur, il éprouva le même sentiment de liberté qu'il avait ressenti nuit après nuit, trente ans plus tôt. Se faufiler au-dehors et sillonner les bois tout seul était une manière pour lui d'échapper à l'orphelinat de Dresde et autres contraintes qu'il avait eu à subir dans son enfance. C'était une sorte de pied-de-nez qu'il lançait à l'autorité et une manière de s'assumer.

Il éprouvait les mêmes sentiments à s'engager dans les fourrés et à grimper sur la colline au milieu des arbres. Il faisait encore une chose défendue et s'en réjouissait. Cinq cents mètres plus loin, il arriva à une clairière. Tourner à gauche. Il tourna à gauche, suivant son instinct avec autant d'assurance que sur un sentier bien tracé. Il atteignit un éboulis de pierres derrière lequel le soleil se couchait ; c'étaient les ruines d'un cottage. A partir de là, il reprit l'ascension de la colline jusqu'à l'arbre qu'il cherchait. C'était un vieux chêne énorme. Blott en fit le tour et trouva la marque qu'il avait faite dans l'écorce. Il recula en comptant ses pas. Il enleva alors sa veste et se mit à creuser. Il lui fallut une heure pour atteindre la cache mais elle était bien là. Il en retira une caisse et fit sauter la serrure avec un marteau. A l'intérieur, il y avait un mortier de cinq centimètres. Il hala une autre caisse remplie d'obus. Enfin, il trouva ce qu'il cherchait : le caisson et les quatres boîtes de roquettes. Il s'assit sur le caisson et réfléchit : dans le fond, tout ce dont il avait besoin, c'était des roquettes. Il lui suffisait de passer une corde autour de l'aileron de la roquette et de la lâcher de haut, sur le coffre-fort. Mais, après tout, comme il était venu de si loin, il pouvait aussi bien rapporter le P.A.C.I. chez lui et le nettoyer. Ce serait un chouette souvenir. Il replaça le mortier ainsi que les boîtes d'obus et les recouvrit de terre. Ensuite, il redescendit de la colline avec le caisson dans les bras. Il dut s'arrêter souvent, pour se reposer. Quand il arriva enfin à la loge, il faisait nuit. Il monta le caisson dans sa chambre et retourna chercher les roquettes qu'il laissa dehors, sur la pelouse. Il n'avait pas envie de dormir en compagnie de roquettes vieilles de trente ans.

Le lendemain matin, il se leva tôt et se mit tout de suite au travail. Il transporta le coffre-fort à l'aide d'une brouette et l'installa au pied de la falaise. Puis il prit une longue corde, en accrocha un bout à la poignée de la combinaison avant de revenir sur la falaise et d'accrocher l'autre extrémité à une branche qui surplombait le vide, de sorte que la corde se retrouvait perpendiculaire au coffre, quinze mètres plus bas. Il alla enfin chercher deux projectiles ailetés et attacha autour de la tête de l'un d'eux une petite ficelle. A l'autre bout de la ficelle il accrocha un anneau, détacha la corde, la fit passer dans l'anneau et la raccrocha à la branche. Puis il s'allongea au bord de la falaise et enleva la gaine du détonateur sur le nez de la roquette. Il jeta un œil par-dessus bord : le coffre était juste sous lui. Il maintint la bombe au-dessus du précipice, la lâcha et l'observa tandis qu'elle glissait le long de la corde. L'instant d'après il y eut un éclair suivi d'une détonation. Blott ferma les yeux et retira la tête à temps pour éviter un projectile, qui ne fit que l'effleurer. Il leva les yeux. L'aileron de la roquette atteignit son apogée, suivit une courbe avant de retomber sur la route derrière lui. Il se releva et descendit voir le coffre. Un petit trou au diamètre d'un crayon apparaissait sur le devant du coffre et la paroi ne résistait plus.

Lady Maud prenait son petit déjeuner quand l'explosion eut lieu. Elle pensa que Blott devait tirer le lapin, mais elle se rendit compte que la secousse et l'écho dus à l'explosion n'étaient pas le fait d'un coup de fusil. Elle vit Blott sur le chemin de la falaise, de l'autre côté de la rivière. Mais bien sûr, le coffre ! Il avait promis de l'ouvrir et il avait tenu parole. Elle traversa la pelouse, la pinède et le pont suspendu en courant.

Quand elle le rejoignit, il était penché sur le coffre.

— Vous avez réussi ? demanda-t-elle.

— Oui, il est ouvert. Mais il n'y a pas grand-chose dedans.

Lady Maud dut se rendre à l'évidence : le coffre était beaucoup plus petit à l'intérieur qu'elle ne s'y attendait, et il ne contenait que des fragments de papier calcinés et tordus. Elle en retira un. C'était un morceau de photo carbonisée. Elle l'examina. On y voyait les jambes d'un homme nu. Elle retira un autre morceau : c'était un bras nu et ce qui ressemblait à la poitrine d'une femme. Elle jeta à nouveau un œil dans le coffre, mais il n'y avait rien d'autre que des fragments de photos.

— Je vais chercher une enveloppe, dit-elle. Ne touchez à rien en attendant.

Elle repartit vers le château d'un air soucieux, et Blott retourna sur la falaise, pour récupérer la roquette inutilisée. Il savait à présent qu'elles étaient encore opérationnelles.

— Ça peut toujours servir, se dit-il en la rapportant à la loge.

Une heure plus tard, le coffre était enterre sur des buissons au pied de la falaise et Blott avait réintégré le potager. Lady Maud, quant à elle, était installée dans le bureau et examinait les fragments de photographies pour essayer d'en reconstituer l'ensemble. C'était une tâche difficile et assez inutile. Les photos étaient trop carbonisées et tordues pour qu'elle pût les assembler correctement ; l'impact de l'explosion avait décapité les acteurs des scènes qui semblaient, malgré la minceur des pièces à conviction, tout à fait contre nature. Minceur était bien le mot. Surtout pour ce qui était de l'homme. Ce qui excluait Sir Giles. Dommage. Elle aurait su tirer parti de preuves aussi flagrantes de ses mœurs dépravées. Elle saisit un autre fragment et s'apprêtait à chercher sa place dans le puzzle quand elle se rendit compte qu'elle avait déjà vu ces jambes minces et ces pieds blancs. Bien sûr ! Elle avait vu leur reflet sur le sol de marbre, à l'entrée. Elle examina plus attentivement le morceau de jambe, de bras. Elle en était certaine maintenant. Dundridge. Dundridge en train de... C'était incroyable. Elle essayait de comprendre ce qu'impliquait cette découverte extraordinaire, quand on sonna à la porte. Elle alla ouvrir. C'était le directeur commercial de la fabrique de clôtures.

— Ah oui ! Allons-y. Au travail. Je vais vous montrer ce que je veux. Ils s'installèrent dans la salle de billard où Lady Maud déroula un plan de sa propriété.

— J'ai l'intention d'ouvrir un parc animalier, expliqua-t-elle. Il me faut une clôture autour du parc. Je veux qu'elle présente une sécurité absolue, qu'elle résiste à l'assaut de n'importe quel animal.

— Mais j'avais cru comprendre... commença le directeur.

— Peu importe ce que vous croyez. Sachez que je désire ouvrir le parc au public dans trois semaines.

— Trois semaines ? Hors de question !

Lady Maud roula le plan.

— Dans ce cas, je ferai appel à une autre entreprise. Une entreprise dynamique qui peut mettre en place une clôture ad hoc...

— Pas une seule n'acceptera de le faire en trois semaines, sans que cela vous coûte une fortune.

— Je suis prête à mettre le prix.

Le directeur l'observa en se frottant la mâchoire.

— Trois semaines ?

— Trois semaines.

Il prit un calepin et se mit à aligner des chiffres.

— C'est une estimation approximative, dit-il enfin. Je pense que cela doit faire dans les vingt-cinq mille livres.

— Disons trente et n'en parlons plus. Trente mille livres pour la clôture installée dans trois semaines, à dater d'aujourd'hui, avec une gratification de mille livres par jour en moins et une pénalité de retard de deux mille livres par jour.

Le directeur la regarda, abasourdi.

— J'espère que vous savez ce que vous faites, murmura-t-il.

— Je sais très bien ce que je fais, merci. Il faudra que vous travailliez jour et nuit. Apportez vos matériaux la nuit. Je ne veux voir arriver aucun camion dans la journée. Et vos hommes dormiront sur place. Je les hébergerai. Vous vous occuperez de leur couchage et de leurs repas. L'opération doit être exécutée de A à Z dans le plus grand secret.

— Vous permettez ? fit le directeur en s'asseyant.

Lady Maud s'assit en face de lui.

— Alors ?

— Je ne sais... C'est possible...

— Il faut que cela soit, précisa Lady Maud. Si ce n'est pas vous, ce sera une autre entreprise.

— Vous rendez-vous compte que si nous finissons les travaux en quinze jours, votre facture s'élèvera à trente-sept mille livres ?

— Et j'en serais ravie. Et si vous deviez en avoir fini en une semaine, je ne verrais aucun inconvénient à payer quarante-deux mille livres. On est bien d'accord ?

Le directeur acquiesça.

— Bon, alors, je vais vous faire trois chèques : l'un de dix mille livres en date d'aujourd'hui et deux autres post-datés du même montant. J'espère que c'est une garantie suffisante de ma bonne foi.

Elle alla dans le bureau remplir les chèques.

— Je compte sur vous pour que les matériaux arrivent dès ce soir et que les travaux démarrent aussitôt. Vous m'apporterez le contrat demain, pour que je le signe.

Le directeur commercial prit congé. Quand il monta dans sa voiture, il était encore sous le choc.

— Elle est complètement dingue, fit-il en démarrant.

Après son départ, Lady Maud retourna dans le bureau. Elle allait devoir payer plus qu'elle ne l'avait pensé, mais cela valait la peine. Et il fallait ajouter le prix des animaux. Les lions n'étaient pas bon marché. Pas plus que les rhinocéros. Et puis, il y avait ces fragments de photos. Que pouvaient bien faire les photos obscènes de Dundridge dans le coffre de Giles ? Elle se leva, alla dans le jardin où elle se mit à faire les cent pas dans l'allée qui longeait le mur du potager. Soudain, tout lui parut lumineux. Elle comprenait pourquoi Dundridge avait changé d'avis pour le tunnel. On faisait chanter cette petite ordure. Eh bien, ils seraient deux à jouer ce jeu. Oh oui, Doux Jésus. Elle entra dans le potager.

— Est-ce que mon mari a passé un coup de téléphone à une femme à Londres ? demanda-t-elle à Blott.

— A sa secrétaire.

Maud secoua la tête. La secrétaire de Giles n'était pas du genre à accepter, ne fût-ce qu'en pensée, d'attacher son patron à un lit pour le fouetter et, par ailleurs, elle était heureuse en ménage.

— Personne d'autre ?

— Non.

— A-t-il jamais fait allusion à une femme lors de ses conversations téléphoniques ?

Blott fit un effort de mémoire.

— Non, pas que je sache.

— Dans ce cas, Blott, nous partons pour Londres demain.

Blott ouvrit de grands yeux.

— A Londres ?

Il n'y était jamais allé.

— A Londres. Nous y passerons quelques jours.

— Mais que vais-je mettre ?

— Un costume, évidemment.

— Mais je n'en ai pas.

— Eh bien, nous ferions mieux d'aller à Worford vous en acheter un. Par la même occasion, nous achèterons aussi un appareil-photo. Je vous prendrai dans dix minutes.

Elle rentra dans le château, mit les photos dans une enveloppe et les cacha derrière deux volumes, sur les étagères de la bibliothèque. Et pourquoi n'irait-elle pas rendre une petite visite à Mr. Dundridge quand elle serait à Worford ?

18

Elle ne put le joindre.

— Il est sorti, lui dit l'hôtesse du bureau régional de l'Equipement.

— Et où est-il ?

— Sur le terrain. Il vérifie les relevés photographiques.

— Bon, pouvez-vous lui dire à son retour que j'ai moi aussi des photos que j'aimerais qu'il vérifie ?

La fille lui lança un regard noir.

— Je ne saisis pas.

Lady Maud se contint pour ne pas envoyer promener une gourde pareille et lui mit les points sur les « i ».

— Dites à Mr. Dundridge à son retour que j'ai une série de photos qui, j'en suis sûre, l'intéresseront beaucoup. Vous feriez mieux de prendre le message par écrit. Vous pourriez l'oublier. Dites-lui bien ça. Il sait où me contacter.

Elle retourna au magasin de confection où elle trouva Blott en train d'essayer un complet de tweed rose saumon.

— Si vous croyez que je vais me promener à Londres avec vous, dans un costume aussi dépravé, vous pouvez aller vous rhabiller, lui dit-elle, cinglante. Elle passa en revue plusieurs complets moins voyants et en choisit un gris anthracite à rayures. Voilà qui fera l'affaire.

En sortant du magasin, Blott était habillé de la tête aux pieds : chemises, chaussettes, sous-vêtements et cravates.

— Il ne nous manque plus qu'un appareil photo, dit Lady

Maud quand ils rangèrent les nouveaux habits de Blott à l'arrière de la Land-Rover.

Ils pénétrèrent dans un magasin de photos.

— Je voudrais un appareil avec un excellent objectif, expliqua-t-elle au vendeur. Que même un débile puisse utiliser.

— Il vous faut un appareil automatique.

— Non, intervint Blott qui n'appréciait pas d'être traité de débile devant les tiers. Il lui faut un Leica.

— Un Leica ? Mais c'est un appareil de professionnel. Ce n'est pas un...

— Blott, fit Lady Maud en l'entraînant dehors. Et sur le trottoir : vous voulez dire que vous vous y connaissez en photographie ?

— Dans la Luft... Avant la guerre, j'ai suivi une instruction militaire. C'était dans la photographie.

Elle rayonna.

— Oh Blott, vous êtes merveilleux. Une bénédiction du ciel. Achetez tout ce qu'il vous faut pour faire de belles photos bien nettes.

— Des photos de quoi ? demanda Blott.

Lady Maud hésita. Oh, et puis, il finirait bien par le savoir tôt ou tard. Elle plongea.

— Sir Giles au lit avec une autre femme.

— Lui ?

— Oui.

C'était au tour de Blott de rayonner.

— Il vous faut un flash et un grand angle.

Ils revinrent au magasin et achetèrent un Leica d'occasion, un agrandisseur, un bac à développement, un flash électronique : tout ce dont ils avaient besoin. Sur le chemin du retour, Blott se sentait au septième ciel.

Pour Dundridge, c'était le contraire. L'hôtesse d'accueil l'avait appelé, dès le passage de Lady Maud.

— Elle vous a laissé un message.

— Ah oui ? J'espère que vous ne lui avez pas dit où j'étais ?

— Non. Quelle horrible mégère ! Je n'en voudrais pas, même pour ma pire ennemie.

— Ne m'en parlez pas ! Et que dit son message ?

— Elle m'a dit : « Prévenez Mr. Dundridge que j'ai une série de photos qui, j'en suis sûre, l'intéresseront beaucoup. » Elle m'a demandé de noter le message. Allô, vous êtes là ? Mr. Dundridge ?

Elle n'obtint pas de réponse. Elle raccrocha.

Dans son appartement, Dundridge était sous le choc. Il tenait encore le combiné, mais n'entendait plus rien. Il était dans l'impossibilité de penser à autre chose que cette terrible constatation : Lady Maud était en possession des photos diaboliques. Elle pouvait le détruire. Il était piégé. Elle les utiliserait si l'on construisait l'autoroute et il ne pouvait plus arrêter les travaux. C'est cette fieffée salope qui avait tout manigancé. D'abord les photos, puis le pot-de-vin, enfin la tentative d'assassinat. Cette femme était folle à lier. Plus de doute possible. Il reposa le combiné et essaya désespérément de trouver une échappatoire. Il ne pouvait même pas aller se plaindre à la police. D'abord, on ne le croirait pas. Lady Maud était juge de paix et une notable respectée. Que lui avait dit Mlle Boles ? « Si vous prévenez la police, sachez que nous y avons un ou deux clients. Nous serons informés. » Et puis, il n'avait pas de preuve tangible. Le seul élément qu'il possédait, c'était le message de Lady Maud que lui avait transmis l'hôtesse du bureau de l'Equipement, mais Lady Maud pourrait toujours rétorquer qu'elle faisait référence à des photos du château ou de la forêt. Il lui fallait des preuves et surtout un conseil juridique. Un bon avocat.

Il attrapa l'annuaire des téléphones et passa en revue la rubrique des avocats. Maîtres Ganglion, Turnbull et Shrine. Il composa leur numéro et demanda à parler à Me Ganglion, qui accepta de le recevoir dès le lendemain matin, à dix heures. Dundridge passa la soirée et une bonne partie de la nuit à faire les cent pas dans sa chambre, dans les affres de l'inquiétude. A plusieurs reprises il décrocha le téléphone pour appeler Lady Maud et chaque fois il raccrocha aussitôt. Il ne trouvait rien de pertinent à lui dire et il redoutait ce qu'elle, aurait à lui dire. A l'aube, il s'endormit d'un sommeil agité, pour se réveiller épuisé à sept heures du matin.

Au château, Lady Maud et Blott dormirent peu, eux aussi : Blott parce que le va-et-vient des camions sous l'arche l'avait tenu éveillé ; Lady Maud parce qu'elle avait supervisé l'ensemble des opérations, donnant des ordres pour que chaque chose soit installée là où elle le désirait.

— Vos hommes peuvent dormir dans les communs, dit-elle au directeur. Je vais partir une semaine. Voici la clé de la porte de service.

Quand elle se coucha enfin, tôt le matin, le château avait pris les allures d'un chantier de construction : des bétonneuses, des poteaux, du grillage, des sacs de ciment et de gravier envahissaient le parc, et les travaux avaient commencé à la lueur des lampes électriques qu'alimentait un générateur.

Allongée dans son lit, elle écouta les bruits de voix et le grondement des moteurs : elle se sentit satisfaite. Quand l'argent n'était pas un obstacle, on pouvait encore obtenir un service rapide et efficace, même en Angleterre. « L'argent ne fait pas le bonheur » pensa-t-elle, et l'absurdité de la maxime la fit sourire. Il lui fallait trouver de l'argent rapidement. Elle y réfléchirait plus tard.

A sept heures, elle était levée et prenait son petit déjeuner. Par la fenêtre de la cuisine elle eut le plaisir de voir que plusieurs poteaux de ciment étaient déjà en place et qu'un engin bizarre qui ressemblait à un tire-bouchon géant creusait des trous, pour en placer d'autres. Elle alla dans le bureau, où elle passa une heure à fouiller dans les dossiers de Sir Giles. Elle porta une attention particulière à un dossier marqué INVESTISSEMENTS et à l'échange de courrier entre Sir Giles et son courtier. Elle en nota les différentes opérations, puis elle examina la correspondance personnelle de Giles, mais n'y trouva aucune trace d'une maîtresse qui aurait eu des penchants pervers pour le fouet et les menottes.

A neuf heures, elle signa le contrat puis monta dans sa chambre faire sa valise. A dix heures elle se rendit en Land-Rover à Hereford où elle prit le train de Londres en compagnie de Blott qui arborait son costume rayé avec une cravate bleue à pois. Dans le bureau, le téléphone était débranché. Sir Giles ne pouvait plus appeler le château.

Dundridge arriva en avance au cabinet de Maîtres Ganglion, Turnbull et Shrine. Sa serviette à la main, il passa en revue les tableaux de chasse suspendus aux murs de la pièce et fut déçu : ils n'étaient pas dans le vent, ils n'avaient rien de la sophistication de la vie moderne ; or, dans son cas particulier, il était indispensable d'être dans le coup pour comprendre ce qui lui était arrivé. Il se rendit compte que Me Ganglion n'était pas mieux dans le genre, quand ce dernier daigna enfin le recevoir. C'était un homme âgé, avec des lunettes cerclées d'or, par-dessus lesquelles il le regardait d'un air supérieur.

— Quel est le motif de votre visite, Mr. Dundridge ? s'enquit Me Ganglion. Je tiens à vous faire savoir dès à présent que si cela a un rapport quelconque avec l'autoroute, nous ne désirons pas nous occuper de votre affaire.

Dundridge secoua la tête.

— Cela n'a rien à voir avec l'autoroute, enfin, pas exactement. En fait, on me fait chanter.

Me Ganglion se cala dans son fauteuil, marquant ainsi son réel intérêt.

— Chantage ? En effet. Crime inhabituel dans le secteur. Je n'ai pas souvenir d'avoir jamais eu une affaire de chantage. Mais dans le fond, cela change de la routine. Tiens, tiens, un chantage ! Vous m'intéressez, Mr. Dundridge. Poursuivez.

Dundridge déglutit. Il n'en avait rien à foutre, d'intéresser Me Ganglion.

— Ça s'est passé de la manière suivante : je suis allé à un cocktail au Golf Club et j'y ai rencontré une fille qui...

— Une fille, hein ? fit Me Ganglion en rapprochant son fauteuil du bureau. Sûrement une belle fille ?

— Oui.

— Et vous l'avez emmenée chez vous, je suppose, dit Me Ganglion dont les yeux brillaient à présent d'une curiosité évidente.

— Non. Du moins je ne le pense pas.

— Vous ne le pensez pas ? Vous devez quand même savoir ce que vous avez fait !

— C'est là le problème. Je ne me souviens de rien.

Il s'arrêta. En fait, il savait ce qu'il avait fait. Les photos étaient là, qui ne lui laissaient aucun doute.

— En réalité, je sais ce que j'ai fait... Mais...

— Oui ? demanda Me Ganglion pour l'encourager.

— Le problème, c'est que je ne sais pas où je l'ai fait.

— Dans un champ, peut-être ?

Dundridge secoua la tête.

— Non, pas dans un champ.

— A l'arrière d'une voiture ?

— Non. En fait, j'étais inconscient.

— Ah bon ? Vraiment ? Incroyable ! Inconscient ?

— Voyez-vous, j'ai bu un campari juste avant de partir avec elle. Il avait un goût amer, mais c'est normal pour le campari, n'est-ce pas ?

— Je n'ai aucune idée du goût du campari, mais je vous fais confiance.

— Très amer. Et puis nous sommes montés dans la voiture. C'est la dernière chose dont je me souvienne.

— Quel dommage, fit Me Ganglion, déçu. Il se sentait frustré des détails les plus croustillants de la rencontre.

— Quand j'ai repris mes esprits, je me suis retrouvé dans la voiture, sur le bas-côté d'une route.

— Le bas-côté ? Tout à fait de circonstance. Et alors ?

Dundridge remua sur sa chaise nerveusement. Il en était au passage qu'il redoutait.

— On m'a envoyé des photos.

L'intérêt faiblissant de Me Ganglion en fut instantanément ravivé.

— Ah bon ? Formidable. Alors comme ça, on vous a envoyé des photos.

— Ainsi qu'une demande de mille livres.

— Mille livres ? Vous les avez payées ?

— Non. Non, je n'ai pas payé.

— Elles ne les valaient pas ?

Dundridge se mordit les lèvres.

— Je n'ai aucune idée de ce qu'elles valent, murmura-t-il avec aigreur.

— Vous les avez donc encore. Bon... Eh bien, je vais pouvoir vous dire ce qu'elles valent.

— En fait, j'aimerais mieux... commença Dundridge.

Mais Me Ganglion insista.

— Pièce à conviction. Il faut que je voie l'objet du chantage. C'est très important.

— Elles sont plutôt affreuses.

— Sûrement. Pour mille livres, il faut qu'elles soient franchement écœurantes.

— Elles le sont.

Encouragé par la tolérance de Me Ganglion, Dundridge ouvrit sa serviette et en retira l'enveloppe.

— Je tiens à vous rappeler que j'étais inconscient alors.

Me Ganglion secoua la tête en signe de compréhension.

— Bien sûr, mon cher, bien sûr.

Il tendit le bras, s'empara de l'enveloppe, l'ouvrit.

— Oh mon Dieu, siffla-t-il en voyant la première photo.

Dundridge se tortilla sur sa chaise, les yeux au plafond, sans rien dire, tout le temps que Me Ganglion examina les photos, en grognant son dégoût et sa surprise à chacune d'elles.

— Alors ? demanda Dundridge quand Me Ganglion se

recala dans son fauteuil, épuisé. Le regard qu'il posait sur lui était celui de l'incrédulité.

— Mille livres ? C'est vraiment tout ce qu'ils en demandent ?

Dundridge acquiesça.

— Eh bien, sachez que ce n'est pas cher.

— Je n'ai pas versé l'argent, lui rappela Dundridge.

Me Ganglion le fixa, sidéré.

— Vous n'avez pas versé l'argent ? Vous voulez dire que vous avez refusé de payer la misérable somme de mille livres alors que vous... Il dut s'arrêter, incapable de qualifier ce qu'il désignait sur une photo particulièrement salace.

— Je ne pouvais pas, dit Dundridge qui se trouvait accusé injustement.

— Vous ne pouviez pas ?

— On ne m'a jamais rappelé. Je n'ai reçu qu'un appel. J'attends toujours.

— Je vois. Me Ganglion observa à nouveau la photo. Et vous n'avez aucune idée de l'identité de cette superbe femme ?

— Aucune. Je ne l'ai vue qu'une fois.

— Et on ne vous a pas rappelé. Pas de lettre, non plus ?

— Pas jusqu'à hier soir. Et encore : il ne s'agit que d'un message de l'hôtesse d'accueil du bureau régional de l'Equipement.

— L'hôtesse d'accueil du Bureau de l'Equipement ? Me Ganglion attrapa un stylo. Quel est son nom ?

— Elle n'a rien à voir dans l'affaire. Elle ne m'a contacté que pour me transmettre un message. Lady Maud m'avait demandé : elle voulait que je sache qu'elle était en possession de photos qui présentaient un intérêt particulier pour moi.

Me Ganglion se souleva de son fauteuil, fulminant.

— Lady Maud ! hurla-t-il. Vous avez le culot de vous présenter avec une série de photos immondes et vous osez accuser Lady Maud de tremper dans cette sale affaire ! Ecoutez-moi bien, monsieur. Si je ne me retenais pas, je vous cravacherais. Lady Maud Lynchwood est une cliente respectable, une dame, douce et bonne, une femme de grande vertu, elle est la descendante d'une des plus grandes familles du pays...

Il retomba dans son fauteuil, à bout de souffle.

— Mais,... commença Dundridge.

— Il n'y a pas de mais qui tienne, interrompit Me Ganglion, tremblant de rage. Sortez, monsieur. Et je vous préviens, si vous prononcez un mot de plus, monsieur, j'entame aussitôt une procédure en diffamation. Vous avez bien compris ? Un seul mot, ici ou ailleurs. La moindre indiscrétion de votre part et je n'hésiterai pas une seconde, vous m'entendez ?

Dundridge pouvait encore l'entendre vociférer dans l'escalier qu'il dévalait, sa serviette à la main. Une fois chez lui, il s'aperçut qu'il avait oublié les photos sur le bureau de Me Ganglion. Elles pouvaient bien y rester. Il n'avait pas l'intention de retourner chercher ces horreurs.

Après son départ, Me Ganglion se calma peu à peu. Sur son bureau s'étalaient les photos de Dundridge avec la femme masquée dans leurs contorsions de bête à deux dos. Me Ganglion ajusta ses lunettes à double foyer et les examina attentivement. Puis il les plaça dans l'enveloppe et mit cette dernière dans son coffre. La réputation des Handyman était à l'abri chez lui. Encore que, réflexion faite, elle en était bien capable : remarquable, cette Maud, tout à fait remarquable.

Pendant le voyage, Lady Maud avait eu le temps d'expliquer à Blott ses nouvelles fonctions.

— Vous prendrez un taxi et attendrez devant son immeuble jusqu'à ce qu'il en sorte, puis vous le suivrez partout où il ira. Surtout le soir. Je veux savoir où il passe ses nuits. S'il entre dans un immeuble, suivez-le et notez le numéro de l'étage où s'arrêtera l'ascenseur. Vous avez bien compris ?

Blott répondit que oui.

— Et ne vous faites voir sous aucun prétexte.

Elle l'observa d'un œil critique. Dans son complet gris anthracite, il y avait peu de chance qu'on le reconnaisse, de toute façon. Mais enfin, il valait mieux être prudent. Il faudrait qu'elle lui achète un chapeau melon chez Harrod's.

— Si vous le voyez en compagnie d'une femme, suivez-les partout où ils iront, et s'ils se séparent, suivez la femme. Il faut qu'on sache qui elle est et où elle habite.

— Puis nous forçons la porte et les prenons en photo, fit Blott avec ardeur ?

— Sûrement pas. Quand nous saurons qui est cette femme, nous aviserons.

Ils montèrent dans un taxi et se rendirent à leur hôtel dans Kensington après un arrêt chez Harrod's pour le chapeau melon de Blott. A cinq heures, ce dernier était installé au fond d'un taxi, devant l'immeuble de Sir Giles, dans le quartier de Victoria.

— J'ose espérer que vous savez ce que vous faites, dit le chauffeur après une heure d'attente pendant laquelle le compteur avait tourné. Cela va vous coûter un maximum.

Blott lui répondit qu'il savait ce qu'il faisait (il avait cent livres en poche). Il s'amusait beaucoup à la vue de la circulation des voitures et des piétons. Il était à Londres, le cœur du plus vaste empire à une certaine époque, le bastion des grands rois et des reines sur lesquels il avait lu tant de choses. Pour toutes ces raisons, sa nature romanesque frémissait de joie. Et puis, après tout ce temps, il pouvait enfin rendre un vrai service à sa Lady Maud.

A sept heures, Sir Giles sortit, pour se rendre à son club, où il dînerait. Avec son taxi, Blott le suivit inéluctablement. A huit heures il en sortit, traversa la ville jusqu'à Saint John's Wood, le taxi de Blott toujours sur ses talons. Il se gara dans Elm Road et pénétra dans un immeuble. Blott le vit qui appuyait sur la deuxième sonnette. Dès que Sir Giles fut entré, Blott descendit du taxi, traversa la rue et nota le nom qui se trouvait en face de la deuxième sonnette de l'interphone. C'était « Mme Forthby ». Blott remonta dans le taxi.

A son retour, il fit son rapport à Lady Maud.

— Mme Forthby. Elm Road, répéta-t-elle.

Elle vérifia le nom et l'adresse dans l'annuaire.

— C'est très bien, Blott. Vraiment très bien. Et vous dites qu'il n'en est pas ressorti ?

— Non. Mais le chauffeur du taxi ne voulait pas attendre davantage. C'était l'heure du dîner.

— Tant pis. Vous vous êtes très bien débrouillé. Maintenant, il ne nous reste plus qu'à savoir quelle sorte de femme est cette Mme Forthby. J'aimerais bien la connaître. Je me demande comment je pourrais m'y prendre.

— Je peux la suivre, dit Blott.

— Ça ne rimerait à rien. Et de toute façon, comment la reconnaîtriez-vous ?

— C'est la seule femme de l'immeuble. Il y a un Mr. Sylks au-dessus et un certain Mr. Billington au rez-de-chaussée.

— Formidable. Vous êtes très observateur. Bon, et alors ? Comment faire pour que je la rencontre ? Il doit bien exister un moyen d'arranger une entrevue.

— Je pourrais, commença Blott en imitant la voix de Sir Giles, l'appeler en me faisant passer pour lui et lui demander de me rencontrer quelque part...

Lady Maud le fixait.

— Mais bien sûr ! Oh Blott, que ferais-je sans vous ?

Blott piqua un fard.

— Non, ça ne marcherait pas, continua Lady Maud. Elle le préviendrait. Il faudra que je cherche une autre solution. Je vais y réfléchir.

Blott monta dans sa chambre se coucher. Il était fatigué et il avait faim, mais ce n'était que des broutilles à côté des compliments que lui avait faits Lady Maud. Il s'endormit profondément heureux.

Lady Maud se sentait tout aussi heureuse, encore que sa joie fût plus pragmatique ; elle venait de résoudre le problème qui la tourmentait : l'argent. La clôture du parc allait lui coûter au bas mot trente mille livres et les animaux qu'elle avait commandés facilement vingt de plus. Cinquante mille livres au total. C'était une grosse somme à payer pour sauver le château et, en plus, elle n'était même pas sûre que cela suffirait. Si quelqu'un devait payer pour tout ça, c'était bien Giles, puisqu'il était à l'origine de cette lamentable affaire. Elle venait de trouver le moyen de le faire payer. Elle allait même le ruiner.

Le lendemain matin, dès huit heures, Lady Maud et Blott étaient de faction dans un taxi à l'entrée de Elm Road. A neuf heures, ils virent sortir Sir Giles. Lady Maud paya le chauffeur et descendit la rue jusqu'au numéro six, Blott sur ses talons.

— Ne vous trompez surtout pas, dit-elle à Blott en appuyant sur la sonnette qui grésilla.

— Qui est-ce ? s'enquit Mme Forthby.

— C'est moi. J'ai oublié mes clés de voiture, fit Blott avec la voix de Sir Giles.

— Quand je pense que c'est moi qui passe pour une tête de linotte.

Blott et Lady Maud montèrent à l'étage. Mme Forthby ouvrit la porte de son appartement. Elle portait une blouse de ménage et tenait à la main un chiffon à poussière.

— Bonjour, fit Lady Maud en entrant dans l'appartement.

— Mais je croyais que...

— Permettez-moi de me présenter. Je suis Lady Maud Lynchwood. Vous devez être Mme Forthby. Elle lui serra la main. J'étais impatiente de vous rencontrer. Giles m'a tant parlé de vous.

— Oh mon Dieu ! Que c'est embarrassant !

Derrière elle, Blott ferma la porte. Lady Maud fit des yeux l'inventaire du mobilier, Mme Forthby incluse, puis s'installa dans un fauteuil.

— Quel charmant nid d'amour, dit-elle enfin.

La grassouillette Mme Forthby secouait son chiffon à poussière.

— Oh, c'est affreux, dit-elle. C'est trop affreux !

— Mais non, ça n'est pas si terrible. S'il vous plaît, arrêtez de secouer ce chiffon. Cela m'énerve.

— Pardon. C'est juste que je me sens... Euh... Je vous dois des excuses.

— Des excuses ? Et pourquoi donc ?

— Eh bien... Vous savez bien...

Mme Forthby secoua la tête avec désespoir.

— Si vous croyez, ne fût-ce qu'un instant, que je vous en veux, vous vous trompez lourdement. Pour moi, vous êtes une véritable bénédiction.

— Une bénédiction ? marmonna Mme Forthby en se laissant tomber sur le divan.

— Bien sûr ! J'ai toujours considéré que les habitudes perverses de mon mari étaient ignobles. Le fait que vous semblez répondre à ses demandes obscènes — par générosité d'âme j'en suis sûre — me fait votre débitrice.

— Ah bon ? Le monde de Mme Forthby se trouvait chamboulé par la présence chez elle de cette femme incroyable, qui s'adressait à elle avec humilité.

— Absolument, assura Lady Maud. Et où ont donc lieu ces polissonneries ? Dans la chambre à coucher, je suppose ?

Mme Forthby opina du chef.

— Blott, allez donc jeter un œil dans la chambre.

— Oui, madame. Il passa une première, puis une deuxième porte.

Mme Forthby se tenait immobile, les yeux rivés sur Lady Maud, comme hypnotisée.

— Bon, nous pouvons discuter, maintenant. Vous semblez intelligente et la tête sur les épaules. Je suis persuadée qu'il y a moyen de trouver un compromis avantageux pour chacune de nous.

— Un compromis ?

— Oui, un compromis. Dites-moi, avez-vous jamais été appelée à comparaître pour témoigner dans une affaire de divorce ?

— Non, jamais.

— Eh bien, ma chère, si vous ne suivez pas à la lettre ce que je vais vous exposer, vous risquez de vous retrouver impliquée dans le divorce le plus sordide que le pays ait jamais connu.

— Oh, mon Dieu ! pleurnicha Mme Forthby. Que c'est affreux ! Que va penser Cédric ?

— Cédric ?

— Mon premier mari. Euh, je veux dire feu mon mari. Le pauvre amour serait furieux. Il ne m'aurait plus adressé la parole. Il était très tâtillon, vous savez. C'est normal, il était médecin.

— Eh bien, vous ne voulez pas faire de peine à Cédric, n'est-ce pas ? Il n'y a d'ailleurs aucune raison de lui en faire si vous exécutez mes consignes. Et tout d'abord, je voudrais que vous m'expliquiez ce que Giles vous demande de faire.

— Voilà... commença Mme Forthby. Elle fut aussitôt interrompue par Blott qui émergea de la chambre en brandissant le costume de Miss Dracula, la Cruelle Maîtresse.

— J'ai trouvé ça, claironna-t-il.

— Oh là là !... Que c'est embarrassant, dit Mme Forthby.

— Ça le serait bien plus si nous produisions cette pièce à conviction devant une cour de justice. Alors ? J'attends.

Mme Forthby se leva.

— Tout est noté. Il me met tout par écrit. Vous comprenez, je suis terriblement étourdie et j'ai tendance à m'embrouiller. Je vais vous chercher le planning de nos jeux.

Elle alla dans la chambre et en rapporta un bloc.

— Tout y est.

Lady Maud en étudia une page.

— Qui étiez-vous la nuit dernière ? demanda-t-elle enfin. Mlle Cathętère, la Perverse Infirmière ou Sœur Florinda, la Nonne Nymphomane ?

Mme Forthby devint écarlate.

— Doris, l'Ecolière Dévergondée, pouffa-t-elle nerveusement.

Lady Maud la regarda d'un air incrédule.

— Bien qu'il soit limité, mon mari n'en possède pas moins une imagination remarquable. Et que serez-vous ce soir ?

— Oh, il ne vient pas ce soir. Il a dû partir à Plymouth pour une conférence. Il ne revient qu'après-demain. Ce sera la nuit de Nounou Martinet.

Lady Maud reposa le bloc.

— Alors voilà ce que je vous propose : en échange de votre coopération, j'accepterai de divorcer en n'invoquant que l'incompatibilité. Vous ne serez aucunement impliquée. Mais Sir Giles ne doit rien savoir de l'aide que vous m'aurez apportée. Tout ce que je vous demande, c'est de vous absenter quelques instants jeudi soir pour que je puisse avoir un court entretien avec lui.

Mme Forthby hésita.

— Il se mettra dans une colère noire, dit-elle.

— Contre moi, la rassura Lady Maud. Je ne pense pas qu'il s'en prendra à vous quand j'en aurai fini avec lui. Il aura d'autres chats à fouetter.

— Vous ne lui ferez pas de mal, n'est-ce pas ? Je ne voudrais pas qu'il souffre. Je sais bien qu'il n'est pas très gentil, mais je suis très attachée à lui.

— Je ne le toucherai pas. Je vous donne ma parole que je ne l'effleurerai même pas. Permettez-moi de vous dire que votre attachement est tout à votre honneur.

Mme Forthby se mit à pleurer.

— Vous êtes très bonne.

Lady Maud se redressa.

— Pas du tout, dit-elle. Et maintenant, je vous saurais gré de bien vouloir me remettre la clé de votre appartement pour que Blott en fasse faire un double.

Quand ils furent sur le point de la quitter, Mme Forthby se sentait nettement mieux.

— J'ai été ravie de vous rencontrer et de pouvoir mettre les choses au point avec vous, dit-elle. Je me sens soulagée. J'ai une telle horreur du mensonge.

— Je veux bien vous croire, dit Lady Maud. Malheureusement les hommes semblent vivre dans un monde de fantasmes où ils nous entraînent parce que nous ne sommes que de faibles femmes.

— C'est ce que je ne cesse de me dire : « Félicia, c'est peut-être mal, mais si cela doit lui faire plaisir, tu ne dois pas hésiter. »

— J'en étais sûre, ajouta Lady Maud.

Blott et elle prirent un taxi pour se rendre de l'autre côté de la ville, à l'appartement de Sir Giles. En chemin, Lady Maud expliqua à Blott ce qu'elle attendait de lui.

19

A Worford, Dundridge se ressaisissait. Après mûre réflexion, il lui paraissait profitable d'avoir rendu visite à Me Ganglion. La réaction du vieil homme, violente assurément, mais qui n'en restait pas moins spontanée, tendait à prouver que l'avocat était bien trop honnête pour couvrir une tentative de chantage d'un de ses clients, aussi influent fût-il. Ne restaient donc plus à Me Ganglion que deux attitudes possibles : soit il prévenait Lady Maud que Dundridge était venu le voir et l'avait accusée de tentative de chantage, soit — et c'était le plus probable, puisqu'il était tenu au secret professionnel — il gardait le silence. Dans les deux cas Dundridge se retrouvait en position de force. Si Me Ganglion prévenait Lady Maud, elle n'oserait pas renouveler ses menaces. S'il gardait le silence... Dundridge se mit à étudier cette solution qui lui paraissait la plus plausible. Elle chercherait à le recontacter. Il décida d'acheter un magnétophone. La prochaine fois qu'il irait chez Me Ganglion, il lui apporterait la preuve irréfutable de la complicité de Lady Maud.

Après cette décision, il se sentit mieux. Il avait damé le pion à cette sale garce. L'opération Overland pouvait démarrer. Il se rendit au bureau régional de l'Equipement pour voir Hoskins.

— On peut aller de l'avant, lui dit-il.

— Bien sûr qu'on peut. Les travaux ont déjà commencé à Burnington.

— Je ne parle pas de ça. Ce que je veux dire, c'est qu'un corps expéditionnaire peut commencer son action dans la gorge.

Hoskins consulta le planning.

— D'après la programmation, nous y intervenons en octobre.

— Je le sais, mais je voudrais quand même que les travaux commencent là-bas immédiatement. Vous comprenez ?

— Au château ? Pour le principe !

— Pas au château. Dans la gorge.

— Mais nous n'avons pas encore envoyé d'ordre d'expulsion aux Lynchwood, protesta Hoskins.

— Dans ce cas, je vous conseille de le faire de toute urgence. Je veux que les ordres soient envoyés immédiatement à Mlle Percival, au Général Burnett et aux Lynchwood. Nous devons faire pression sur eux le plus rapidement possible. C'est compris ?

— Bien, fit Hoskins qui commençait à exécrer les manières autoritaires de Dundridge. Mais très franchement, je n'en vois pas l'urgence.

— Ça ne m'étonne pas. Contentez-vous d'exécuter mes ordres. De toute façon, nous n'avons pas besoin d'ordre d'expropriation pour l'entrée de la gorge. C'est un terrain public. Evoyez-y vos hommes dès demain matin.

— Bon Dieu, qu'attendez-vous d'eux ? Qu'ils détruisent ce foutu château ?

— Hoskins, vos sarcasmes me fatiguent. Vous semblez oublier que je suis l'inspecteur de l'Autoroute des Midlands et que vous me devez obéissance.

— Bon, d'accord. Simplement, rappelez-vous ceci : si les choses tournent mal, c'est vous qui paierez les pots cassés. Quelles sont les consignes pour la force d'intervention ?

Dundridge consulta le planning des travaux.

— Je vois là que les falaises doivent être dégagées pour élargir le passage. Ils peuvent s'attaquer à ça.

— Ce qui signifie le dynamitage.

— Parfait. Cela fera comprendre à cette vieille vache que nous ne rigolons pas.

— Elle va rappliquer aussitôt, vous pouvez en être certain.

Hoskins retourna dans son bureau, dérouté. Plus il avait affaire avec l'inspecteur des travaux de l'Autoroute des Midlands, plus il le trouvait bizarre.

— Jamais je n'aurais cru qu'il pourrait affronter ainsi Lady Maud, se dit-il. Enfin, j'aime autant que ce soit lui et pas moi.

Dans son bureau, Dundridge s'adressa un sourire. Il avait fait exactement ce qu'il fallait ; Lady Maud tomberait dans le piège. Il retira le magnétophone de sa serviette et l'essaya : il marchait à la perfection.

Lady Maud et Blott étaient installés au bureau de Sir Giles, dans son appartement.

— Prêt ? demanda Lady Maud.

— Prêt ! dit Blott en composant un numéro, au téléphone.

— Schaeffer, Blodger et Vaizey, fit la standardiste des courtiers.

— Mr. Blodger, je vous prie, dit Blott.

— Mr. Blodger ? Sir Giles Lynchwood au téléphone ! entendit-il dire la standardiste.

— Ah, Lynchwood, fit Blodger. Bonjour.

— Bonjour, Blodger, dit Blott. Bon, je voudrais vendre au mieux ce qui suit : quatre mille Président Rand ; mille cinq cents I.C.M. ; dix mille Rio Pinto ; tout mon Zinc et Cuivre.

A l'autre bout du fil, Mr. Blodger s'étranglait. Il semblait éprouver quelque difficulté à enregistrer les ordres de Sir Giles.

— Dites voir, Lynchwood. Vous vous sentez tout à fait bien ?

— Bien ? Comment ça, bon Dieu. Bien sûr que je vais bien, gronda Blott.

— C'est que... Vous le savez, le marché vient de s'effondrer. Est-ce qu'il ne serait pas préférable d'attendre...

— Ecoutez, Blodger, je sais ce que je fais. Et quand je vous dis vendez, j'entends que vous vendiez. Si vous voulez mon avis, vous feriez mieux d'en faire autant.

— Vous croyez vraiment ?...

— Si je crois ? J'en suis sûr. Voyez ce que vous pouvez en tirer et rappelez-moi. Je reste chez moi pendant encore une vingtaine de minutes.

— Bon, si vous le dites.

Blott raccrocha.

— Génial, Blott. Tout à fait génial. Un moment, j'ai cru entendre Sir Giles, dit Lady Maud. Bon, voilà une bonne chose de faite. Le chat est dans la souricière. Ou plutôt les loups dans la bergerie. Quand il rappellera, dictez-lui la deuxième liste.

Dans les bureaux de « Schaeffer, Blodger & Vaizey », c'était la consternation. Blodger consulta Schaeffer avant de demander à Vaizey de les rejoindre.

— Ou bien il est devenu fou ou alors il sait quelque chose, cria Blodger. Il se débarrasse de huit mille President Rand.

— Et que faites-vous des Rio Pinto ? hurla Schaeffer. Il les a achetées à vingt-cinq et les revend à dix.

— D'habitude il voit juste, dit Vaizey. Depuis des années que nous gérons son portefeuille il n'a jamais fait un faux pas.

— Un faux pas ?! Parlons-en ! Plutôt une connerie grosse comme lui, si vous voulez mon avis.

— A moins qu'il ne soit au courant de quelque chose, dit Vaizey.

Ils se regardèrent.

— Il sait sûrement quelque chose, fit Schaeffer.

— Voulez-vous lui parler ? demanda Blodger.

Schaeffer fit non de la tête.

— Je craquerais, marmonna-t-il.

Blodger décrocha le téléphone.

— Passez-moi Sir Giles Lynchwood, fit-il à la standardiste. Et puis, non. Je vais le prendre sur ma ligne directe.

Il composa le numéro de Sir Giles.

Dix minutes plus tard il arriva en titubant, le visage décomposé, dans le bureau de Schaeffer.

— Il se retire, dit-il en s'affaissant dans un fauteuil.

— Complètement ?

— Tout. Tout son foutu stock. Et dès aujourd'hui. C'est sûr, il est au courant de quelque chose.

— Bon, fit Lady Maud. L'affaire est classée. Nous ferions mieux de rester encore une heure ou deux, au cas où ils rappelleraient. Il est vraiment dommage qu'on ne puisse en faire autant pour quelques-uns de ses biens immobiliers. Enfin, le mieux est l'ennemi du bien.

A deux heures, Blodger rappela pour annoncer que les instructions de Sir Giles avaient été suivies à la lettre.

— C'est bien, dit Blott. Envoyez-moi les documents dès demain. Je vais passer un jour ou deux à Paris. Au fait, je veux que l'argent soit versé à mon compte courant de la banque Weslands à Worford.

Sir Giles revint de Plymouth en voiture, l'après-midi suivant. Il était de bonne humeur. La conférence avait été intéressante et il se réjouissait de passer la soirée avec Nounou Martinet. Il passa à son appartement pour prendre un bain chaud, dîna au restaurant et se rendit à Elm Road en voiture. Il trouva Mme Forthby, qui l'attendait dans son costume de Nounou Martinet.

— Ah vous voilà, vilain garçon, lui dit-elle avec un petit quelque chose de menaçant dans la voix qu'il affectionnait tant. On se déshabille.

— Non, non, fit Sir Giles.

— Si, si, fit Nounou.

— Non. Non.

— Si. Si.

Sir Giles se sentait défaillir sous le charme de son tablier. Il sentait le nourrisson. L'haleine de Nounou, en revanche, était chargée d'une odeur plus forte, mais il était subjugué par l'insistance avec laquelle elle lui intimait l'ordre de rester tranquille, pendant qu'elle lui mettait ses couches. Une fois attaché, et alors qu'elle ajustait son bonnet, il reçut une bouffée de son haleine. Du cognac !

— Vous avez bu, bredouilla-t-il.

— Oui, c'est vrai, dit Mme Forthby en lui enfonçant une tétine dans la bouche.

Sir Giles lui lança un regard incrédule. Elle ne buvait jamais. Cette drôle de femme ne buvait que de l'eau. C'était une des choses qu'il aimait chez elle. Elle ne lui coûtait pas cher d'entretien. Elle était peut-être étourdie. Giles gigota sur le lit : il était plus solidement attaché qu'il ne le pensait. Nounou s'était surpassée. Il pouvait à peine bouger.

— Je descends une minute chercher des sticks de poisson, lui dit-elle. Je ne fais qu'un aller-retour.

Sir Giles la regarda, décomposé, enlever sa coiffe et enfiler un manteau par-dessus son costume. Bon Dieu, pourquoi des sticks de poisson à une heure pareille ? Il avait de bonnes chances de rester attaché dans sa tenue de bébé, une tétine à la bouche, jusqu'au petit matin, si elle décidait de se rendre à quelque foutu concert. Il essaya de se débarrasser de la tétine, mais cette saloperie était trop bien fixée.

— Et maintenant, soyez sage pendant mon absence, dit Nounou et ne faites pas de bêtises.

Elle sortit, fermant la porte à clé. Sir Giles se calma. Il aurait bien le temps de s'inquiéter ultérieurement. La sonnerie de la porte d'entrée retentit. Il se figea, pétrifié.

— Il y a quelqu'un ? appela une voix. Et Sir Giles connaissait cette voix. C'était celle du diable en personne, Lady Maud.

— Puisque la clé est sur la porte, autant entrer et attendre à l'intérieur.

Sir Giles se sentait défaillir. Il trouvait suffisamment pénible le risque d'être découvert par Lady Maud dans une situation aussi grotesque, sans qu'en plus une tierce personne en soit témoin. Il entendit qu'on entrait dans la pièce voisine. Si seulement ils pouvaient s'en tenir là ! Et puis, bon Dieu, comment Lady Maud pouvait-elle se trouver là ? Comment avait-elle découvert l'existence de Mme Forthby ? La porte s'ouvrit et Lady Maud fit son apparition.

— Ah, vous voilà, dit-elle gaiement. Je me doutais un peu que c'est là que je vous trouverais. C'est parfait.

Sir Giles lui lança un regard chargé de haine de sous les fronces de son bonnet. Son visage était aussi blanc que le drap sur lequel il était couché ; il lançait convulsivement ses jambes en l'air. Cette salope devait avoir perdu la raison. Il en eut la preuve aussitôt.

— Vous pouvez entrer, Blott. Je ne pense pas que cela gêne Giles.

Blott entra dans la chambre. Il portait un appareil photo et un flash électronique.

— Et maintenant, fit Maud, nous allons pouvoir bavarder gentiment.

— Et les photos ? demanda Blott. Nous ne les prenons pas tout de suite ?

— Vous croyez que c'est ce qu'il préfère ? demanda-t-elle.

Blott hocha vigoureusement la tête tandis que Sir Giles secouait la sienne avec la même ardeur. Pendant cinq minutes Blott alla et vint dans la chambre, prenant des photos sous tous les angles. Puis il changea de pellicule et fit des gros plans.

— J'ai terminé, annonça-t-il enfin. Ça devrait suffire.

— Certainement, dit Lady Maud en avançant une chaise à côté du lit. Et maintenant, mon cher, nous allons avoir une petite conversation sur votre avenir.

Elle lui ôta la tétine de la bouche.

— Ne me touchez pas, hurla Sir Giles sur le mode aigu.

— Je n'ai aucune intention de vous toucher, lui rétorqua Lady Maud en affichant son mépris. Que je n'aie jamais eu à le faire aura été la seule consolation de notre union, au demeurant totalement insatisfaisante. Je ne suis là que pour vous proposer un compromis.

— Quel compromis ?

Lady Maud fouilla dans son sac.

— Les termes de notre divorce, dit-elle en lui présentant un document. Il vous suffit d'apposer votre signature ici.

Sir Giles le scruta de ses yeux myopes.

— Je ne vois rien sans mes lunettes, murmura-t-il.

Lady Maud les lui plaça sur le nez. Il lut le document.

— Et vous voulez que je signe ça ! aboya-t-il. Vous croyez vraiment que je vais...

Lady Maud replaça la tétine dans sa bouche.

— Ignoble individu, grinça-t-elle. Vous allez signer, que vous le vouliez ou non. Ce document, et puis celui-ci. Elle agita un nouveau papier devant ses yeux. Et ça encore, et celui-là. Et puis aussi celui-ci.

Sir Giles se débattait de toutes ses forces. Pour rien au monde il ne signerait un document qui était une véritable confession dans laquelle il s'accusait : de traîtrise envers sa femme légitime ; de n'avoir pas accompli son devoir conjugal ; d'avoir commis l'adultère à plusieurs reprises ; de l'avoir soumise à des cruautés mentales et physiques pendant les six années de vie commune. Lady Maud lut dans ses pensées.

— Si vous refusez de signer, j'enverrai un tirage des photos que nous venons de prendre au Premier Ministre, à votre Président de Groupe, aux membres du bureau national de votre parti et à la presse. Je vous conseille de signer, Giles, et de faire en sorte que le projet d'autoroute soit stoppé avant un mois, jour pour jour. Un mois, vous avez bien entendu ? Ce sont mes conditions. Qu'avez-vous à répondre ?

Elle ôta la tétine de sa bouche.

— Salope !

— Très bien. Alors, vous êtes d'accord pour signer ?

— Jamais ! s'égosilla Sir Giles avant d'être réduit au silence.

— Je ne sais pas si vous connaissez vos classiques. Mais dans Edouard II de Shakespeare...

Sir Giles ne connaissait ni Marlowe ni Shakespeare, mais il savait pertinemment ce qui était arrivé à Edouard II.

— Blott, fit Lady Maud, allez donc dans la cuisine me chercher...

Mais Sir Giles hochait déjà la tête. Il était prêt à tout signer. Blott lui détacha la main droite et Lady Maud retira un stylo de son sac.

— Signez ici, lui dit-elle en désignant une ligne pointillée.

Sir Giles signa.

— Ici aussi. Et ici.

Sir Giles signa et signa. Quand il en eut fini, Blott vérifia les signatures. Ensuite, il le rattacha.

— C'est bon, fit Lady Maud. Je vais immédiatement entamer la procédure de divorce. Quant à vous, vous avez intérêt à arrêter le projet d'autoroute. Je vous interdis dorénavant de remettre les pieds sur mon domaine. Je vous ferai envoyer vos affaires personnelles. Elle enleva la tétine. Vous avez quelque chose à ajouter ?

— Si j'arrive à arrêter la construction de l'autoroute, me promettez-vous de me rendre les photos et leur négatif ?

— Bien sûr. Nous, les Handyman, nous avons des défauts comme tout le monde, mais nous tenons toujours nos promesses.

Elle lui remit la tétine dans la bouche et la rattacha derrière la tête. Elle lui enleva ses lunettes, arrangea son bonnet et quitta la pièce.

Dans l'escalier, ils rencontrèrent une Mme Forthby très agitée.

— Vous ne lui avez pas fait de mal, au moins ?

— Mais non, voyons, la rassura Lady Maud. Nous lui avons juste fait signer son consentement au divorce.

— Oh là là ! J'espère de tout cœur qu'il n'est pas trop fâché. Il lui arrive de piquer de telles colères !

— Allons, allons, Nounou, ressaisissez-vous ! Vous vous devez d'être ferme.

— Oui, bien sûr, vous avez raison. C'est si difficile. Je ne suis pas méchante de nature.

— Au fait ! Avant que j'oublie : voici un petit quelque chose pour votre coopération.

Lady Maud sortit un chèque de son sac, mais Mme Forthby le refusa.

— Je ne suis peut-être pas très intelligente ni très gentille, mais j'ai un minimum d'amour-propre. Et de toute façon, j'oublierais certainement de l'encaisser.

— Cette femme est trop bien pour Giles, affirma Lady Maud tandis qu'ils roulaient vers la gare de Paddington pour prendre le train de Worford. Elle mériterait mieux.

En chemin, ils s'arrêtèrent chez Maîtres Schaeffer, Blodger et Vaizey pour déposer les ordres de vente signés par Sir Giles.

20

Ils n'arrivèrent au château qu'à deux heures du matin mais le parc n'en était pas moins éclairé. Sous les flots de lumière artificielle, les hommes s'affairaient à la mise en place des poteaux. Déjà, tout un côté du parc était clôturé. Lady Maud en passa l'inspection et félicita Mr. Firkin, le contremaître, pour l'avancement des travaux.

— Je crains fort que vous n'ayez à payer un supplément, lui dit-il. A cette allure, nous aurons terminé dans une dizaine de jours.

— Une semaine, si vous voulez. L'argent n'a pas d'importance.

Elle monta se coucher, ravie. Dans la matinée, elle irait retirer jusqu'au dernier sou de leur compte joint à la banque Westland à Worford et déposerait la somme à son compte personnel de la Banque du Nord. Sir Giles crierait à l'assassinat, mais il n'y pourrait rien. C'est lui qui avait signé les ordres de vente. Et même s'il s'était exécuté sous la menace, il ne pouvait pas s'en plaindre en raison des circonstances. Qui plus est, elle possédait un autre atout dans sa manche : les photos de Dundridge. Elle rappellerait cette oie blanche pour la forcer à admettre que Giles la faisait chanter. Dès qu'elle aurait cette preuve, il ne serait plus question d'autoroute. Il ne serait même plus nécessaire d'utiliser ses propres photos : Giles irait en prison pour tentative de chantage, son siège au Parlement se trouverait vacant, il y aurait des élections partielles et on n'entendrait plus jamais parler de cette sinistre histoire d'autoroute.

Quoi qu'il advienne, elle était en sécurité, ainsi que son domaine.

— Il faut combattre le mal par le mal, pensa-t-elle en passant en revue l'ensemble des étranges circonstances qui avaient transformé la femme simple qu'elle était, pantouflarde, juge de paix et notable, en un maître chanteur qui faisait dans les photos pornos et extorquait des signatures sous la menace de tortures. Il était clair que coulait encore dans ses veines le sang de ses ancêtres qui avaient su préserver la gorge de toute invasion, par des moyens plus ou moins honnêtes.

— On ne peut pas faire d'omelette sans casser des œufs, soupira-t-elle avant de s'endormir.

Chez Mme Forthby, l'un desdits œufs était toujours étendu sur le lit, son bonnet à froufrous sur la tête. Il cherchait désespérément à sortir des beaux draps (au sens propre et au sens figuré) dans lesquels il se trouvait et se jurait de tuer cette garce de Nounou Martinet dès qu'elle le libérerait de ses liens. Nounou ronflait bruyamment sur le divan du salon. Un seul regard sur le visage écarlate de Sir Giles lui avait suffi pour comprendre que la méchanceté du Vilain Garçon ne s'était pas estompée pendant son absence. Nounou alla dans la cuisine et attrapa la bouteille de cognac. « Une petite goutte me donnera du courage », se dit-elle en se versant un verre plein. « Il faut savoir s'offrir de petits plaisirs. Après tout, ça ne fait pas de mal », murmura-t-elle en s'affalant sur le divan.

Pour Sir Giles, ses petits plaisirs ne lui faisaient aucun bien. De toute façon, après huit heures de « plaisirs », on ne pouvait plus les qualifier de « petits ». A chaque nouvelle heure que l'horloge avait carillonnée, les désirs meurtriers de Sir Giles avaient évolué de la simple mort instantanée à des formes de tortures extrêmement élaborées. Entre-temps, il avait cherché un moyen de régler le problème que lui posait Maud. Il ne voyait pas d'autre issue que de résilier son adhésion aux clubs et de réaliser ses biens avant de fuir au Brésil où l'extradition n'a pas cours... Si toutefois il lui restait des biens à réaliser. C'est à quatre heures que la réalité se fit jour dans son esprit : quelques-uns des papiers qu'il avait signés ressemblaient beaucoup à des ordres de vente d'actions. Au moment où il les avait signés, il n'avait pas eu le moyen de les étudier avec attention. Non que sa situation ait changé depuis, mais au moins la menace ne planait-elle plus sur lui de finir de la même façon qu'Edouard II. Epuisé par toutes ces épreuves, il finit par tomber dans un sommeil comateux, se réveillant de temps à autre pour mieux imaginer les sévices plus horribles les uns que les autres qu'il ferait subir à la vieille conne qui dormait dans la pièce à côté.

A son réveil, Mme Forthby se sentit barbouillée. Elle se leva, alla en titubant se faire couler un bain. Au moment de s'essuyer, elle se rappela Sir Giles.

— Oh mon Dieu, il va être en colère, pensa-t-elle en se rendant à la cuisine pour y faire du thé. Elle apporta le plateau du petit déjeuner dans la chambre et le posa sur la table de nuit.

— Allons, allons, il faut se lever. Le soleil brille déjà, lui dit-elle gaiement en le détachant.

Sir Giles cracha la tétine. Cela faisait douze heures qu'il attendait ce moment. Mais il ne put se lever. Il se laissa tomber du lit et se mit à ramper vers Mme Forthby comme un crabe atteint d'arthrose.

— Ah non ! Vilain garçon ! dit Mme Forthby horrifiée par la couleur de son visage. Elle s'enfuit de la chambre et s'enferma à clé dans la salle de bains. Elle n'avait aucune raison de s'affoler : Sir Giles était arrêté au seuil de la chambre à coucher, la jambe prise dans le fil électrique de la lampe de chevet.

Dans son bureau à l'Equipement, l'inspecteur de l'Autoroute des Midlands étudiait son plan, pour prendre Lady

Maud en flagrant délit de tentative de chantage. La misérable avait appelé le standard pour annoncer sa visite à Worford et demander un entretien privé avec lui. Dundridge savait pourquoi elle tenait à un tête-à-tête. Il s'était déjà trouvé seul avec elle et ne voulait pas renouveler l'expérience. D'un autre côté, il était sûr qu'elle n'oserait pas le menacer en public. Finalement, il choisit de se faire couvrir par Hoskins. Il le fit chercher.

— Le dynamitage a fait sortir la vieille taupe de son trou.

— Pardon ?

— Lady Maud vient me voir tout à l'heure. Je veux que vous soyez présent à l'entretien.

Hoskins était inquiet.

— Je ne sais pas trop, murmura-t-il. Et de toute façon, nous n'avons pas encore commencé le dynamitage.

— La brigade d'intervention est bien sur le terrain, non ?

— Oui. Encore que je n'aime pas que vous l'appeliez brigade d'intervention. Ce jargon militaire me tape sur les nerfs.

— Je m'en fous. Ce qui importe, c'est qu'elle va venir. Je veux que vous vous cachiez quelque part où vous pourrez entendre tout ce qu'elle aura à dire et éventuellement intervenir si elle devenait dangereuse.

— Si elle devenait dangereuse ? Mais cette bonne femme est dangereuse. Elle ne peut pas l'être plus.

— Je veux dire violente. Allons, il faut trouver un endroit où vous cacher.

Il regarda du côté du placard, mais Hoskins se montra inflexible.

— Pourquoi ne resterais-je pas dans un coin du bureau ?

— Parce qu'elle a précisé qu'elle désirait me voir seul.

— Eh bien alors, bon Dieu, recevez-la seul ! Elle ne va quand même pas vous bouffer !

— Ça, c'est ce que vous dites ! De toute façon, vous n'avez pas à discuter : je veux que vous soyez témoin de l'entretien. J'ai de bonnes raisons de penser qu'elle va essayer de me faire chanter.

— Vous faire chanter ? répéta Hoskins qui était devenu blanc comme un linge.

— Des photos.

— Des photos ? fit Hoskins en écho. Pour le coup, il était sérieusement inquiet.

— Des photos pornos, dit Dundridge qui faisait preuve envers Hoskins d'une confiance hors de propos.

— Que comptez-vous faire ?

— Je vais l'envoyer promener.

Hoskins ne pouvait en croire ses oreilles. Penser qu'un jour il avait traité cet homme extraordinaire de nigaud ! Ce gars-là, c'était un roc.

— Voilà ce que je vous propose. Je vais me placer derrière la porte et écouter ce qu'elle vous dira. Cela vous convient-il ?

Dundridge s'en contenta et Hoskins se précipita dans son bureau pour appeler Bessie Williams.

— Sally ? fit-il. Vous savez qui, à l'appareil.

— Non, je ne vois pas, répondit Mme Williams qui avait passé une mauvaise nuit.

— C'est moi. HORSey, Horsey CatKINS, grinça Hoskins qui cherchait désespérément un pseudonyme non compromettant, pour le cas où l'on écouterait sa conversation au standard.

— Horsey ? Horsey Catkins ?

— Hoskins, bon Dieu ! chuchota-t-il.

— Oh, Hoskins ! Pourquoi ne l'avoir pas dit plus tôt ? Hoskins fulminait. Mais il réussit à contenir sa rage.

— Ecoutez attentivement, dit-il. Quelqu'un a vendu la mèche. M comme Milovitch ; E comme Eve ; C comme...

— Je n'y comprends rien, interrompit Mme Williams.

— Y'a l' feu. Brûlez tout. Vous saisissez ? Les négatifs, les clichés et toutim. Vous ne me connaissez pas. Je n'ai jamais entendu parler de vous. C'est compris ? Pas de noms, pas d'ennuis. Et vous n'avez jamais mis les pieds au Golf Club.

Quand il raccrocha, Mme Williams avait saisi le sens de son message. Hoskins aussi avait compris. Elle ne lui avait laissé aucun doute possible : si elle devait se faire épingler, il plongerait avec elle.

Il retourna dans le bureau de Dundridge et y fit entrer Lady Maud, quand elle se présenta. Puis il se mit derrière la porte et écouta.

Dundridge s'armait de courage pour affronter l'épreuve. Avec Hoskins derrière la porte, au moins se sentait-il protégé. De toute façon, Lady Maud paraissait mieux disposée à son égard qu'il ne s'y attendait.

— Monsieur Dundridge, dit-elle en s'asseyant devant son bureau, je tiens à vous faire savoir que je ne suis pas venue vous voir ce matin pour vous chercher querelle. Je sais que nous avons eu nos petits différends par le passé mais, pour ma part, tout est oublié et pardonné.

Dundridge l'observa d'un air lugubre, sans rien dire.

— En fait, je suis venue vous demander de m'aider, continua Lady Maud. Et je tiens à vous assurer que ce que je vais dire ne sortira pas de cette pièce.

Dundridge jeta un œil vers la porte, et lui dit qu'il en était fort aise.

— Oui, je me doute bien que cela vous fasse plaisir. Voyez-vous, j'ai des raisons de croire que vous avez été l'objet d'un chantage.

Dundridge écarquilla les yeux. Elle savait pertinemment qu'il faisait l'objet d'un chantage.

— Qu'est-ce qui vous le fait penser ?

— Ces photos, dit Lady Maud en retirant l'enveloppe de son sac et en étalant les fragments calcinés et tordus sur le bureau.

Dundridge les étudia attentivement. Bon Dieu, pourquoi étaient-ils brûlés ainsi ? Il chercha sur chacun des morceaux si son visage apparaissait. Non. Si elle pensait le faire chanter avec ça, elle se trompait lourdement.

— Et alors ? demanda-t-il.

— Vous n'êtes au courant de rien ?

— Absolument rien, fit Dundridge qui se sentait plus sûr de lui. Il comprenait ce qui s'était passé. C'étaient les photos qu'il avait oubliées chez Me Ganglion. Ce dernier avait dû les déchirer et les jeter dans le feu de la cheminée, puis il avait dû changer d'avis. Il les avait retirées, puis avait raconté à Lady Maud que lui, Dundridge, l'avait accusée, elle, de chantage. C'était donc la raison de sa visite : elle essayait de tirer son épingle du jeu. La suite confirma sa théorie.

— Ainsi, mon mari n'a jamais fait pression sur vos décisions, avec ces photos ?

— Votre mari ? Votre mari ! fit Dundridge avec indignation. Insinuez-vous que votre mari aurait cherché à me faire chanter avec ces... obscénités ?

— Oui, fit Maud. C'est exactement ce que je veux dire.

— Alors je peux vous assurer que vous vous trompez. Sir Giles m'a toujours traité avec beaucoup de courtoisie et la plus grande considération. Ce qui, vous l'avouerez, est plus qu'on ne peut en dire de vous.

Lady Maud le regarda, interloquée.

— Vous n'avez rien à ajouter ? lui dit-elle.

— Non. A part ceci : pourquoi ne portez-vous pas ces photos à la police ?

Lady Maud hésita. Dundridge la prenait au dépourvu.

— Je ne crois pas que ce serait malin, vous ne trouvez pas ?

— Si. En fait, je pense que c'est la meilleure chose que vous ayez à faire. Bon, écoutez-moi. Je suis très occupé et vous me faites perdre un temps précieux. Je vous prie de bien vouloir me laisser.

Lady Maud bondit.

— Comment osez-vous me parler sur ce ton ? hurla-t-elle.

Dundridge se dressa à son tour et ouvrit la porte.

— Hoskins, fit-il. Veuillez raccompagner Mme Lynchwood.

— Je connais le chemin, dit Lady Maud. Elle passa devant eux en coup de vent.

Dundridge rentra dans son bureau et s'écroula dans son fauteuil. Il l'avait prise de haut ; il l'avait chassée. Personne ne pouvait accuser l'inspecteur de l'Autoroute des Midlands de ne pas être le maître dans sa maison. Il s'étonnait luimême.

Il étonnait aussi Hoskins. Ce dernier le fixa un long moment, avant de retourner dans son propre bureau, secoué par ce qu'il venait d'entendre. Elle avait confronté Dundridge avec ces horribles photos et il avait eu le culot de lui dire de les porter à la police. Mon Dieu, mais cet homme était capable de tout ! L'huile était vraiment sur le feu. Heureusement qu'elle n'avait pas l'air décidé.

— Elle doit chercher à protéger Sir Giles, pensa-t-il. Puis il se demanda comment elle avait bien pu mettre la main sur les photos. Il eut envie d'appeler Sir Giles, mais finit par s'abstenir. Le mieux était encore de ne pas faire de vagues et de rester bouche cousue en attendant que les choses se tassent.

Il en était là de ses réflexions quand le téléphone retentit. C'était encore Dundridge. Hoskins trouva l'Inspecteur en pleine exaltation.

— Voilà qui a mis un point final à cette comédie, dit-il. Vous l'avez entendue ? Elle m'a menacé avec ses photos pornos. Elle espérait peut-être que j'userais de mon influence pour détourner le tracé de l'autoroute. J'ai été catégorique.

— Tout à fait, dit Hoskins avec déférence.

— Bon, fit Dundridge en se tournant vers une carte qu'il avait fixée au mur, nous devons battre le fer tant qu'il est chaud. L'opération Overland va commencer à l'instant. Est-ce que les ordres d'expulsion ont été envoyés ?

— Oui.

— Et la force d'intervention a-t-elle entamé ses travaux de démolition ?

— De démolition ?

— Le dynamitage.

— Non, pas encore. Elle est à peine installée.

— Il faut s'y mettre tout de suite. Nous devons garder l'initiative et maintenir la pression. Je voudrais qu'un Q.G.

mobile soit installé à cet endroit-là. Il désigna un point sur la carte à trois kilomètres à l'est de Carbonell.

— Un Q.G. mobile ?

— Faites envoyer une caravane là-bas. J'ai l'intention de superviser moi-même l'opération. Nous transporterons nos deux bureaux là-bas.

— Cela va être terriblement inconfortable, fit remarquer Hoskins.

— Rien à foutre. Ce que je veux, c'est voir cette salope quitter le château Handyman avant Noël, envers et contre tout. Elle est aux abois pour l'instant, et 'de Dieu, je veux qu'elle y reste.

Pendant le trajet de retour au château, Lady Maud réfléchit. Elle aurait pu jurer que les jambes maigrichonnes des photos étaient celles qu'elle avait vues sur le sol de marbre, et pourtant elle s'était trompée. La réaction indignée de Dundridge l'avait totalement convaincue. Elle était persuadée que ce minable piquerait un fard et se confondrait en explications. Il lui avait tenu tête et l'avait même mise à la porte. Il avait été jusqu'à lui suggérer de porter ces photos à la police. Il avait fait preuve d'une telle pusillanimité en d'autres circonstances qu'il était impossible d'imaginer qu'il bluffait. Non. Elle s'était trompée. Quel dommage ! Elle aurait tant aimé voir Giles dans le box des accusés. Mais tant pis. Elle avait d'autres atouts dans sa manche. Sir Giles remuerait ciel et terre dorénavant pour arrêter la construction de l'autoroute et s'il n'y parvenait pas, elle le ferait démissionner de son siège au Parlement. De toute façon, il y aurait de nouvelles élections, et ce qui avait été bon pour Ottertown le serait pour la gorge. Le gouvernement annulerait le projet d'autoroute. Et si cela ne devait pas être, il y avait toujours le parc naturel. C'était une chose de démolir une demi-douzaine de maisons et d'en chasser les familles, mais c'était une tout autre affaire de priver de leur milieu naturel dix lions, quatre girafes, un rhinocéros et une douzaine d'autruches. Le peuple britannique ne pouvait tolérer que l'on fît preuve de cruauté envers les animaux. Quand elle arriva au château, elle trouva Blott occupé à rincer les négatifs dans la cuisine.

— J'ai transformé la buanderie en pièce noire, expliqua-t-il en lui présentant le film. Lady Maud ne connaissait rien à la photographie.

— Elles sont bonnes ? demanda-t-elle.

— Très. D'excellentes photos.

— Je doute que Giles partage votre point de vue, dit Lady Maud en quittant la cuisine pour aller dans le potager choisir une laitue.

Blott continua de rincer ses films, puis il les descendit dans la buanderie et les mit à sécher sur une corde. Quand il remonta, le déjeuner était servi sur la table de la cuisine.

— Vous êtes mon invité, dit Lady Maud. Je suis très contente de vous, Blott, et c'est si bon d'avoir un homme à la maison.

Blott hésita. Le propos lui parut incongru. On ne semblait pas manquer d'hommes dans la maison : ils faisaient un bruit assourdissant en montant et descendant l'escalier de service, vingt-quatre heures sur vingt-quatre. Mais enfin, si Lady Maud désirait qu'il reste à déjeuner, il n'avait pas à discuter. Les choses semblaient s'arranger. Elle allait obtenir le divorce, et il était amoureux d'elle. Bien sûr, il n'avait aucun espoir de voir jamais son amour se concrétiser, mais c'était bon d'être auprès d'elle et de partager son repas. Et puis il y avait la clôture : elle l'enchantait. Elle lui remémorait ses souvenirs de guerre, le bonheur qu'il avait éprouvé du temps où il était prisonnier. Surtout, elle les coupait du monde : Maud et lui pourraient vivre célibataires, certes, mais heureux assurément jusqu'à la fin des temps.

Ils venaient de terminer leur repas et s'étaient mis à laver la vaisselle quand un bruit sourd se fit entendre au loin, qui fit vibrer les fenêtres.

— Je me demande ce que cela peut bien être, demanda Lady Maud.

— Cela ressemble à une explosion, fit Blott.

— Une explosion ?

— Dans une carrière.

— Il n'y a pas de carrière dans le coin, dit Lady Maud.

Ils sortirent sur la pelouse. A deux ou trois kilomètres à l'est, un nuage de poussière s'éleva lentement dans le ciel.

21

Et l'opération Overland se poursuivait. Jour après jour le silence de la gorge était troué par le roulement des bulldozers et le grondement des explosions de dynamite, suivis de l'éboulement des rochers arrachés à la falaise. Jour après jour, les entrepreneurs venaient se plaindre à Hoskins : pour construire une autoroute, il fallait commencer par le commencement et continuer jusqu'au bout ; en tout cas, s'en tenir à une planification méthodique et ne pas sauter d'un endroit à l'autre, défonçant un champ ici, arrachant un bois là, commençant un pont pour l'abandonner aussitôt afin d'élargir un défilé. Jour après jour, Hoskins transmettait leurs plaintes ainsi que les siennes à Dundridge qui n'en tenait pas compte.

— L'élément vital de l'opération Overland réside dans la nature imprévisible de nos actions, expliqua Dundridge. L'ennemi ne doit jamais être en mesure de prévoir nos attaques.

— Moi non plus, en fait, fit Hoskins avec amertume. Vous auriez pu me prévenir hier soir que vous aviez l'intention de déplacer la caravane.

Dundridge observa les alentours de son Q.G. mobile.

— C'est étrange, dit-il. Je pensais que c'était vous qui l'aviez fait déplacer.

— Moi ? Et pourquoi ?

— Je ne sais pas. Pour nous rapprocher du front, je suppose.

— Nous rapprocher du front ? Quand rien ne me plairait plus que de réintégrer mon bureau ? Je n'apprécie pas vraiment de battre la campagne dans cette foutue caravane, vous savez.

— Peu importe. Je trouve que celui qui l'a déplacée a eu une bonne idée. Nous sommes plus près de l'action.

Hoskins regarda par la fenêtre : une benne géante frôla la caravane en grondant.

— Plus près ? cria-t-il par-dessus le vacarme. On est en plein dessus, si vous voulez mon avis.

Comme pour lui donner raison, une explosion assourdissante retentit et un morceau de falaise s'écroula à quelques mètres d'eux. Quand la poussière se fut déposée, Dundridge observa le spectacle avec satisfaction. C'était ça, la nature que l'Homme — et tout particulièrement Dundridge — aimait : une nature conquise, soumise, disciplinée. Et c'était ça, le progrès, lent peut-être, mais inexorable. Derrière eux, ce n'étaient que coupes franches et remblais nets, béton et acier ; devant eux, la gorge et le château Handyman.

— Au fait, prévint Hoskins quand il put enfin s'entendre parler, le Général Burnett nous a fait parvenir une plainte. Il dit qu'un de nos camions a abîmé le mur de son jardin.

— Et après ? Il n'aura plus ni jardin ni mur d'ici deux mois. Pourquoi râle-t-il ?

— Et Mr. Bullett-Finch a appelé pour protester...

Mais Dundridge n'en avait cure.

— Prenez note de toutes les plaintes, fit-il d'un air désabusé. Je n'ai pas le temps de m'occuper de ces détails.

Sir Giles ne partageait pas son indifférence pour les détails. Il en était obsédé. Ceux qui le préoccupaient le plus concernaient la vente de ses actions et la manière dont Lady Maud utiliserait les satanées photos.

— J'ai perdu un demi-million avec la vente de ces actions, hurla-t-il à Blodger, la moitié d'un million, bordel !

Blodger compatit.

— J'ai bien pensé à ce moment-là que vous étiez un peu léger. Et je vous l'ai dit.

— Vous avez pensé ? Vous ne pensez à rien du tout, s'égosilla Sir Giles. Si vous aviez été capable de la moindre pensée, vous auriez su que ce n'était pas moi qui vous téléphonais.

— C'était votre voix. Vous m'avez même demandé de vous rappeler chez vous.

— Je n'ai rien fait de tel. Vous ne croyez quand même pas que j'aurais vendu quatre mille Président Rand quand le marché était au plus bas ? Mais bon Dieu, je ne suis pas complètement fêlé, que je sache !

Blodger le jaugea du regard. Il devait admettre qu'il y avait pensé. Ce fut Schaeffer qui mit un terme à l'altercation.

— Si vous ne pouvez vous empêcher de jurer, je vous conseillerais de le faire devant un avoué.

— Et pourquoi irais-je voir un bon Dieu d'avoué, d'après vous ?

— Pour lui déclarer sous serment que les signatures des certificats de vente étaient des faux, fit Schaeffer froidement.

Sir Giles attrapa son chapeau.

— Et ne croyez surtout pas, bon Dieu, que je vais en rester là, grinça-t-il. Vous aurez encore de mes nouvelles.

Schaeffer lui ouvrit la porte.

— J'espère bien que non ! Merde alors !

Si ses courtiers s'étaient montrés durs avec Sir Giles, il n'en était pas de même de Mme Forthby.

— Tout cela est de ma faute, gémit-elle en le lorgnant de ses deux yeux au beurre noir, qu'il lui avait faits pour la peine. Si seulement je n'étais pas sortie chercher ces sticks de poisson, ça ne se serait jamais passé.

— Sticks de poisson, mon cul !... commença-t-il avant de se ressaisir. Il fallait remettre de l'ordre dans ses idées et l'auto-critique de Mme Forthby n'était pas pour l'y aider.

— Peu importe. Il faut que je trouve un moyen. Je ferai tout pour que ma garce de femme ne s'en tire pas comme ça.

— Si tout ce qu'elle veut c'est le divorce...

— Le divorce ? Le divorce ? Parce que vous croyez que c'est tout ce qu'elle veut ? Il s'arrêta à nouveau. Mme Forthby ne devait rien connaître des photos. Personne ne devait jamais en entendre parler. Si la chose se savait, il serait aussitôt ruiné et il n'avait que trois semaines pour s'en sortir. Il rentra chez lui, pour réfléchir au moyen d'arrêter la construction de l'autoroute. Il ne pouvait pas faire grand-chose à Londres. L'audience qu'il avait sollicitée du ministre de l'Environnement lui avait été refusée, et déboutée sa requête pour une prolongation de l'enquête d'utilité publique.

Sir Giles se mit à imaginer toutes sortes d'accidents plus malencontreux les uns que les autres : Maud qui tomberait dans l'escalier, par exemple, et qui se romprait le cou ; ou qui aurait un fatal accident de voiture. Malheureusement, ils n'étaient pas plausibles. En désespoir de cause, il ramena ses pensées à Dundridge. S'il s'était fait piéger par Maud, il avait coincé, lui, l'inspecteur de l'Autoroute des Midlands. Il appela Hoskins au bureau régional de l'Equipement.

— Il est au G.Q.G.C.A., lui répondit la standardiste.

— Gécugécéa ? fit Sir Giles qui se demandait où se trouvait ce village du Worfordshire Sud.

— Grand Quartier Général de la Construction de l'Autoroute, dit la fille. Il a été nommé commandant en chef.

— Comment ? Mais bon Dieu, que se passe-t-il ?

— Je n'en sais rien. Je ne suis qu'un agent de transmission. Dois-je vous le passer ?

— Oui. Ils sont dingos, ma parole !

— Tout à fait d'accord. Je suis même surprise qu'on ne me demande pas d'utiliser le morse.

Sir Giles trouva Hoskins assurément très bizarre, quand il finit par l'obtenir.

— Commandant en chef... commença-t-il.

Sir Giles l'interrompit.

— Je ne veux pas entendre ces sornettes, Hoskins, cria-t-il. Bon Dieu, à quoi jouez-vous ? Vous vous croyez à la guerre ou quoi ?

— Oui, fit Hoskins en regardant nerveusement par la fenêtre.

Une charge de dynamite explosa, avec un bruit assourdissant.

— Qu'est-ce que c'était, nom de Dieu ? hurla Sir Giles.

— Un coup d'essai.

Des petits blocs de rocher s'abattirent sur le toit de la caravane.

— La plaisanterie a assez duré. Je ne vous appelle pas pour entendre ces sottises. Il y a un changement de programme. Il faut à tout prix empêcher la construction de l'autoroute. J'ai pensé que...

— L'empêcher ? l'interrompit Hoskins. Vous n'avez pas la moindre chance d'arrêter le truc maintenant. Nous avançons dans la gorge à l'allure de cent mètres par jour.

— Dans la gorge ?

— Vous avez bien entendu.

— Oh mon Dieu ! fit Sir Giles. Bon sang, comment ça se fait ? Dundridge est devenu fou ou quoi ?

— Peut-être. Hoskins ne voulait pas se mouiller et l'inspecteur de l'Autoroute des Midlands venait d'entrer dans la caravane, couvert de poussière. Il enlevait son casque quand Sir Giles cria :

— Eh bien, arrêtez-le !

— J'ai bien peur que ce soit impossible, monsieur, dit Hoskins en modulant sa voix pour lui faire comprendre qu'il n'était plus seul. Je vais prendre note de votre réclamation et la transmettre au service responsable.

— Vous allez faire beaucoup mieux, gronda Sir Giles. Vous allez utiliser les photos. Vous allez...

— C'est la police qui s'occupe de ces questions, monsieur. En ce qui nous concerne, je ne peux que vous conseiller d'utiliser votre incinérateur.

— Un incinérateur ? Mais, bon Dieu, que voulez-vous que j'en fasse ?

— A mon avis, la meilleure méthode consiste à brûler cette sorte d'ordures. La réponse est dans le négatif.

— Dans le négatif ?

— C'est cela, monsieur. D'après moi, vous éviterez de prendre des risques en incinérant cette matière inflammable. Bon, je vous prie de m'excuser : j'ai quelqu'un dans mon bureau qui m'attend.

Hoskins raccrocha. Sir Giles se cala dans son fauteuil pour mieux déchiffrer son message.

— Incinérateur. Police. Risques. C'étaient les mots sur lesquels Hoskins avait insisté et Sir Giles dut se rendre à l'évidence : tout espoir de faire pression sur Dundridge était parti en fumée. Ce qui l'inquiétait le plus, c'était l'évocation de la police. « Oh, nom de Dieu ! Ce petit salaud a été voir les flics », se dit-il. Tout à coup, il se rappela qu'il restait dans son coffre au château une pièce à conviction qui n'avait pas été brûlée. Maud était en possession d'un coffre avec des photographies qui pouvaient le faire condamner à la prison. « Matériel inflammable, cette salope peut m'en faire prendre pour cinq ans, pensa-t-il. C'est elle que j'aimerais incinérer. L'incinérer ? » Sir Giles leva les yeux au ciel. Il venait de trouver une solution à tous ses problèmes.

Il prit un crayon. Premièrement, il détruisait la pièce à conviction de sa tentative de chantage sur Dundridge. Deuxièmement, il se débarrassait des photos prises par Blott dans l'appartement de Mme Forthby. Troisièmement, il agissait avant que Lady Maud ait pu demander le divorce, donc il resterait le propriétaire du château Handyman... ou plutôt de ses cendres : de ce fait, il bénéficierait de l'assurance et peut-être même de l'indemnité compensatrice pour l'autoroute. Quatrièmement, si Lady Maud venait à mourir... Le quatrième point était de loin la pensée la plus agréable. L'accident dont il avait toujours rêvé.

Il s'empara de la feuille de papier, traversa la pièce jusqu'à la cheminée et gratta une allumette. Quand le papier s'enflamma, il éprouva une immense satisfaction. Il n'y avait rien de tel qu'un bon feu pour nettoyer le passé. Il ne lui manquait plus qu'un parfait alibi.

Au château, c'est avec une égale satisfaction que Lady Maud faisait le point de la situation. La clôture avait été installée en dix jours ; les lions, les girafes et le rhinocéros avaient été lâchés dans le parc et les autruches étaient enfermées dans l'enceinte de l'ancien court de tennis. Il était vraiment doux de se promener dans le parc et de voir les lions le traverser, ou paresser sous les arbres.

— C'est sécurisant, avait-elle dit à Blott, dont le rayon d'action se limitait au jardin potager depuis que le rhinocéros labourait la pelouse.

— Vous éprouvez peut-être un sentiment de sécurité, mais le facteur n'est pas de votre avis. Pas plus que le laitier. Ils ne veulent pas dépasser la loge.

— C'est ridicule. Pour se faire respecter des lions, il suffit de se présenter devant eux la tête haute et de les regarder dans le blanc des yeux.

— Peut-être. Mais le rhino a besoin de lunettes.

— Le truc, avec les rhinocéros, c'est de se mouvoir dans un axe perpendiculaire à leur angle d'approche.

— Ça n'a pas marché avec l'estafette du boucher. Vous ne pouvez pas vous imaginer ce qu'il a fait à son pare-choc arrière.

— Je sais très exactement. Il y a eu pour soixante livres de dégâts. Mais il n'a pas chargé.

— Non. Il s'est juste appuyé contre elle pour se gratter.

— Enfin, au moins, les girafes sont sages.

— Celles qui restent.

— Comment ça, « celles qui restent » ?

— Parce qu'il n'y en a plus que deux.

— Deux ? Nous en avions quatre. Où sont donc passées les deux autres ?

— Demandez-le aux lions. J'ai comme l'impression qu'ils aimaient les girafes.

— Dans ce cas, il nous faut commander un quintal de viande supplémentaire aux bouchers. On ne saurait tolérer que les animaux se mangent entre eux.

Elle traversa la pelouse d'un pas assuré, s'arrêtant pour flatter le rhinocéros de sa canne. Devant la porte de la cuisine, un lion somnolait au soleil.

— Fiche le camp d'ici, paresseux.

Le lion se dressa sur ses pattes et s'en alla en catimini. Blott avait observé les scènes successives avec admiration. « Quelle femme », se dit-il en retournant à ses tomates. Cinq minutes plus tard, il fut interrompu par un grondement dans la gorge. Il leva les yeux. Il était temps pour lui de prendre les choses sérieusement en main. Jusqu'à présent, il s'était contenté de déplacer les pieux qui marquaient le tracé de l'autoroute : si elle avait été construite selon les méthodes des entrepreneurs, elle aurait été déviée de quelques degrés par son action. Malheureusement Dundridge avait eu raison de ses efforts avec son entêtement à construire la route de façon incohérente. Il n'avait réussi qu'un coup : le verger du Colonel Chapman, qui se trouvait à cinq cents mètres du tracé, avait été rasé. Blott était assez fier de ce coup-là. Le Colonel Chapman avait fait un foin de tous les diables. Il avait obtenu la promesse d'une indemnisation supplémentaire. Encore quelques erreurs comme celle-là, et ce serait un tollé général. Blott se concentra sur les moyens à mettre en œuvre, pour les commettre.

Le même soir, il se rendit au Royal George à Guilstead Carbonell. Il n'y avait pas remis les pieds depuis trois semaines.

Mme Wynn l'accueillit avec enthousiasme.

— Je suis si contente de vous revoir, dit-elle. Je croyais que vous m'aviez laissé tomber.

Blott lui répondit qu'il avait été très occupé.

— Occupé ? Cela vous va bien de dire une chose pareille. J'ai été débordée avec les ouvriers de l'autoroute. Ils viennent déjeuner ici et reviennent dîner. Je vous assure, c'est incroyable.

Blott fit des yeux le tour de la salle et comprit ce qu'elle voulait dire. Le pub était plein d'ouvriers. Il se servit une pinte de Handyman Brown et alla s'asseoir à une table dans un coin. Une heure plus tard, il était engagé dans une conversation intense avec un conducteur de bulldozer.

— Ce doit être chouette de démolir des trucs, fit-il.

— La paye est bonne, répondit le conducteur.

— J'imagine qu'il faut être expert pour démolir une grande bâtisse comme le château.

— Je n' sais pas. Mais moi, c' que j'en dis, c'est qu' plus c'est gros, plus c'est dur, ajouta le conducteur, flatté de l'intérêt que lui portait Blott.

— Permettez-moi de vous offrir une autre bière, fit Blott.

Trois pintes plus tard, le conducteur expliquait à Blott, fasciné, les finesses de la démolition.

— Tout est dans la pierre angulaire. Y faut la toucher. Trouvez-la, ram'nez vot' masse en arrière puis lâchez-la et aussi sûr que j' vous vois, tout l' truc s'écroule comme un jeu d' cartes.

Quand ce fut l'heure de la fermeture, Blott en savait long sur le travail de démolition et s'était fait un ami du conducteur. Il aida Mme Wynn à laver les verres puis il lui rendit ses devoirs, mais le cœur n'y était pas. Mme Wynn s'en aperçut.

— Vous n'êtes pas dans votre assiette ce soir, dit-elle quand ce fut fini.

Blott maugréa.

— Notez que je ne peux pas me flatter d'être en superforme moi-même. Mes jambes me font terriblement souffrir. J'aurais bien besoin de vacances.

— Pourquoi ne prenez-vous pas une journée ?

— Comment le pourrais-je ? Qui s'occuperait du pub ?

— Moi, répondit Blott.

A cinq heures, il était déjà sur son vélo dans la rue principale de Guilstead Carbonell, en route pour le château. A sept heures, il avait nourri les lions et quand Lady Maud descendit pour son petit déjeuner, il l'attendait.

— Je prends ma journée, lui annonça-t-il.

— Comment ? fit Lady Maud. Blott n'avait jamais pris de jour de congé.

— Je prends ma journée. Et j'ai besoin de la Land-Rover.

— Pour quoi faire ? demanda Lady Maud qui n'avait pas pour habitude de prêter sa voiture au jardinier.

— Peu importe. Moins vous en saurez, mieux cela vaudra.

— Moins j'en saurai... ? Vous vous sentez bien ?

— Et je voudrais aussi que vous écriviez un mot à Mr. Wilkes de la Brasserie pour qu'il me remette de la « Très Spéciale ».

Lady Maud s'affala sur une chaise et l'observa avec circonspection.

— Je n'aime pas ça, Blott. Vous manigancez quelque chose.

On entendit une nouvelle explosion dans la gorge.

— Et moi, c'est ça que je n'aime pas, lui répondit Blott.

Lady Maud opina du chef. Elle non plus n'aimait pas ça.

— C'est en rapport avec ça ? demanda-t-elle.

Blott acquiesça.

— Bon, alors vous aurez ce que vous demandez, mais je ne veux pas que vous ayez des ennuis à cause de moi. C'est compris ?

Elle écrivit un billet à Mr. Wilkes, le gérant de la Brasserie Handyman à Worford : il devrait remettre à Blott tout ce que celui-ci lui demanderait.

A dix heures, Blott était dans le bureau du gérant.

— De la « Très Spéciale » ? Mais la « Très Spéciale » est exclusivement réservée aux couronnements et autres grandes occasions.

— C'est une occasion très spéciale.

Mr. Wilkes relut la lettre.

— Si c'est ce que veut Lady Maud, je suis bien obligé de lui obéir, mais il est interdit de vendre la « Très Spéciale ». Elle titre à vingt degrés.

— Il me faudrait aussi dix bouteilles de vodka, ajouta Blott.

Ils descendirent à la cave et chargèrent la Land-Rover.

— N'en parlez à personne, dit Blott quand ils eurent fini.

— Je ferai de mon mieux, dit le gérant. C'est complètement irrégulier.

Blott conduisit jusqu'au Royal George. Il accompagna Mme Wynn à l'arrêt du car. Puis il retourna au pub et se mit au travail. A midi, il avait déjà vidé un tonneau de Handyman Bitter dans l'évier et l'avait rempli de « Très Spéciale » à laquelle il ajouta cinq bouteilles de vodka. Il essaya son mélange sur deux clients et fut enchanté du résultat. Il fit une petite sieste, se promena dans le village jusque chez les Bullett-Finch. Leur maison était grande, de style Tudor ; elle se trouvait en retrait de la rue, avec un joli jardin sur le devant. Un écriteau annonçait que « FINCH GROVE », était à vendre. Les Bullett-Finch ne semblaient pas vouloir résider à quelques centaines de mètres d'une autoroute. Blott ne pouvait les en blâmer. Il revint sur ses pas et s'arrêta devant le cottage de Mlle Percival. Il n'était pas à vendre, et pour cause : sa démolition était prévue et Mlle Percival avait déménagé. Une grosse grue munie d'une boule d'acier à l'extrémité de son bras se trouvait à côté. Blott grimpa à l'intérieur et essaya les commandes. Puis il retourna au pub, s'installa derrière le comptoir et attendit l'heure d'ouverture.

22

Sir Giles s'activait dans l'appartement de Mme Forthby. Il changea la date de l'horloge sur la cheminée, tourna les pages du programme de radio au jour suivant et cacha le journal. A plusieurs reprises, il affirma qu'on était mercredi.

— Cela prouve bien que je suis une tête de linotte, dit Mme Forthby qui préparait le dîner dans la cuisine. J'aurais pu jurer qu'on était mardi.

— Demain c'est jeudi, insista Sir Giles.

— Si vous le dites, chéri. Je suis incapable d'affirmer quel jour on est. Ma mémoire est catastrophique.

Sir Giles acquiesça. Son alibi dépendait de son consternant manque de mémoire et des somnifères.

— Cette imbécile heureuse ne va pas perdre son temps, pensa-t-il en écrasant six comprimés dans le fond d'un verre, avec le manche d'une brosse à dents. Il ajouta ensuite une bonne rasade de whisky. D'après son médecin, la dose mortelle était de douze comprimés.

— Avec six, vous seriez déjà hors circuit pendant vingt-quatre heures, lui avait-il dit. Et vingt-quatre heures, c'était exactement le temps dont il avait besoin. Il alla dîner à la cuisine.

— Et si nous prenions un dernier verre ? proposa-t-il après le repas.

— Vous savez bien que je ne bois jamais.

— Vous avez bien bu, l'autre soir. Vous avez sifflé une demi-bouteille de cognac.

— C'est différent. Je ne me sentais pas bien.

Sir Giles mourait d'envie de lui dire qu'après ce verre elle ne sentirait plus rien, mais il sut se retenir.

— A la vôtre, dit-il. Il vida son verre d'un trait.

— A la vôtre, dit Mme Forthby, hésitant à tremper ses lèvres dans le whisky.

Sir Giles se servit un autre verre.

— Cul sec, dit-il.

Mme Forthby but une nouvelle gorgée.

— Vous savez, j'aurais juré qu'on était mardi.

— On est mercredi.

— Mais je vais chez le coiffeur tous les mercredis. Si l'on était mercredi, j'aurais raté mon rendez-vous chez le coiffeur.

— Vous l'avez raté, fit Sir Giles avec conviction. De toute manière elle allait le rater, son rendez-vous. Il leva son verre.

— Tchin !

— Tchin, répéta Mme Forthby avant de reprendre une gorgée d'alcool. Si l'on est vraiment mercredi, demain ce sera jeudi et j'ai un cours de poterie dans l'après-midi.

Sir Giles se servit subrepticement un autre verre de whisky. Ce sont des détails aussi insignifiants qui pouvaient anéantir les meilleurs plans.

— Je pense aller à Brighton pour le week-end, improvisa-t-il. Cela devrait vous plaire.

— Avec moi ? demanda Mme Forthby, les yeux brillants

— Juste vous et moi.

— Oh, comme c'est gentil !

— A votre santé.

Mme Forthby vida son verre et se leva.

— C'est bien l'Infirmière Cathétère, ce soir, n'est-ce pas ? demanda-t-elle en s'avançant vers lui d'un pas mal assuré.

— Ça n'est pas nécessaire. Je ne suis pas en forme ce soir.

Mme Forthby ne l'était pas non plus. Il la porta jusqu'à sa chambre et la mit au lit. Quand il quitta l'appartement cinq minutes plus tard, elle ronflait. A son réveil, il serait de retour, au lit avec elle. Il monta dans sa voiture et se dirigea vers le nord.

Au Royal George, les expériences de Blott, dans le domaine de la narcose provoquée, avaient une action plus lente mais plus joyeuse. A neuf heures, le pub était empli des chants des démolisseurs ; deux bagarres avaient éclaté précédemment et s'étaient éteintes d'elles-mêmes ; une partie de lancer de fléchettes avait dû être interrompue quand un des spectateurs s'était fait épingler par l'oreille au calendrier de l'année précédente ; deux adultes consentants avaient été expulsés des toilettes, par Blott et le chien berger de Mme Wynn. A dix heures, Blott avait réalisé sa promesse : la « Très Spéciale » était servie pour une grande occasion. Deux autres bagarres avaient eu lieu, cette fois entre les habitants de Guilstead et les ouvriers du chantier. Le concours de fléchettes avait repris, avec pour cible le portrait de Sir Winston Churchill. Et une demi-douzaine de conducteurs de bulldozers donnaient un spectacle de danse sur le billard. Pendant ce temps, Blott s'occupait de Mr. Edwards qui clamait à qui voulait bien l'entendre qu'il avait démoli plus de maisons que Blott n'avait mangé de repas chauds.

— J' peux vous foutre en l'air n'import' quelle maison, d'un seul coup, criait-il.

Blott leva les sourcils.

— A d'autres.

— J' vous dis qu' c'est vrai, insista Mr. Edwards. Un bon coup, là, vlan ! au bon endroit, et c' du tout cuit.

— Je demande à voir, dit Blott en lui servant une autre pinte de « Très Spéciale ».

— J' vais vous faire voir. Attendez un peu qu' j' vous fasse voir, sacrebleu, dit Mr. Edwards en avalant une grande lampée de bière.

A la fermeture du pub, la « Très Spéciale » avait atteint son but : à défaut de baume pour les plaies, elle avait un effet soporifique sur l'ensemble des participants. Tandis que les ouvriers du chantier regagnaient leurs voitures à pas pesants et que les jeunes conservateurs démarraient pour rentrer chez eux, soigner leurs blessures, Blott ferma le pub et aida Mr. Edwards à se remettre d'aplomb.

— J'vous dis qu'je l' peux, marmonna-t-il.

— Impossible, dit Blott.

Ensemble ils descendirent la rue en titubant jusqu'au cottage de Mlle Percival. Blott tenait une bouteille de vodka d'un côté, le bras de Mr. Edwards de l'autre.

— J' m'en vais vous faire voir, dit Mr. Edwards quand ils traversèrent le champ qui jouxtait le cottage. V' z'allez voir de vos yeux, sacrebleu.

Il grimpa dans la grue et la mit en marche.

Derrière, la boule d'acier se balançait. Mr. Edwards arrêta la grue et ajusta son tir. Le bras de la grue se mit à tourner, la masse d'acier suivant son mouvement. Le cercle qu'elle décrivait s'élargit.

— Vous m'aviez dit que vous pouviez le faire en un seul coup.

— Ça, fit Mr. Edwards, c' t'un coup d'essai.

Il se mit à balancer le bras de la grue et Blott évita de justesse la boule d'acier, qui le frôla. L'instant d'après, la masse s'enfonçait dans un des murs du cottage. Il y eut un fracas de briques, de tuiles, de verre brisé, suivi d'un épais nuage de poussière qui cacha un moment la coquette maison de Mlle Percival. Quand la poussière se déposa, ce qui restait du cottage n'avait plus rien de coquet. Mais il n'était pas entièrement démoli. Il restait encore la cheminée et le toit. Blott fit preuve de scepticisme devant le résultat.

— Vous ne m'avez pas convaincu, dit-il avec mépris. Enfin, il y a toujours des exceptions à la règle.

— Qu'est-c' qu' vous dites ? Des esseptions à la règle ? J' l'ai bien foutue parterre, non ?

— Non. Pas du premier coup.

Mr. Edwards chercha consolation dans la vodka.

— C' qu'un con d' cottage. Peut pas s'attendre à mieux

avec c' cottage. Y'a pas d' prise. Faut d' la prise. Faut du massif. Montrez-moi z'une maison, une vraie de vraie, une bonne grosse maison.

Il s'écroula sur le tableau de bord. Blott grimpa dans la cabine et le secoua.

— Réveillez-vous, cria-t-il.

Mr. Edwards se réveilla.

— Montrez-moi z'en une vraie de vraie.

— D'accord, d'accord. Expliquez-moi comment on conduit cet engin et je vous montrerai une vraie maison.

Mr. Edwards lui expliqua comme il put.

— V' tirez c' levier et v' z'appuyez sur l'a...célérateur.

Cinq minutes plus tard, Guilstead Carbonell qui avait déjà été perturbée par la flambée de violence du Royal George, était à nouveau en émoi : Blott, aidé de Mr. Edwards, cherchait à négocier le virage d'accès à la Grand-Rue à soixante kilomètres à l'heure (vitesse très nettement supérieure à la vitesse autorisée). Il se débattit pour garder la grue sur la chaussée. L'inertie de Mr. Edwards n'était pas pour l'aider, pas plus que la masse d'acier qui se balançait en prouvant l'existence de la force centrifuge. Au premier coin, elle fit un écart et atteignit la baie vitrée d'une supérette qui venait d'ouvrir, défonça le toit d'une voiture garée, pénétra dans le salon des Tate et ressortit par la salle de séjour des Williams, décapita le monument aux morts et arracha un poteau télégraphique ainsi que cinquante mètres de câble à la suite. Au deuxième virage, il prit un raccourci à travers le garage Dugdale, endommageant les piliers de soutènement, démolissant quatre pompes à essence et arrachant le panneau publicitaire qui annonçait « DEGUSTATION GRATUITE ». Quand ils arrivèrent au bout de la Grand-Rue, la boule d'acier avait laissé sa marque sur sept autres voitures et sur la façade de douze parfaits exemples de l'architecture du XVIIIe siècle. Quant au poteau télégraphique qui ne se laissait pas oublier, il avait éventré une fenêtre sur trois avant de se détacher de la grue et de s'arrêter dans la sacristie de l'Eglise Méthodiste, déchirant au passage une banderolle qui annonçait l'arrivée du Seigneur. Quand ils quittèrent le village, la boule d'acier apporta sa dernière contribution à la paix et à la tranquillité du pays en envoyant une pichenette au transformateur qui explosa en une myriade d'étincelles bleues et plongea dans le noir le canton tout entier. C'est alors que Mr. Edwards se réveilla.

— Où qu'on est ? grogna-t-il.

— Presque arrivés, dit Blott en ralentissant.

Mr. Edwards reprit une lampée de vodka.

— Ma mère m'a donné cent sous pour m'ach'ter des bretelles, mais comm' moi je m'en fous, je m'en vais au bordel.

— Pas encore, fit Blott en engageant la grue sur le chemin qui menait chez les Bullett-Finch.

La qualité de Mme Bullett-Finch, que son mari appréciait le plus, était de se coucher de bonne heure.

— L'avenir appartient aux gens qui se lèvent tôt, disait-elle quand elle montait se coucher à neuf heures chaque soir, laissant Mr. Bullett-Finch lire en paix ses brochures sur les pelouses. Parce que les pelouses, il aimait ça. Il leur trouvait un charme qui n'intéressait plus Ivy depuis longtemps déjà. Les pelouses s'embellissaient en vieillissant, ce qui n'était pas le cas — c'est le moins qu'on pût dire — de sa femme. Et s'il était des choses que Mr. Bullett-Finch ne connaissait pas sur les *Ray-Grass, Fétuque* et autre *Pennfine,* c'est qu'elles étaient sans importance. Le gazon de Finch Grove était, à ses yeux, le plus beau du pays. Il s'étalait, immaculé, devant la maison et jusqu'au bord de la rivière, au fond du jardin. Pas un pissenlit, pas un plantain, pas une marguerite ne souillaient sa surface. Pendant six ans il avait materné sa pelouse, sablant, râclant, replantant, désherbant, fertilisant, allant même jusqu'à interdire à ses amies de la fouler de leurs talons hauts. Même Ivy devait enfiler ses pantoufles pour aller dans le verger. C'est sans doute parce qu'il considérait le jardin de devant comme sacro-saint, qu'elle était si angoissée et se sentait toujours coupable. Ce que le jardin était pour lui, la maison l'était pour elle : un objet de constant intérêt, où chaque chose devait être à sa place. Elle essuyait la poussière deux fois par jour et cirait trois fois par semaine. C'est moins par paresse que par réel épuisement qu'elle se couchait tôt.

Ce soir-là, Mr. Bullett-Finch se concentrait sur un article concernant un herbicide à base d'hormones quand la lumière s'éteignit. Il se leva, tituba jusqu'au placard à fusibles et s'aperçut qu'ils étaient tous intacts.

— Panne de courant, pensa-t-il en montant se coucher dans l'obscurité. Il venait à peine de se déshabiller quand il se rendit compte que quelque chose de très gros, propulsé par un énorme Diesel, empruntait le chemin de la maison. Il se précipita à la fenêtre et vit deux phares puissants. Cela ressemblait à une grue géante ; ça s'était arrêté sur le gravier de la cour; c'était en train de reculer sur SA PELOUSE ! Dans un cri d'agonie, Mr. Bullett-Finch lui intima l'ordre de s'arrêter. Trop tard. Il entendit un grincement : la grue tournait. Il se précipita dans l'escalier. Il était à mi-hauteur quand tout intérêt pour sa précieuse pelouse disparut pour faire place à la certitude que Finch Grove était l'épicentre d'un gigantesque tremblement de terre. Tandis que la maison se désintégrait autour de lui (Mr. Edwards venait de faire la preuve de ses qualités d'expert en démolition) Mr. Bullett-Finch restait accroché à la rampe et voyait à travers un nuage de poussière de plâtre et de brique pilée, les meubles dont sa femme était si fière, à juste titre, dégringoler de l'étage. Parmi eux, il put reconnaître Mme Bullett-Finch elle-même qui hurlait et proclamait de façon hystérique son innocence, ce dont, jusqu'à présent, personne n'avait jamais douté. Il n'eut pas à se demander pourquoi elle prenait sur elle la responsabilité d'un cataclysme on ne peut plus naturel : le toit s'effondra sur lui et l'escalier sous lui. Il se retrouva dans la cave, inconscient, au milieu de sa petite réserve de Claret. Quant à Mme Bullett-Finch, qui s'accrochait toujours à son matelas et à la conviction qu'elle avait oublié de fermer le gaz, elle avait été catapultée dans le jardin d'herbes aromatiques : elle pleurait à gros sanglots au milieu du thym.

De la cabine de la grue, Mr. Edwards admirait son œuvre.

— J' vous l'avais bien dit, qu' j' pouvais l' faire, dit-il en arrachant la bouteille de vodka des mains de Blott, qui s'en était servi pour se calmer. Blott le laissa la vider. Puis il l'extirpa de la cabine et regrimpa à l'intérieur pour effacer les empreintes sur les touches du tableau de bord. Finalement, il hala Mr. Edwards sur son dos et se mit en route.

A son arrivée au Royal George, il trouva Mme Wynn qui était rentrée de Worford et qui lavait les verres, à la lumière d'une bougie.

— Regardez-moi ce foutoir, dit-elle en colère. Je le laisse s'occuper du pub une seule journée, et voyez ce que je trouve en rentrant. Il y a eu une orgie, ici, ou quoi ? Et j'aimerais bien savoir ce qui se passe au village. On dirait qu'il a été bombardé.

Blott donna un coup de main pour la vaisselle et retourna à la Land-Rover. Mr. Edwards était toujours à l'arrière, profondément endormi. Il prit la route d'Ottertown. Cela faisait un grand détour, mais il ne voulait pas être vu dans la Grand-Rue de Guilstead Carbonell. Il s'arrêta au camp des ouvriers de l'autoroute et déposa Mr. Edwards sur l'herbe. Puis il redémarra et se dirigea vers la gorge et le château. A deux heures du matin, il était au lit. Dans l'ensemble, sa journée avait été bonne.

Dundridge fut réveillé par le téléphone. C'était Hoskins qui l'appelait.

— Bon Dieu, vous savez l'heure qu'il est ?

— Oui, justement. Je voulais juste vous prévenir que cette fois-ci, vous avez été trop loin.

— Comment ça, trop loin ? Je ne suis allé nulle part.

— A d'autres. Vous et vos attaques-surprises, votre force d'intervention et autres groupes d'assaut. Eh bien, le moins que l'on puisse dire, c'est que vous nous avez mis dans la merde jusqu'au cou, cette fois-ci. Au cas où vous ne le sauriez pas, il y avait encore des gens, dans cette foutue maison, et sa démolition n'était absolument pas prévue. Quant à ce que vous avez fait au village de Guilstead Carbonell... Je suppose que vous étiez au courant que l'autoroute ne devait pas l'approcher de plus de deux kilomètres. Guilstead Carbonell fait partie du patrimoine historique,... enfin en faisait partie. Maintenant il ne reste que des ruines : une zone sinistrée.

— Comment ça, une zone sinistrée ?

— Vous savez très bien de quoi je parle, cria hystériquement Hoskins. Je me suis toujours douté que vous étiez fou, et maintenant j'en ai la preuve.

Il raccrocha violemment, laissant Dundridge perplexe. Dundridge se mit à réfléchir. Ostensiblement, il y avait maldonne dans l'Opération Overland. Il s'apprêtait à rappeler Hoskins quand le téléphone sonna à nouveau. Cette fois, il s'agissait de la police.

— Mr. Dundridge ?

— Lui-même.

— Ici le commissaire de police. Je voudrais avoir un entretien avec vous. C'est au sujet de l'affaire de Guilstead Carbonell.

Dundridge s'habilla.

Sir Giles gara sa voiture devant la chapelle du château Wilfrid. C'était un endroit peu fréquenté, et de toute façon il était improbable qu'il rencontrât des gens à deux heures du matin. La Bentley était silencieuse, ce qui présentait un avantage. Pendant les derniers kilomètres, il avait roulé tous feux éteints, loin des fermes, sur des chemins de terre. Il n'avait croisé aucun véhicule et n'avait été vu de personne, à son avis. Jusqu'à présent, tout s'était bien passé. Il sortit de la voiture, descendit le chemin qui menait au pont. Il faisait très sombre à cet endroit, en raison de l'épaisseur de la forêt, et il eut du mal à trouver son chemin. De l'autre côté du pont, il se trouva devant une grille aux mailles d'acier. Il alluma sa torche électrique, ouvrit la grille et se faufila dans la pinède. Il était intrigué par la présence de la grille. Il n'avait pas passé le pont depuis longtemps — en fait, depuis son mariage — mais il était sûr qu'à l'époque il n'y en avait pas. Il devait faire vite et ça n'était pas facile. La pinède était déjà sombre dans la journée ; la nuit, il y faisait noir comme dans un four. Il alluma sa torche, en dirigea le faisceau lumineux vers le sol et avança sans bruit, aidé par la présence d'un lit d'aiguilles de pin au sol qui feutrait ses pas. Au milieu du bois, il se rendit compte qu'il n'était pas seul. Quelque chose respirait tout près de là. Il éteignit sa lampe et écouta. Une légère brise faisait chanter le sommet des grands pins, et Sir Giles pensa s'être trompé. L'instant d'après, il sut que ce n'était pas le cas. La respiration qui venait du bois était entrecoupée de sifflements bizarres.

— Sûrement une vache asthmatique, pensa-t-il, encore qu'il ne comprenait pas comment une vache pouvait se trouver dans la pinède. Un peu plus tard, il comprit qu'il ne pouvait pas s'agir d'une vache : la Bête émit un grognement affreux, se dressa sur ses pattes, cassant de nombreuses branches (et des grosses, d'après le bruit). Quand elle se mit en branle, il sembla à Sir Giles qu'elle avait pour seul objectif de s'accrocher à tous les arbres de la pinède. Il était toujours immobile, claquant des dents, de peur, bien sûr, mais aussi parce que le sol tressaillait sous lui. Quand la créature finit par foncer dans la clôture, à l'extrémité de la pinède, sans considération ni pour elle ni pour la propriété d'autrui, il hésita à poursuivre sa route. Il se força à avancer, mais avec plus de prudence. Après tout, la Bête qu'il avait dérangée avait bel et bien disparu.

Depuis le portail, il observa la bâtisse. Tout était éteint. Il traversa rapidement la pelouse et fit le tour, jusqu'au perron. Puis il enleva ses chaussures, ouvrit la porte et se coula à l'intérieur. Il longea le couloir jusqu'à son bureau et ferma la porte derrière lui. Il alluma sa lampe électrique et en balaya le coffre-fort, ou tout au moins l'endroit où aurait dû se trouver son coffre-fort. Il vit le trou et en fut horrifié. Pas étonnant que Hoskins ait parlé avec tant d'insistance d'incinérateurs, de matériel inflammable et de risques pour sa santé. Ce n'était pas Dundridge qui avait menacé de tout dévoiler à la police. C'était Maud. Mais l'avait-elle déjà fait ? Il ne pouvait le savoir. Il éteignit sa lampe de poche et se mit à réfléchir dans l'obscurité. Si elle ne l'avait pas encore fait, il devait y avoir un moyen de l'en empêcher. Les quelques scrupules qu'il éprouvait encore à se débarrasser du château Handyman et de Maud s'évanouirent. Il allait neutraliser cette salope. Il ouvrit la porte de son bureau, prêta l'oreille un moment, avant de suivre le couloir jusqu'à la cuisine à pas de loup. C'est dans les cuisines que les feux se déclaraient spontanément et, en plus, c'est dans la sienne que se trouvaient les fûts de mazout pour la cuisinière. En chemin, il s'arrêta pour enfiler ses bottes de caoutchouc, rangées dans un placard sous l'escalier.

La vibration de la clôture réveilla Lady Maud. Les clôtures d'acier ne vibraient pas d'elles-mêmes et les rhinocéros n'avaient pas pour habitude de charger contre des obstacles artificiels aux petites heures du jour sans raison valable. Elle alluma sa lampe de chevet, mais en raison de la destruction du transformateur à Guilstead Carbonell, la lumière ne se fit pas. Etrange. Elle se leva, alla à la fenêtre et put voir une ombre traverser en catimini la pelouse et disparaître à l'angle du château. C'était une ombre furtive mais distincte et qui venait de la pinède. Un moment, elle pensa qu'il s'agissait de Blott, mais il n'y avait aucune raison pour que Blott traversât furtivement le parc à deux heures et demie du matin. De toute façon, elle pouvait en avoir le cœur net. Elle décrocha le téléphone et composa le numéro de la loge.

— Blott, chuchota-t-elle. Vous êtes là ?

— Oui.

— Les grilles sont bien fermées ?

— Oui. Pourquoi ?

— Je voulais en être sûre. Elle raccrocha sans bruit et s'habilla. Elle descendit à pas feutrés. La porte d'entrée n'était pas fermée à clé. Elle regarda alentour. Il y avait une paire de chaussures devant la porte. Elle les ramassa et les renifla. Giles. Sans aucun doute, c'était Giles. Elle reposa les chaussures, referma la porte d'entrée derrière elle et se rendit à l'atelier. Ainsi cette ordure était-elle de retour ! Elle pensait savoir pourquoi. Eh bien, il avait peut-être réussi à rentrer, mais il ne sortirait pas aussi aisément. Elle traversa la pelouse et se rendit à la pinède en courant très vite pour une femme aussi grosse et par une nuit si noire. Même dans la pinède son pas ne ralentit pas. Elle s'y était aventurée si souvent depuis sa plus tendre enfance qu'elle lui était devenue familière. En cinq minutes elle fut à la grille du pont. Elle sortit de sa poche un gros cadenas, l'accrocha au pêne de la porte et claqua le fermoir. Puis elle revint sur ses pas jusqu'au château.

Dans la cuisine, Sir Giles prenait son temps. Pour réussir un incendie criminel, il fallait rester simple et il n'est pas de meilleur meurtre que celui qui ressemble à une mort naturelle. La cuisinière était automatique. Elle se mettait en route d'elle-même à heures fixes pendant la nuit. Sir Giles alluma sa torche électrique pour voir sur quelle heure elle était réglée : quatre heures. Il avait le temps. Il sortit de sa poche une clé à molette et desserra l'écrou de sécurité entre la pompe d'alimentation et les réservoirs de mazout de la cuisinière. Le mazout se mit à couler sur le sol. Le mazout dégoulinait à jet continu se répandait sous la table. Déjà il commençait à couler le long du couloir jusqu'au hall d'entrée. Il devait y avoir quatre mille litres de mazout chaud dans les réservoirs puisque Sir Giles les avait fait remplir récemment. Il attendrait qu'ils soient vides pour remettre les écrous, mais pas trop serrés. Que la police et les inspecteurs de la compagnie d'assurances concluent à une simple fuite. Oui, avec quatre mille litres de mazout chaud, l'affaire était dans le sac, assurément. Le château Handyman se transformerait en fournaise, en quelques secondes. Il faudrait à la brigade des sapeurs pompiers une bonne demi-heure pour arriver de Worford et ils ne trouveraient plus que des cendres. Dont celles de Maud. Sir Giles la connaissait trop bien pour imaginer qu'elle pût avoir l'idée de sauter par la fenêtre de sa chambre, si elle en avait le temps. Elle risquait fort de ne pas se réveiller avant que les flammes n'aient atteint le premier étage. Sinon, elle n'aurait qu'un souci : se précipiter au rez-de-chaussée pour sauver sa si précieuse demeure familiale. Ce serait Blott qui donnerait l'alarme depuis la loge. Dommage pour Blott. Sir Giles aurait aimé l'incinérer aussi.

Au-dehors, Lady Maud contemplait le château. Giles était venu chercher les négatifs des photos qu'on avait prises de lui. Eh bien, il aurait du mal à mettre la main dessus. Blott les avait coupés en six bandes de six photos et les avait emportés avec lui à la loge. A moins qu'il ne soit venu chercher les photos du coffre... Auquel cas, là aussi, il allait être déçu. Quelles que soient les raisons de sa visite, il serait désagréablement surpris. Elle fit le tour du bâtiment et ramassa les chaussures, devant la porte d'entrée. Elle les emporta dans le garage et les cacha dans un seau. En sortant du garage, une idée traversa soudain son esprit : il y avait peut-être une autre raison à la venue de Giles, sinistre celle-là. Après six ans de cohabitation avec cette brute, elle la savait aussi cruelle que dévoyée. Elle se devait d'être prudente.

— J'ai intérêt à faire attention, pensa-t-elle en se dirigeant vers la porte de la cuisine. Elle s'apprêtait à l'ouvrir quand elle marcha sur quelque chose de visqueux. Elle se pencha. Du mazout. Il coulait de sous la porte de la cuisine le long des marches jusque dans la cour. Elle comprit alors l'objet de la visite de Sir Giles. Il voulait brûler le château. Oh, bon Dieu ! Non, elle ne le laisserait pas faire. Avec un hurlement de rage elle s'abattit sur la porte, l'ouvrit et fonça dans la pièce. Elle ne resta debout qu'un bref instant puis se retrouva sur les fesses, glissant sur le sol. Sir Giles aussi, mais dans une direction opposée à la sienne. Quand l'énorme masse de Lady Maud était passée sous lui comme un ouragan, emportant sa chaise avec elle, il s'était retrouvé catapulté en l'air, avant d'atterrir sur la face et de glisser irrésistiblement le long du corridor jusqu'au sol marbré du grand hall d'entrée. Il se débattit dans cette mer de mazout pour se redresser et put entendre les bruits de ricochets que faisait Maud dans la cuisine. D'après les sons qui lui parvenaient, l'entière panoplie de cuisine, casseroles, poêles et ustensiles, l'avaient rejoint par terre. Sir Giles glissa jusqu'à la porte d'entrée et réussit à se relever sur le tapis. Il chercha à tourner la poignée. Cette saloperie ne voulait pas tourner. Il chercha à tâtons un mouchoir dans sa poche, s'essuya les mains et nettoya la poignée. Il put enfin sortir. Il chercha ses chaussures. Où ces sales godasses avaient-elles bien pu passer ?

Il ne prit pas le temps de les chercher. Derrière lui, Lady Maud avait fini par maîtriser les forces combinées de l'attraction terrestre et de l'huile, et empruntait le couloir en jurant de l'étrangler de ses mains s'il le fallait. Il ne demanda pas son reste. Il caracola dans ses bottes de caoutchouc dans l'allée d'abord, puis à travers le parc vers la pinède. Quant à Lady Maud, elle se laissa glisser jusqu'aux toilettes du rez-de-chaussée et en ressortit armée d'un fusil. Elle alla ouvrir la porte d'entrée. On pouvait encore voir Sir Giles sur la pelouse. Elle leva son fusil et fit feu. Il était hors de portée, évidemment, mais au moins éprouvait-elle la satisfaction de savoir qu'il ne rôderait pas autour de la maison avant longtemps. Elle rangea le fusil et se mit à nettoyer.

23

Blott entendit le coup de feu et sauta immédiatement du lit. L'appel téléphonique de Lady Maud l'avait intrigué : pourquoi s'inquiétait-elle de savoir si les grilles étaient bien fermées ? Et pourquoi avait-elle chuchoté ? Quelque chose ne tournait pas rond. Le coup de feu confirma Blott dans sa conclusion. Il s'habilla et descendit, son douze coups à la main. Après s'être assuré que le portail était bien fermé, il monta dans la Land-Rover qu'il avait garée sous l'arche, conduisit jusqu'au château et s'arrêta devant le perron.

— C'est moi, dit-il dans l'obscurité. Vous allez bien ?

De la cuisine lui parvint un bruit de glissade et un juron étouffé.

— Ne bougez surtout pas, cria Lady Maud. Il y a du mazout partout.

— Du mazout ?

Il dut admettre qu'il y avait une forte odeur de mazout dans la maison.

— Il a essayé de mettre le feu au château.

Blott se promit de tuer Sir Giles s'il mettait la main dessus.

— Le salaud ! murmura-t-il.

Lady Maud glissait le long du couloir avec une raclette en caoutchouc.

— Ecoutez-moi bien, Blott. J'ai besoin de votre aide.

— A votre service, fit-il galamment.

— Il est dans la pinède. J'ai refermé la grille, de sorte qu'il ne pourra pas ressortir. Mais sa voiture doit être garée devant le château Wilfrid. Je voudrais que vous y alliez en Land Rover et que vous démontiez le dis... le truc qui tourne.

— La tête du delco.

— C'est ça. Et pendant que vous y serez, mettez des cadenas supplémentaires aux deux grilles. Nous devons nous assurer qu'aucun inconnu n'entre dans le parc. Vous voyez ce que je veux dire, n'est-ce pas ?

Blott sourit.

— Je vais enlever la tête du delco de la Land-Rover aussi, dit-il.

— Sage précaution, reconnut Lady Maud. Et quand vous aurez fini, revenez ici. Je ne pense pas qu'on le reverra cette nuit, mais il vaut mieux prendre le maximum de précautions. Ah ! Encore une chose. Nous ne nourrirons pas les lions ce matin. Il leur faudra se débrouiller tout seuls pour leur pitance pendant un jour ou deux.

— Je n'avais pas l'intention de le faire, dit Blott en sortant.

Lady Maud soupira d'aise. Il était si agréable d'avoir un homme à la maison.

A Finch Grove, Ivy Bullett-Finch ne pensait pas de même. De la maison il ne restait plus que l'homme, ou plutôt ses restes au sens matériel du terme. Il était mort comme il avait vécu, au service de sa chère pelouse. Dundridge et le commissaire arrivèrent à temps sur les lieux, pour présenter leurs condoléances à la veuve. Quand les pompiers retirèrent son défunt mari de la cave, Mme Bullett-Finch, soulagée de toute culpabilité quant au four à gaz, retourna sa vindicte contre l'inspecteur de l'Autoroute des Midlands.

— Assassin, cria-t-elle. C'est vous qui l'avez tué. Vous l'avez tué avec votre horrible boule. Un policier l'emmena. Dundridge se tourna vers la funeste grue et sa masse d'acier.

— C'est ridicule. Je n'ai rien à voir dans tout ça.

— Tout nous porte à croire, Mr. Hoskins, que vous donnez des ordres de missions impromptues aux forces d'intervention des experts en démolition, dit le commissaire. On dirait qu'ils vous ont obéi à la lettre.

— Des ordres ? Je n'ai donné aucun ordre pour la démolition de cette maison.

— Nous pensions bien que c'est ce que vous diriez.

— Sa démolition n'a jamais été prévue.

— Exact. Pas plus, à ma connaissance, que celle de la Grand-Rue. Mais, dans la mesure où c'est votre matériel qui a été utilisé dans les deux cas...

— Ce n'est pas mon matériel, s'emporta Dundridge. Il appartient aux entreprises. Si quelqu'un est responsable, bon Dieu, ...

— La situation est suffisamment désagréable, sans que vous en rajoutiez. Le ressentiment grandit dans la population. Je pense qu'il vaut mieux pour vous de nous suivre au commissariat.

— Au commissariat ? Au commissariat de police ?

— Pour votre propre sécurité. Nous n'aimerions pas que d'autres accidents se produisent cette nuit. Vous me comprenez ?

— C'est monstrueux.

— Tout à fait. Vous venez ?

Comme la voiture de police avait du mal à se frayer un chemin à travers les moellons qui jonchaient la rue, Dundridge eut tout le temps de voir que Hoskins n'avait pas exagéré quand il avait qualifié Guilstead Carbonell de zone sinistrée. Le transformateur se consumait encore dans l'aube grise, l'Eglise Méthodiste Primitive n'existait plus que dans son aspect primitif, et une douzaine de voitures tordues s'étalaient le long du trottoir jonché de verre brisé. Ce que la masse d'acier, avec l'aide du poteau télégraphique, n'avait pas fait pour détruire le charme vieillot qui faisait la réputation de Guilstead Carbonell, l'explosion du garage Dugdale s'en était chargée. Le garage avait pris feu, quand un citoyen compatissant était accouru, une lampe à pétrole à la main, pour éviter aux passants de trébucher sur les décombres : l'explosion des citernes à essence avait soufflé le peu de fenêtres qui étaient encore intactes après le passage de Blott, et avait mis le feu aux toits de chaume de plusieurs cottages adorables. Le feu s'était propagé jusqu'à la maison des retraités. L'arrivée simultanée des camions de pompiers de Worford et de ceux d'Ottertown n'avait fait qu'augmenter la panique. Comme ils œuvraient dans une totale obscurité et que la pression des lances à incendie était très forte, ils avaient balayé une grande quantité de petits vieux qui cherchaient à s'échapper, à moitié nus, de leur maison de retraite en flammes. Les pompiers s'étaient ensuite occupés de la Bibliothèque Municipale. Ils l'avaient remplie de neige carbonique. Dundridge, qui observait les dégâts dans la voiture de police, ne pouvait supporter d'être tenu pour responsable de cette catastrophe.

— Je suis fou d'être venu ici, se dit-il.

C'est une pensée que partageait Sir Giles, encore que dans son cas, la folie à laquelle il se référait n'avait rien de métaphorique. Quand le petit jour se leva sur le parc, il se battait encore avec le cadenas de la grille du pont, se demandant comment il était arrivé là. Mais si le cadenas était une énigme pour lui, que dire de la clôture qui n'existait pas auparavant ? Elle était très haute, avec au sommet de gros piliers qui surplombaient le parc et soutenaient quatre rangs de fils barbelés. Elle était conçue pour empêcher les gens de sortir du domaine, plutôt que d'en interdire l'accès.

Il décida de chercher un autre moyen de sortir. Il longea la clôture qui bordait la pinède et il s'apprêtait à escalader le grillage métallique quand son sentiment de l'absurdité grandit encore. Découpée sur fond de ciel gris, il vit une tête, une toute petite tête avec des bosses dessus et un long nez. Sous la tête il y avait un cou, un long cou, un très, très long cou, pour sûr. Il ferma les yeux dans l'espoir que lorsqu'il les rouvrirait, la vision aurait disparu. Il rouvrit les yeux : la girafe était toujours là.

— Oh mon Dieu, murmura-t-il, prêt à prendre la poudre d'escampette. Mais son œil accrocha quelque chose de bien plus terrifiant. Dans les hautes herbes, à une cinquantaine de mètres derrière la girafe, il y avait une autre tête, épaisse celle-là, avec une crinière et des moustaches.

Sir Giles fit demi-tour et fonça dans la pinède en trébuchant. Ou bien il était devenu fou, ou bien il se trouvait dans une saloperie de zoo. Des girafes ? Des lions ? Et bon Dieu, sur quoi avait-il bien pu tomber la nuit dernière ? Un éléphant ? Il revint à la grille et s'approcha du cadenas avec espoir. En fait de cadenas, il y en avait deux maintenant, et le second était plus gros que le premier. Il entendit du bruit sur le chemin de l'autre côté de la rivière. Blott était là, un fusil à la main, qui lui souriait. C'était un sourire diabolique, un sourire de bonheur tranquille. Sir Giles s'enfonça à nouveau dans la pinède. Il savait reconnaître le danger de mort.

Quand Blott revint au château, Lady Maud était en train de préparer le petit déjeuner.

— Qu'est-ce qui vous a pris si longtemps ? demanda-t-elle.

— J'ai déplacé la Bentley, expliqua-t-il. Je l'ai rangée dans le garage. J'ai pensé que cela ferait plus naturel.

Lady Maud acquiesça.

— Vous avez bien fait. Les gens se seraient posé des questions s'ils l'avaient trouvée abandonnée près de l'église. Et puis, s'il a réussi à sortir, il a probablement téléphoné à l'Automobile Club pour qu'on le dépanne.

— Il ne sortira sûrement pas. Je l'ai vu. Il est dans la pinède.

— Tant pis pour lui. Il est venu incendier le château, il n'a qu'à s'en prendre à lui-même s'il a des ennuis.

Elle tendit une assiette de céréales à Blott.

— Je suis désolée, je ne peux vous offrir qu'un petit déjeuner froid. L'électricité est coupée. J'ai téléphoné à la Compagnie d'Electricité de Worford, mais on m'a dit qu'il s'agissait d'une panne de secteur.

Blott mangea ses céréales en silence. Il n'avait aucune raison de lui expliquer en quoi il était responsable de cette panne.

— L'ennui, avec Giles, c'est qu'il se prenait pour un homme arrivé. J'ai toujours trouvé cela présomptueux et faux. Je suppose qu'il avait des raisons de se croire un homme encore qu'à mon avis la virilité n'était pas son fort. Sa manière de faire de l'argent, c'était de spéculer sur des propriétés foncières, d'en expulser de pauvres gens, puis d'obtenir un permis de construire des immeubles de bureaux à la place. Au moins, dans ma famille, on vendait de la bière, et même de la très bonne bière. Et ça a pris des générations pour y parvenir. Il n'y a rien d'extraordinaire à cela, mais au moins, c'était honnête.

— Y a-t-il autre chose pour votre service ? demanda Blott en la quittant.

Lady Maud lui fit signe que non.

— Je pense qu'il faut laisser les choses suivre leur cours. C'était un grand pratiquant de la loi de la jungle.

Au commissariat de Worford, Dundridge avait des ennuis avec la loi tout court. Hoskins n'avait pas été d'un grand secours.

— D'après lui, fit l'inspecteur chargé du dossier, vous avez donné des ordres précis pour que les bulldozers attaquent par surprise plusieurs propriétés.

— Je le disais au sens figuré, expliqua Dundridge. Je n'ai jamais donné l'ordre de démolir la maison de feu Mr. Bullett-Finch. Seul un débile aurait pu interpréter mes ordres de la sorte.

— Pourtant, elle a bel et bien été démolie.

— Par un demeuré. Vous ne croyez tout de même pas que c'est moi qui l'ai détruite !

— Restons calme, dit l'inspecteur. Tout ce que j'essaie de faire, c'est d'établir les faits qui ont conduit à ce meurtre.

— Ce meurtre ? marmonna Dundridge.

— Vous n'appelez pas ça un accident, tout de même ! Des inconnus s'emparent délibérément d'une énorme grue et s'en servent pour pulvériser une maison, où dorment deux innocentes victimes. Vous pouvez appeler ça comme vous voulez, mais sûrement pas un accident. Non, monsieur, pour nous, c'est un meurtre.

Dundridge réfléchit.

— Dans ce cas, il devrait y avoir un mobile. Y avez-vous pensé ?

— Je suis content que vous le mentionniez, monsieur. J'ai cru comprendre que Mr. Bullett-Finch était un membre actif du Comité de sauvegarde de la gorge. Estimez-vous que vos relations étaient empreintes d'une forte animosité ?

— Nos relations ? s'énerva Dundridge ? Quelles relations ? Je n'ai jamais eu de relations avec lui. Je ne l'ai même jamais rencontré.

— Mais vous lui avez parlé au téléphone. A plusieurs reprises.

— C'est possible. Je crois me souvenir qu'il a appelé un jour, pour se plaindre de quelque chose.

— Serait-ce à cette occasion que vous lui avez dit, et je vous cite : « Si vous n'arrêtez pas de me casser les pieds, je ferai en sorte que l'on vous enlève plus de mètres carrés de votre foutu jardin. » Fin de citation.

— Qui vous a raconté ça ? grinça Dundridge.

— L'identité de notre informateur a peu d'importance, monsieur. La question est de savoir si oui ou non vous avez bien dit ça.

— Cela se peut, admit Dundridge, se promettant d'en faire baver à Hoskins dorénavant.

— Et reconnaissez-vous que Mr. Bullet-Finch a bel et bien perdu plus que les quelques mètres carrés de son « foutu » jardin ?

Dundridge dut le reconnaître.

Plus la matinée avançait et plus l'inspecteur de l'Autoroute des Midlands sentait qu'il se faisait enfermer dans un piège.

Dans le cas de Sir Giles, c'était une conviction absolue. Ses efforts pour escalader la clôture s'étaient révélés vains. Les bottes de caoutchouc pleines de mazout n'étaient pas idéales pour escalader un grillage métallique et venir à bout de surplombs de barbelés. Ce dont il avait besoin, c'était une échelle, mais pour s'en procurer une, il lui fallait quitter la pinède. Il en avait atteint l'orée quand il changea d'avis : un rhinocéros broutait dans les rocailles et un lion prenait le soleil devant la porte de la cuisine. Sir Giles se retrancha dans la pinède et attendit que se présente une occasion. Il attendit longtemps.

A trois heures de l'après-midi, il était tenaillé par la faim. Les lions aussi. Juché sur la branche la plus basse d'un arbre, Sir Giles put voir quatre lionnes traquer une girafe, l'une se présentant dans le vent, les trois autres cachées dans l'herbe, sous le vent. La girafe détala pour, l'instant d'après, se retrouver encerclée et dans les affres de la mort. De sa cachette, il vit avec effroi les lionnes achever la girafe avant que les lions ne daignent les rejoindre. Refoulant son dégoût et sa peur, Sir Giles descendit de sa branche. C'était l'occasion qu'il attendait. Ignorant le rhinocéros qui lui tournait le dos, il traversa la pelouse en courant aussi vite que ses bottes le lui permettaient. Il atteignit la terrasse, contourna la verrière où Lady Maud était en train d'arroser un caoutchouc. Elle leva la tête. Un instant il eut envie de la supplier de le laisser entrer, mais il comprit à l'expression de son visage que ce serait peine perdue. Son regard exprimait une telle indifférence qu'il se sentait plus mal encore que devant l'affreux sourire de Blott le matin. Il lui parut évident que pour Maud, il n'existait plus. Elle l'avait épousé pour sauver le château et perpétuer le nom des Handyman. Maintenant elle était sur le point de l'assassiner par animaux interposés, pour les mêmes raisons. Il se précipita dans la cour et ouvrit la porte du garage, où se trouvait la Bentley. La clé était encore sur le tableau de bord. Il la tourna et le démarreur ronfla. Il essaya à nouveau, mais le moteur refusait de se mettre en marche.

Du potager, Blott entendit le démarreur de la voiture. Il perdait son temps. Il pouvait essayer jusqu'à la fin des temps, la voiture ne démarrerait pas. Blott n'avait aucune compassion pour lui. « Laissons les choses suivre leur cours » avait dit Lady Maud et il partageait son opinion. Sir Giles n'était rien pour lui : un être nuisible comme les insectes du jardin, limaces et autres pucerons. Non, c'était faux. Il était pire encore : un traître pour l'Angleterre que Blott révérait, la Vieille Angleterre, la Glorieuse Angleterre, cette Angleterre qui avait su se tailler un empire avec une audace folle et beaucoup de chance, cette Angleterre qui était à l'origine de ce jardin et avait planté les grands chênes et les ormes du parc, non pour en jouir immédiatement, mais pour le futur. Qu'est-ce que Sir Giles avait fait, lui, pour le futur ? Rien. Il avait désacralisé le passé et trahi l'avenir. Il méritait la mort. Blott empoigna son fusil et se dirigea vers le garage.

Dans la verrière, Lady Maud tergiversait. Le regard de Sir Giles, quand il avait hésité, là, dehors, avait éveillé en elle un sentiment de pitié. Il était effrayé, terriblement désespéré, et elle n'avait rien d'une femme cruelle. C'était une chose de parler de la loi de la jungle, c'en était une autre de l'appliquer.

— Je crois qu'il a compris maintenant, pensa-t-elle. Je devrais le laisser partir.

Elle s'apprêtait à sortir le chercher quand le téléphone sonna. C'était le Général Burnett.

— C'est au sujet de ce pauvre Bertie, dit-il. Le Comité voudrait vous voir pour en discuter.

— Bertie Bullett-Finch ?

— Vous savez bien qu'il est mort, non ?

— Mort ? Non, je n'en savais rien. Quand cela est-il arrivé ?

— La nuit dernière. Sa maison a été démolie par ces salauds de l'autoroute. Bertie était chez lui.

Lady Maud se laissa tomber sur une chaise, les jambes coupées par la nouvelle.

— Quelle horreur ! Est-ce qu'on sait qui a fait une chose pareille ?

— Ils ont emmené ce type, Dundridge, au commissariat pour lui poser des questions.

Lady Maud ne savait que dire.

— La moitié de Guilstead a aussi été démolie. Le colonel et moi pensions venir vous voir pour en parler. Cela donne une tout autre dimension à cette histoire d'autoroute. Vous ne trouvez pas ?

— Bien sûr. Venez de suite !

Elle chercha à comprendre ce qui avait bien pu se passer. On questionnait Dundridge. Mr. Bullett-Finch était mort. Finch Grove démoli. Guilstead Carbonell... Les nouvelles étaient si incroyables qu'elle en oublia complètement Giles.

— Il faut que j'appelle cette pauvre Ivy, souffla-t-elle en composant le numéro de Finch Grove. Evidemment, elle n'obtint pas de réponse.

Dans le garage, Sir Giles tentait l'impossible pour persuader Blott de baisser le canon du douze coups qu'il pointait sur sa poitrine.

— Cinq mille livres, disait-il. Cinq mille. Tout ce que je vous demande, c'est d'ouvrir les grilles.

— Sortez d'ici, dit Blott.

— Que croyez-vous que je cherche à faire. Rester ici ?

— Sortez du garage.

— Dix mille. Vingt mille livres. Tout ce que vous voulez...

— Je compte jusqu'à dix. Un.

— Cinquante mille.

— Deux.

— Cent mille. Vous ne pouvez pas me demander plus.

— Trois.

— Je veux bien aller jusqu'à...

— Quatre.

Sir Giles détala. L'expression qu'affichait Blott ne laissait aucun doute sur sa détermination. Il contourna le château en trébuchant, traversa la pelouse en direction de la pinède et regrimpa dans son arbre. Les lions venaient de terminer leur repas ; ils se léchaient les pattes et s'essuyaient les moustaches. Sir Giles essuya la sueur de son visage avec son mouchoir plein de mazout et fit le point de la situation dans laquelle il se trouvait.

Pour Dundridge, ce ne fut pas nécessaire. Fort heureusement pour lui, on trouva une bouteille vide de vodka dans la cabine de la grue et les témoignages concordaient qui assuraient que l'un des deux hommes que l'on avait vu conduire la grue dans la Grand-Rue chantait des chansons paillardes et était fort ivre.

— Il semblerait que nous ayons fait erreur, s'excusa le commissaire. Vous pouvez partir.

— Quand je pense que vous m'avez dit que vous considériez cette affaire comme un meurtre, s'indigna Dundridge avec véhémence ! Et maintenant vous avez le toupet de m'annoncer qu'il ne s'agit que d'un simple cas de conduite en état d'ivresse !

— Un meurtre implique la préméditation, d'après moi, expliqua le commissaire. Alors, vous savez, deux gars qui sortent et boivent un coup de trop... Ils sont un peu éméchés, ils piquent une grue et descendent quelques maisons ; vous pensez bien qu'on ne voit plus les choses sous le même angle. On ne peut pas parler de préméditation dans ce cas. Juste un jeu. Maintenant, ne pensez pas que j'approuve ! Attention ! Je suis comme tout le monde, contre le vandalisme et l'ivresse, mais il faut tenir compte des circonstances atténuantes.

Dundridge quitta le commissariat, loin d'être convaincu. Quant à l'attitude de Hoskins, il ne lui trouvait aucune circonstance atténuante.

— Vous avez délibérément laissé entendre à la police que j'avais donné l'ordre de démolir la maison des Bullett-Finch, cria-t-il à Hoskins dans le Q.G. mobile. Que je cherchais à éliminer Mr. Bullett-Finch.

— Je leur ai juste dit que vous aviez eu une dispute avec lui au téléphone. J'en aurais dit autant pour Lady Maud s'ils me l'avaient demandé, protesta Hoskins.

— Il se trouve que Lady Maud n'a pas été assassinée, elle ! hurla Dundridge. Ni le Général Burnett, ni le Colonel Chapman, et pourtant j'ai eu des mots avec eux aussi. J'imagine que si l'un d'eux venait à se faire écraser par un car ou à mourir d'empoisonnement, vous iriez clamer à la police que j'en suis l'auteur.

Hoskins le trouva injuste et le lui dit.

— Injuste ? s'égosilla Dundridge. Injuste ? Vous allez vous taire et écouter par quoi je suis passé depuis que je suis arrivé ici. J'ai été menacé ; j'ai été drogué ; j'ai été... Bref, passons là-dessus. On m'a tiré comme un lapin ; on a cherché à abuser de moi ; les pneus de ma voiture ont été crevés ; on m'a accusé de meurtre... Et vous avez le culot de me parler, à moi, d'injustice ? Bon Dieu, j'ai joué franc-jeu jusqu'à présent, mais c'est fini. Désormais, tous les coups sont permis. Et pour commencer, vous allez foutre le camp d'ici. Et que je ne vous revoie plus.

— Il me semble que vous oubliez quelque chose, dit Hoskins en se rapprochant de la porte. Vous avez à faire face à un nouveau problème : Lady Maud a transformé son domaine en parc naturel. Ouverture dimanche.

Dundridge se laissa tomber sur une chaise, les yeux écarquillés.

— Elle a fait quoi ?

Hoskins se rapprocha du bureau.

— Elle ouvre un parc naturel. Elle a fait clôturer le domaine et elle a des lions, des rhinocéros...

— C'est impossible ! On lui a envoyé un ordre d'expulsion, s'emporta Dundridge qui était anéanti par cette nouvelle contrariété.

— Elle l'a quand même fait. On peut voir sur la route d'Ottertown les panneaux de signalisation et une annonce publicitaire est parue dans le *Worford Adviser* d'hier soir. J'en ai apporté un exemplaire. Il alla dans son bureau et en revint avec une publicité d'une page entière qui annonçait l'ouverture d'un parc naturel au Château Handyman. Que comptez-vous faire ?

Dundridge décrocha son téléphone.

— Appeler le ministère de la Justice et demander qu'on l'arrête. En attendant, veillez à ce que les travaux reprennent immédiatement dans la gorge.

— Vous ne croyez pas qu'on ferait mieux d'attendre un jour ou deux, que l'agitation après la démolition de Finch Grove et de Guilstead Carbonell se soit un peu tassée ?

— Sûrement pas, fit Dundridge. Si la police considère que ce n'est qu'une broutille, je ne vois pas pourquoi nous n'en ferions pas autant. Les travaux vont reprendre. Et plus vite encore, si possible.

24

Ce qui restait du Comité pour la Sauvegarde de la Gorge se réunit dans le salon du château Handyman où, après s'être lamenté sur le décès de Mr. Bullett-Finch, on chercha à tirer parti de son sacrifice.

— Cette affaire est un outrage à l'humanité, dit le Colonel Chapman. On ne pouvait trouver plus inoffensif que ce pauvre vieux Bertie. Il n'a jamais prononcé la moindre injure. Lady Maud se souvenait de plusieurs injures dont elle avait fait l'objet quand elle s'était permis de traverser sa pelouse, mais elle n'en souffla mot. Mr. Bullett-Finch avait eu des défauts comme tout le monde mais on le canonisait dans la mort. Le Général Burnett formula la même pensée.

— Quelle atroce façon de mourir, dit-il ! Une énorme boule d'acier lancée contre vous, qui vous brise en mille morceaux. Cela doit faire le même effet qu'un énorme boulet de canon.

— Il n'a rien dû sentir, dit le Colonel Chapman. Il était tard et il était sûrement couché.

— Il n'était pas couché, vous savez. On l'a retrouvé dans sa robe de chambre. Il a dû l'entendre arriver.

— On est bien peu de choses..., commença Mlle Percival, mais Lady Maud l'interrompit.

— Cela ne sert à rien de ruminer sur le passé. Nous

devons concentrer nos efforts sur l'avenir. J'ai proposé à Ivy de venir s'installer chez moi.

— Je doute qu'elle accepte, dit le Colonel Chapman en regardant par la fenêtre. Elle n'a jamais eu les nerfs très solides et ce dernier coup ne l'a pas arrangée, alors avec les lions...

— Sottises, fit Lady Maud vivement. Ce sont des créatures tout à fait inoffensives si on sait les prendre. L'important, c'est de leur montrer qu'ils ne nous font pas peur. Dès qu'ils sentent la peur, ils deviennent dangereux.

— J'en serais tout à fait incapable, dit Mlle Percival. Le Général Burnett acquiesça.

— Je me souviens, un jour dans le Penjab... commença-t-il.

— Je crois qu'il vaut mieux revenir à l'affaire actuelle, dit Lady Maud. Malgré toute la peine que j'éprouve pour ce pauvre Bullett-Finch et bien sûr aussi pour Guilstead Carbonell, il faut bien reconnaître une chose, c'est que ces événements nous mettent dans une position de force vis-à-vis du Ministère de l'Environnement et de l'autoroute.

— Si j'ai bien compris, Général, la police interroge Dundridge. Le Général Burnett secoua la tête.

— Le commissaire m'a tenu au courant des événements, dit-il. Ils ont malheureusement laissé tomber cette piste. Il paraît qu'il y a eu une espèce de beuverie au Royal George la nuit dernière. Leur théorie, c'est qu'un couple de terrassiers a bu un peu trop de bière...

— De bière ? fit Lady Maud, le visage étrangement crispé tout à coup. Vous avez bien dit « bière » ?

— Chère amie, s'excusa le général, je n'ai mentionné la bière que parce que je crois que c'est ce que boivent ces hommes. A aucun moment je n'ai voulu laisser entendre...

— D'ailleurs, je pense qu'il s'agissait de Vodka, dit le Colonel Chapman avec tact. En fait, j'en suis sûr. Ils en ont trouvé une bouteille vide.

Le mal était fait. Lady Maud était décomposée.

Dans la pinède, Sir Giles faisait un effort désespéré pour prendre une décision. Depuis son arbre il avait vu arriver le Général Burnett, le Colonel Chapman et Mlle Percival. Ils étaient arrivés dans une seule voiture (Mlle Percival avait laissé la sienne devant la grille principale pour monter dans celle du Général) et leur visite permettait à Sir Giles de s'échapper. Maud pourrait difficilement lui tirer dessus devant ses voisins. Il y aurait peut-être une scène atroce. Elle le traiterait d'incendiaire, de maître chanteur et de corrupteur. Elle le tournerait en ridicule mais il était prêt à prendre le risque pour sortir du parc en vie.

D'un autre côté, il ne se sentait pas prêt à relever le défi des lions qui venaient de quitter en flânant les reliefs de leur repas et s'allongeaient sur la pelouse, en face de la terrasse. Il y avait longtemps qu'il mourait de faim, ce qui n'était pas le cas des lions : ils venaient de s'offrir une ventrée de girafe.

S'il restait dans l'arbre, il mourrait de faim et tôt ou tard il lui faudrait l'abandonner. « Le plus tôt sera le mieux », pensa-t-il. Il descendit de sa branche. Peut-être que s'il marchait d'un pas assuré... Si seulement il pouvait atteindre la terrasse ! En traversant la pelouse, il était conscient que la distance entre son arbre protecteur et lui-même augmentait à chaque pas, alors que celle qui le séparait des lions diminuait. Il atteignit le point de non-retour.

Dans le salon, le Général Burnett se plaignait de l'absence de Sir Giles.

— J'ai vainement cherché à le joindre à Londres, à son domicile comme à son bureau. Personne ne semble savoir où il est passé, dit-il. Si nous pouvions le contacter, je suis sûr que nous pourrions faire pression sur le Ministre pour arrêter les travaux de l'autoroute. Je ne lui reproche rien, mais c'est dans des moments pareils que la population a besoin de ses élus.

— Je crains fort que mon mari ne laisse ses intérêts personnels prendre le pas sur ses devoirs parlementaires, reconnut Lady Maud.

— Bien sûr, bien sûr ! dit le Colonel Chapman. Nous savons qu'il est très pris par ses nombreuses activités. Il n'en serait pas où il en est, sinon.

— Je crois... fit nerveusement Mlle Percival qui regardait par la fenêtre.

— Ce que je veux dire, c'est qu'il faudrait qu'il intervienne, dit le Général.

— Je crois vraiment que vous devriez... commença Mlle Percival.

— Il devrait faire entendre sa voix... Quelle horreur ! Qu'est-ce que c'était ?

Un cri de terreur qui était monté du jardin.

— Je crois que c'était Sir Giles qui se faisait entendre, dit Mlle Percival en s'évanouissant.

Le général et le colonel coururent à la fenêtre. C'était affreux. Ils purent voir Sir Giles disparaître sous un lion. Lady Maud attrapa un tisonnier et ouvrit en grand la porte-fenêtre.

— Sale bête, cria-t-elle en traversant la terrasse au pas de charge. Oust, oust !

Mais il était trop tard. Le général et le colonel se précipitèrent pour la rattraper. Ils la traînèrent jusqu'au salon ; elle continuait de brandir le tisonnier en faisant « oust, oust ! ».

— Elle a un sacré cran, cette petite bonne femme, dit le général sur le chemin du retour.

Le Colonel Chapman, lui, ne disait rien. Il essayait de balayer de son esprit le souvenir des bottes de caoutchouc. Par ailleurs, il trouvait ridicule de la part du Général de qualifier Lady Maud de « petite », même dans les circonstances présentes, aussi tragiques qu'elles fussent. Son oreille gauche résonnait encore du coup qu'elle lui avait envoyé quand il lui avait conseillé de ne pas se sentir coupable de ce qui s'était passé.

— Notez que c'est probablement la fin du parc naturel, j'en ai bien peur, continua le général. Quel dommage !

— C'est aussi la fin de Sir Giles, insista le colonel qui trouvait que le Général Burnett prenait les choses un peu trop à la légère.

— Je dois admettre, dit le Général, que je n'ai jamais vraiment pu blairer ce type.

A l'arrière de la voiture, Mlle Percival s'évanouissait pour la sixième fois.

Au château Handyman, l'inspecteur de police expliquait avec le plus de délicatesse possible qu'elle serait entendue par le juge d'instruction.

— Un interrogatoire ? Mais ce qui est arrivé est très simple. Le Général Burnett et le Colonel Chapman pourront en témoigner.

— Une simple formalité, je vous assure. Et maintenant, il faut que j'y aille.

Il regagna sa voiture, les bottes à la main, et démarra. Dans le parc, les lions se léchaient les pattes et s'essuyaient les moustaches. Lady Maud les observait par la fenêtre. Il faudrait qu'elle s'en sépare, bien sûr. Quel que soit son désir de conserver son domaine, elle ne pouvait décemment garder des animaux qui s'entre-attaquaient et dévoraient les gens. Et puis, il y avait cette histoire de Guilstead Carbonell et Blott. Elle ne comprenait que trop bien pourquoi il avait tant insisté pour récupérer de la « Très Spéciale ». Tout était de sa faute. Et dire qu'elle avait invité Ivy Bullett-Finch à s'installer chez elle ! Au moins avait-elle une bonne excuse pour annuler l'invitation. Il lui vint à l'esprit qu'après avoir goûté à la chair humaine, les lions risquaient de ne plus se laisser subjuguer aussi facilement par son assurance. Elle se devait de prendre une arme. Elle hésita, puis choisit d'y aller carrément. Ça soulageait sa conscience de prendre quelques risques. Elle emprunta le chemin du potager.

— Blott, fit-elle. J'ai un mot à vous dire. Est-ce que vous vous rendez compte de ce que vous avez fait ?

Blott haussa les épaules.

— Il l'a bien cherché.

— Je ne parle pas de lui, mais de Mr. Bullett-Finch.

— Comment ça ?

— Il est mort. Il a été tué la nuit dernière quand sa maison s'est écroulée.

Blott ôta son chapeau et se mit à se gratter la tête.

— C'est dommage, dit-il avec sincérité.

— Dommage ? C'est tout ce que vous trouvez à dire ? fit Maud sévèrement.

— Je ne vois pas ce que je pourrais dire d'autre. Je ne savais pas plus qu'il était dans la maison, que vous ne saviez que l'autre allait se faire manger par les lions.

Il retira un mille-pattes d'un chou et l'écrasa d'un air absent.

— Je dois dire que si j'avais su ce que vous aviez en tête, je ne vous aurais jamais accordé votre journée, dit Lady Maud en le plantant là.

Blott continua son désherbage. « Les femmes sont vraiment bizarres » pensa-t-il. « Faites ce qu'elles vous demandent, et en guise de remerciement, elles vous passent un savon. »

Quand Mme Forthby se réveilla, elle sentit que quelque chose ne tournait pas rond. Elle alluma la lumière et regarda le réveil. Il marquait onze heures quarante-huit. Elle ne pouvait s'imaginer qu'elle n'avait dormi que quatre heures. Et où était Giles ? Elle se leva, le chercha dans la cuisine, la salle de bains, en vain. Il était probablement parti. Elle retourna dans la cuisine se faire du thé. Elle avait très faim. Et ça aussi, c'était curieux, après le gros dîner qu'elle avait pris. Elle se fit des toasts et un œuf dur.

L'impression désagréable que quelque chose n'allait pas ne la quittait pas. Elle s'était couchée à huit heures et se retrouvait à minuit, affamée et tout à fait éveillée. Pour faire passer le temps, elle prit un livre. Elle n'avait pas envie de lire. Elle alluma la radio et tomba sur les dernières nouvelles... « Giles Lynchwood, le député du Worfordshire Sud a été tué cet après-midi, chez lui, au château Handyman, près de Worford, par un lion. En Arizona, un ouragan a fait... » Mme Forthby éteignit la radio et se servit une autre tasse de thé avant de comprendre les propos du présentateur.

— Oh mon Dieu ! fit-elle. Cet après-midi ?... »

Elle se précipita dans le salon pour y voir la date. L'horloge affichait le vendredi 20. La veille, c'était mercredi ! Giles le lui avait dit. Et maintenant, on était vendredi matin et Giles avait été tué par un lion. Que faisait un lion à Handyman ? Et qu'est-ce que Giles y faisait lui aussi ? Ils devaient passer le week-end ensemble à Brighton. C'était vraiment trop compliqué et atroce. Mme Forthby composa le numéro du charmant monsieur qui donne l'heure.

— Zéro heure, dix minutes et quarante secondes.

— Mais quelle est la date ? Quel jour sommes-nous ? demanda Mme Forthby.

— Au quatrième top, il sera exactement zéro heure, onze minutes.

— Oh non ! Vous n'êtes pas très coopératif, dit Mme Forthby en fondant en larmes. Giles n'avait peut-être pas été un homme correct, mais elle l'aimait bien, et tout était de sa faute.

— Si j'étais moins étourdie, je n'aurais pas oublié de me réveiller et il serait encore en vie, chuchota-t-elle.

Dans son Q.G. mobile, Dundridge accueillit la nouvelle avec jubilation, le lendemain matin.

— C'est bien fait pour cette garce. Quelle idée, aussi, de créer un parc naturel, dit-il à Hoskins.

— Je ne comprends pas que vous puissiez dire une chose pareille. Le résultat c'est qu'il y a un nouveau siège vacant au Parlement. Ce qui signifie de nouvelles élections partielles, et vous savez ce que ça a donné la dernière fois.

— Une raison supplémentaire pour aller de l'avant.

— Alors que Lady Maud est en deuil ? La pauvre femme vient juste de perdre son mari dans des circonstances affreusement tragiques et vous...

— Ne me faites pas rire ! Je suis sûr qu'elle est ravie. Je ne serais pas surpris d'apprendre qu'elle avait organisé cet accident pour nous arrêter.

— C'est de la calomnie pure et simple. Elle est peut-être du genre virago, mais...

— Ecoutez, fit Dundridge. Elle se foutait royalement de son mari, et ça je peux vous le prouver.

— Le prouver ?

— Il se trouve qu'effectivement, j'en ai la preuve. Je vais vous dire : cette vieille carne a essayé de me séduire un soir, et comme je ne me suis pas laissé faire, elle m'a tiré dessus avec un douze-coups. Alors, ne venez pas me bassiner avec ces histoires de veuve éplorée. On redémarre, et en vitesse.

— En tout cas, si vous voulez mon avis, c'est un défi que vous lancez à l'opinion publique, dit Hoskins, subjugué par l'histoire de tentative de séduction que venait d'évoquer Dundridge. Bullett-Finch est mort, et maintenant Sir Giles. Il va sûrement y avoir un tollé général. Je pense que nous devrions nous tenir peinards.

— Justement pas. C'est l'occasion ou jamais d'envahir le parc. Je vais déplacer deux bulldozers et installer un quartier général près de l'arche. Elle peut remuer ciel et terre, on s'en fout.

Lady Maud ne bougea pas le petit doigt. La mort de Sir Giles l'avait plus choquée qu'elle ne s'y attendait et elle se sentait responsable de celle de Mr Bullett-Finch. Elle n'accomplissait les tâches quotidiennes que par automatisme et l'esprit ailleurs, toute préoccupée du dilemme moral dans lequel elle se trouvait. Elle affrontait la destruction de tout ce qu'elle aimait : le château, la gorge, la contrée sauvage, le parc, bref le monde pour lequel ses ancêtres s'étaient battus, après l'avoir créé. Tout cela allait disparaître pour faire place à une autoroute qui ne serait plus dans une cinquantaine d'années, quand il n'y aurait plus de pétrole dans le monde, qu'un symbole affreusement laid de la vanité humaine. Et cette autoroute n'était même pas nécessaire. C'était une magouille de Sir Giles, pour faire de l'argent, un acte mesquin et cruel dirigé contre elle. Pour ce qui était de Giles, il n'avait eu que ce qu'il méritait, mais la légitimité de l'autoroute n'en était pas pour autant remise en question et les moyens qu'elle avait dû utiliser n'étaient pas pour l'honorer. Elle avait combattu le feu par le feu et d'aucuns s'y étaient brûlés, Bertie Bullett-Finch par exemple, et au sens propre du terme, le pauvre type qui avait apporté la lampe à pétrole devant le garage Dugdale. C'est dans cet état d'esprit d'autocritique qu'elle se présenta à l'interrogatoire du juge. Ce dernier décida que la mort de Sir Giles Lynchwood était accidentelle, il félicita sa veuve pour son courage tout en lui faisant remarquer qu'il n'était pas prudent d'avoir chez soi des animaux sauvages. C'est dans le même état d'esprit qu'elle assista au départ des lions, de la dernière girafe et des autruches, avant de se rendre au service funèbre à l'église de Worford. Elle avait, pendant cette période, évité Blott, qui restait confiné dans le potager, en proie à une sourde colère. A son retour de l'église, quand elle vit les bulldozers près du pont suspendu, en face de la loge, elle éprouva le remords pour la façon qu'elle avait eue de le rabrouer. Elle le trouva boudant au milieu des cassis.

— Je suis désolée, Blott. Je vous dois des excuses. Tout le monde peut faire des erreurs. Laissez-moi vous dire combien je vous suis reconnaissante de tous les sacrifices que vous avez faits pour moi.

Blott rougit sous son bronzage.

— Ce n'était rien, marmonna-t-il.

— Je ne sais pas ce que je serais devenue sans vous.

— Vous n'avez pas à me remercier.

— Je voulais que vous sachiez que j'apprécie ce que vous avez fait à sa juste valeur. Au fait, en arrivant, j'ai remarqué qu'il y avait des bulldozers devant la loge...

— Vous voulez les arrêter, je suppose ?

— Eh bien, maintenant que vous le mentionnez... commença Lady Maud.

— Laissez-moi faire. Je vais m'en occuper.

Lady Maud hésita. Elle choisit bien ses mots.

— Il me serait désagréable que vous utilisiez la violence.

— La violence ? Moi ! fit Blott feignant l'outrage de façon assez convaincante.

— Oui, vous ! fit Lady Maud. Ecoutez, l'argent a peu d'importance pour moi. Vous pouvez vous procurer tout ce dont vous aurez besoin, mais je ne veux plus d'accidents corporels.

— Vos ancêtres se sont bien battus...

— Je pense être mieux placée que vous pour évoquer mes ancêtres. Je n'ai que faire de vos conseils. Pour eux, les choses étaient différentes. Tout d'abord, ils étaient vassaux, et à ce titre ils agissaient dans la légalité ; ensuite, les seuls gens qu'ils aient jamais blessés étaient des gallois, c'est-à-dire des sauvages. Enfin, je suis juge de paix et ne saurais donc couvrir des actes contraires à la loi. Tout ce que vous ferez devra être strictement légal.

— Mais...

— Il n'y a pas de mais qui tienne. Ce que vous ferez vous regarde. Je ne veux pas le savoir.

Elle tourna les talons et laissa Blott à sa réflexion.

— Pas de violence, murmura-t-il. Ça n'allait pas faciliter les choses, mais il trouverait bien un moyen. Ah ces femmes ! Même les meilleures étaient complètement déroutantes. Il se rendit à la loge. De l'autre côté du pont suspendu, les bulldozers, symboles de la force d'intervention de Dundridge, se tenaient sous les arbres. Ç'aurait été si facile de les détruire avec le P.A.C.I. ou même de mettre du sucre dans leur réservoir à essence, mais puisque Maud voulait qu'il reste dans la légalité... Rester dans la légalité ? Encore une expression bizarre. Comme si la loi était une sorte de forteresse. Il leva les yeux sur l'arche.

Il venait d'avoir une idée.

25

Malgré son désir d'agir rapidement, Dundridge ne put pas agir du tout. Le travail fut interrompu tout le temps que les comptes se réglèrent entre les diverses autorités responsables de la préservation du Guilstead Carbonell, de la loi, et de l'ordre public d'une part, et les responsables de la construction de l'autoroute, accusés de la destruction du village, de l'autre. Pour ne rien arranger, les conducteurs du chantier se mirent en grève. Ils se disaient lésés parce que l'accès au Royal George leur était interdit en raison des dégâts qu'ils avaient causés à la table de billard, et solidaires d'Edwards, leur camarade syndiqué, dont l'arrestation était une menace pour leurs droits. Afin de régler le différend, Dundridge paya pour la table de billard sur son enveloppe de frais divers et intervint auprès de la police pour qu'elle relâche Mr. Edwards, en attendant le rapport du psychiatre. En plein milieu de cette confusion, il fut convoqué à Londres pour s'expliquer sur les propos qu'il avait tenus lors de l'interview télévisée dont il avait fait l'objet devant les ruines de Finch Grove.

— Vous auriez pu éviter de dire : « On ne fait pas d'omelette sans casser des œufs ! » demanda Mr. Rees. Et pour l'amour de Dieu, que voulait dire ce : « Il y a loin de la coupe aux lèvres ? »

— Tout ce que je voulais dire, c'est que des accidents arrivent parfois, expliqua Dundridge. J'ai été bombardé...

— Bombardé ? Et que croyez-vous qu'il nous arrive

depuis cette histoire ? Combien de lettres avons-nous reçues, d'après vous ?

Mr. Joynson consulta sa liste. Trois mille quatre cent quatre-vingt-deux à ce jour, sans compter les cartes postales.

— Et que devons-nous penser de ce : « Nous devons savoir faire des sacrifices » ? Quelle impression cela fait-il, à votre avis, sur trois millions de téléspectateurs ? cria Mr. Rees. Voilà un homme qui vit en paix dans un coin tranquille de l'Angleterre profonde, qui s'occupe de ses oignons, est écrasé chez lui, en pleine nuit, par un crétin qui lui balance une boule d'acier de deux tonnes, et vous parlez de sacrifices !

— En fait, il ne s'occupait pas de ses oignons, protesta Dundridge. Il n'arrêtait pas d'appeler pour...

— Et j'imagine que vous trouvez que c'est une raison suffisante pour... Je renonce.

— Il faut vous mettre à la place des futurs propriétaires, dit Mr. Joynson avec tact. Il est déjà difficile pour un salarié moyen d'obtenir un prêt de nos jours. Nous n'aimerions pas que les gens s'imaginent qu'ils courent le risque de voir démolir leur maison sans les prévenir.

— Et la démolition de cette maison n'était même pas prévue, fit remarquer Mr. Rees.

— Exact, fit Mr. Joynson. J'essaie d'expliquer par A plus B à Mr. Dundridge qu'il doit faire preuve de plus de doigté. Il devrait se servir de la persuasion plutôt que de la force.

Dundridge en avait assez.

— Persuasion ? grinça-t-il. Vous n'avez pas l'air de savoir ce que j'encaisse. Vous semblez croire que mon travail consiste à envoyer les ordres d'expulsion et que les gens s'exécutent et quittent leur maison, comme ça. Que tout est OK. Eh bien, laissez-moi vous dire que ce n'est pas si simple. Je suis censé faire passer une autoroute à travers la propriété d'une femme pour qui la persuasion passe par un douze-coups. Elle s'en est servie contre moi, au demeurant.

— Et elle vous a manqué, évidemment, soupira Mr. Rees.

— Pourquoi ne vous êtes-vous pas plaint à la police ? demanda plus pragmatiquement Mr. Joynson.

— La police ? C'est elle qui fait la loi. Ils lui lèchent les bottes.

— Comme ses lions, j'imagine, dit Mr. Rees.

— Et pourquoi croyez-vous qu'elle ait mis en place un parc naturel, hein ? demanda Dundridge.

— Vous n'allez tout de même pas nous faire croire que c'était une manière de se débarrasser de son mari, n'est-ce pas ? dit Mr. Rees avec lassitude.

— Pour arrêter la construction de l'autoroute. Elle espérait obtenir ainsi le support de la population, de nouvelles sympathies ; bref, créer le plus de confusion possible.

— Je pensais qu'il suffisait de vous laisser faire, pour ça, rétorqua Mr. Rees.

Dundridge lui lança un regard sombre. Il était clair qu'il n'avait pas la confiance de ses supérieurs.

— Si c'est ainsi que vous le prenez, je peux vous donner ma démission du poste d'inspecteur de la construction de l'Autoroute des Midlands et reprendre mes fonctions au Ministère.

Mr. Rees se tourna vers Mr. Joynson. C'était l'ultimatum qu'ils redoutaient. Mr. Joynson secoua la tête.

— Mon cher Dundridge, il n'y a aucune raison pour que vous fassiez une telle chose, dit Mr. Rees avec une affabilité forcée. Tout ce que nous vous demandons, c'est de faire votre possible pour éviter une nouvelle publicité défavorable.

— Dans ce cas, je veux votre soutien total, dit Dundridge. On ne peut attendre de moi que je réduise l'opposition à laquelle je me heurte sans que le Ministère soutienne mes efforts de tout son poids.

— Nous ferons tout ce que nous pourrons pour vous aider, dit Mr. Rees.

Dundridge quitta le bureau apaisé, et avec le sentiment que son autorité en sortait grandie.

— Donnons assez de corde à ce salopard. Je vous parie

qu'il se pendra avec, conclut Mr. Rees. Et bien sincèrement, je souhaite à Lady Maud toute la chance du monde.

— Ce doit être épouvantable, de perdre son mari de cette manière, dit Mr. Joynson. Pas étonnant que cette pauvre femme soit toute retournée.

Blott était très occupé. Il avait passé le temps mort dû aux ennuis de Dundridge à préparer sa défense. Lady Maud avait précisé qu'il ne devait pas utiliser la violence. De toute façon, il n'en voyait pas la nécessité. Mise à part une attaque massive de tanks et d'artillerie, la loge était inexpugnable. Il avait rempli les pièces latérales de morceaux de fer et de ciment et il avait obturé l'escalier de la même manière. Il avait couvert le toit de pointes de métal enfoncées dans le béton et les avait entourées de fils barbelés. Pour se ravitailler en eau, il avait fait courir un tuyau, de la rivière à la loge. Il avait aussi stocké de la nourriture pour au moins deux ans. Pour le cas où on lui couperait l'électricité, il avait acheté mille bougies et plusieurs bouteilles de gaz. Enfin, pour éviter qu'on ne le déloge au moyen de gaz lacrimogènes, il avait déterré un vieux masque, dans la forêt. Il avait transformé la loge en forteresse. Le seul accès se trouvait dans le toit : une trappe sous les barbelés et les pointes. Pour aller et venir, Blott avait confectionné une échelle de corde. Juste pour le cas où les choses tourneraient mal, il avait rassemblé un fusil, une mitraillette, un mortier de cinquante, plusieurs caisses de munitions et des grenades avec lesquels il pourrait décourager les assaillants. « Bien sûr, je tirerai au-dessus de leur tête » se promit-il. Mais ce ne serait pas nécessaire. Blott connaissait trop bien les Anglais : ils ne mettraient pas sa vie en danger. Sans risquer la moindre vie humaine, ni la sienne, il pensait avoir trouvé le moyen d'empêcher le passage de l'autoroute par le domaine Handyman. La loge, transformée en blockhaus, se trouvait en plein milieu du tracé de l'autoroute. De chaque côté, les escarpements tombaient à pic. La seule solution passait par la destruction de la loge. Or, comme il y était enfermé, détruire la loge reviendrait à le tuer, lui. On ne pouvait pas nons plus utiliser la dynamite pour faire sauter les falaises latérales puisqu'il y aurait risque d'écroulement de l'arche, autre danger de mort pour lui. Pour s'assurer qu'aucun véhicule ne pourrait forcer le passage sous l'arche, il y érigea une série de blocs de ciment. Cette dernière précaution amena Lady Maud à s'inquiéter de ses machinations.

— Comment croyez-vous que je vais faire mes courses, si je ne peux plus aller et venir en voiture ?

Blott lui désigna la Bentley et la Land Rover, garées près des deux bulldozers, de l'autre côté du pont suspendu.

— Oh non ! Vous les avez déplacées sans m'en demander la permission ?

— Vous m'avez fait comprendre que vous ne vouliez rien savoir, c'est pourquoi je ne vous en ai pas parlé.

Lady Maud dut reconnaître que la réponse était logique.

— Ça va être très gênant, dit-elle. Elle leva les yeux sur l'arche. A part les pointes et les barbelés du toit, rien ne trahissait les transformations que Blott avait apportées. J'espère que vous savez ce que vous faites, lui dit-elle en passant entre les blocs de ciment, avant de traverser le pont, pour rejoindre sa voiture. Elle allait à Worford voir Me Ganglion pour la lecture du testament de Sir Giles. Elle put se rendre compte qu'il lui laissait une fortune considérable. Et elle avait bien l'intention d'utiliser cette fortune pour la bonne cause.

— Une fortune, chère madame, lui dit Me Ganglion. Une fortune considérable, même pour notre époque. Si vous l'investissez correctement, vous devriez pouvoir vivre comme une reine. Il la regarda d'un air admiratif. A la réflexion, c'était aussi un droit, dans son cas. Il ne fallait pas oublier l'histoire d'Edouard VII. Je suis veuf, moi aussi, et à ce titre...

Elle n'était peut-être pas du goût de tous les hommes, mais il n'était pas lui-même un Apollon, et il se faisait vieux

Il y avait aussi l'attrait d'une propriété qui valait dix millions de livres.

— J'ai l'intention de me remarier le plus vite possible, dit Lady Maud. Sir Giles m'a peut-être laissé une fortune, mais il n'a pas rempli son devoir conjugal.

— Je comprends. Je comprends, fit Mᵉ Ganglion qui en fait concentrait sa réflexion sur l'accusation de tentative de chantage qu'avait formulée Dundridge. Il pouvait peut-être, lui aussi, essayer un petit chantage, comme ça, avec l'air de ne pas y toucher. Il alla ouvrir son coffre.

— Il n'est pas bon pour vous de rester seule dans cette grande demeure poursuivit-il. Vous avez besoin de compagnie. De quelqu'un qui prenne soin de vous.

— J'y ai déjà pensé. J'ai invité Mᵐᵉ Forthby à s'installer définitivement chez moi.

— Mᵐᵉ Forthby ? Est-ce que je connais cette dame ?

— Non, fit Lady Maud. Je ne pense pas. C'était la... gouvernante de Sir Giles à Londres.

— Vraiment ? fit Mᵉ Ganglion en la regardant par-dessus ses lunettes. Maintenant que vous le dites, il me semble en effet avoir entendu dire...

— Peu importe. Il n'y a pas de quoi fouetter un chat ! L'important, c'est qu'il n'a rien légué à cette pauvre femme. J'ai l'intention de réparer cet oubli.

— C'est très généreux à vous. Magnanime, dit Mᵉ Ganglion en retirant une enveloppe du coffre. Au fait, puisque nous en sommes aux faiblesses humaines, je me demande si vous accepteriez de jeter un œil sur ces photos et de me dire si vous les avez déjà vues.

Il ouvrit l'enveloppe et étala les photos devant elle. Lady Maud les examina. Manifestement, elle les connaissait.

— Comment vous les êtes-vous procurées ? éclata-t-elle.

— Ah, je suis désolé, mais ce serait trahir le secret professionnel.

— Bien sûr, grinça Lady Maud, pourquoi croyez-vous que je vous le demande ?

— Eh bien, fit Mᵉ Ganglion en remettant les photos dans

l'enveloppe, un certain individu, disons un éventuel client, est venu me consulter.

— Dundridge. J'en étais sûre. C'est Dundridge.

— Cela n'engage que vous, chère Lady Maud. Mais ce client a laissé entendre que vous aviez utilisé ces photos plutôt... euh... révélatrices, pour le faire chanter.

— Oh non ! s'écria Lady Maud. L'ordure !

— Evidemment, j'ai tout fait pour lui faire comprendre que c'était impossible. Hélas, je ne l'ai pas convaincu.

Lady Maud en avait assez entendu. Elle se leva, s'empara de l'enveloppe.

— Si vous croyez qu'une action en diffamation s'impose... M'accuser de chantage, moi ?! Bon Dieu, je vais lui faire regretter d'avoir vu le jour, grinça Lady Maud en quittant le bureau à grandes enjambées, les photos à la main.

Dundridge se trouvait dans son Q.G. mobile quand Lady Maud arriva en voiture. Il tirait les plans de sa prochaine manœuvre contre le château Handyman. Maintenant qu'il était assuré du soutien inconditionnel du Ministère, il envisageait l'avenir avec confiance. Il avait demandé au commissaire de coopérer avec lui, dans le cas où Lady Maud refuserait de se soumettre à la mise en demeure de quitter les lieux. Le commissaire avait montré quelque réticence avant d'accepter. Il venait de donner ses consignes à Hoskins quand Lady Maud entra dans son bureau telle une furie.

— Espèce d'ordure, hurla-t-elle en jetant les photos sur son bureau. Regardez-moi ça. Dundridge s'exécuta. Hoskins aussi.

— Alors ? continua Lady Maud. Qu'est-ce que vous en pensez ?

Dundridge était pétrifié, incapable d'exprimer ses sentiments.

— Si vous espérez vous en tirer, vous vous trompez, aboya-t-elle.

Dundridge empoigna le téléphone. Cette salope revenait le

hanter avec ses photos immondes, qui ne laissaient plus aucun doute sur l'identité de celui qui menait le jeu dans les contorsions infamantes. Et Hoskins venait de les découvrir. Ce fut le regard horrifié de ce dernier qui le décida. Il n'y avait pas moyen d'éviter le scandale. Il appela la police.

— N'espérez pas vous en sortir en appelant un avocat, hurla Lady Maud.

— Ce n'est pas mon avocat que j'appelle, mais la police.

— La police ? fit Lady Maud.

— La police ? chuchota Hoskins.

— Je vais vous faire arrrêter pour tentative de chantage.

Lady Maud se jeta sur lui par-dessus le bureau.

— Comment osez-vous, ordure, cria-t-elle.

Dundridge détala vers la porte. Lady Maud courut après lui. Resté seul, Hoskins raccrocha le téléphone et ramassa les photos. Il alla s'enfermer aux toilettes. Quand il en ressortit, il vit Dundridge caché derrière un bulldozer, et six conducteurs essayer de maîtriser Lady Maud. Il venait de brûler les photos et d'en jeter les cendres dans la cuvette. Il avait tiré la chasse d'eau. Il se passa un mouchoir sur le visage.

— Ne croyez surtout pas que j'en resterai là, hurlait toujours Lady Maud pendant qu'on la traînait jusqu'à la voiture. Je vais vous faire un procès. Vous y perdrez jusqu'à votre chemise.

Elle démarra en trombe et Dundridge rejoignit la caravane. Il titubait.

— Vous êtes témoin, dit-il à Hoskins, en se laissant tomber sur une chaise. Vous avez vu qu'elle essayait de me faire chanter. Il chercha les photos.

— Je les ai brûlées, dit Hoskins. J'ai préféré ne pas les laisser traîner.

Dundridge eut un regard de gratitude : il n'aurait pas aimé non plus qu'elles traînent. D'un autre côté, la preuve du chantage était détruite. Il n'y avait plus de raison d'appeler la police.

— Si jamais elle décide de me poursuivre en justice, vous pourrez témoigner pour moi.

— Comptez sur moi. Je doute qu'elle se risque à ça.

— Cette garce est si imprévisible !... Je puis vous assurer une chose : nous allons investir le château, et de suite. Je vais lui apprendre à me menacer ! ! !

— Pas de photos, pas de poursuite, fit Me Ganglion quand Lady Maud retourna le voir à son cabinet.

— Il m'accuse de le faire chanter. C'est vous-même qui me l'avez dit.

Me Ganglion secoua tristement la tête.

— Ce qu'il m'a dit, chère madame, c'est sous le sceau du secret. Après tout, il est venu me voir en tant que client. De toute façon, mon témoignage ne pourrait être entendu par la Cour puisque je vous représente. Maintenant, si vous pouviez obtenir de Hoskins qu'il témoigne de l'avoir entendu vous accuser de le faire chanter... Il appela le bureau régional de l'Equipement ; on lui passa Hoskins au Q.G. mobile.

— Sûrement pas. Je n'ai rien entendu de la sorte. Des photos ? Je ne vois pas de quoi vous voulez parler.

Il ne voulait surtout pas avoir à témoigner en justice de l'existence de ces maudites photos.

— Etrange, dit Me Ganglion. Tout à fait étrange, mais c'est comme ça : Hoskins ne témoignera pas.

— Ce qui prouve bien qu'on ne peut plus compter sur personne de nos jours, conclut Lady Maud.

Elle rentra chez elle, d'une humeur massacrante.

26

Si elle était de mauvaise humeur à son retour cet après-midi-là, ce fut bien pire le lendemain matin. Elle fut réveillée par les camions sur la route de la gorge et les cris des ouvriers devant la loge. Elle appela Blott.

— Que se passe-t-il ? demanda-t-elle.

— Ça commence.

— Qu'est-ce qui commence ?

— Ils veulent entrer dans le parc.

Lady Maud s'habilla à la hâte, descendit l'allée au pas de course pour trouver sous la loge Dundridge, Hoskins, le commissaire et un groupe de policiers.

— Qu'est-ce que ça veut dire ? demanda-t-elle.

— Nous devons entamer les travaux dans le parc, dit Dundridge en se rapprochant du commissaire. Vous avez reçu un avis d'expulsion en date du vingt-cinq juin.

— Vous êtes dans une propriété privée, répondit Lady Maud. Aussi je vous prierai de bien vouloir en sortir.

— Chère Lady Maud, intervint le commissaire de police, je suis désolé, mais ces messieurs sont dans leur droit.

— Ils sont dans ma propriété et je veux qu'ils s'en aillent.

Le commissaire secoua la tête avec commisération.

— Je crains d'avoir à vous dire...

— Alors ne le dites pas.

— Ils ont tout loisir d'agir selon leurs instructions et

d'entamer les travaux du tronçon d'autoroute qui passe par votre domaine. Je suis là pour veiller à ce que rien ni personne ne s'y oppose. Je vous prierais d'avoir l'obligeance d'ordonner à votre jardinier d'évacuer les lieux.

— Ordonnez-le lui vous-même.

— Nous l'avons fait, mais il refuse de s'exécuter. Il s'est barricadé. Nous ne voulons pas user de la force, mais s'il ne se décide pas à sortir, nous allons être obligés d'enfoncer sa porte.

— Eh bien, allez-y ! dit Lady Maud. Si c'est votre devoir, faites-le.

Elle s'écarta pour laisser passer les policiers, qui firent le tour de la loge et frappèrent à la porte. Elle s'assit sur un bloc de ciment et observa la scène. Les policiers tambourinèrent à la porte une bonne dizaine de minutes. Ils finirent par la briser, pour se retrouver devant un mur de béton. Dundridge fit chercher une masse, en sachant qu'une simple masse ne suffirait pas à entrer.

— Ce salaud s'est emmuré, dit Dundridge.

— Je le vois bien, lui répondit le commissaire. Que comptez-vous faire ?

Dundridge prit conseil auprès de Hoskins. Ensemble ils retournèrent sur le pont et levèrent les yeux vers le sommet de l'arche.

— On ne peut pas contourner la loge, dit Hoskins en désignant les falaises. Il faudrait déplacer des tonnes de roches.

— Ne peut-on les faire sauter pour se frayer un passage de chaque côté ?

Hoskins hocha la tête.

— On risquerait de détruire l'arche et de tuer cette triple buse du même coup.

— Et après ! fit Dundridge. S'il refuse de sortir, il devient seul responsable en cas de blessures. Mais la mort de Blott risquait d'être mal vue par le Ministère de l'Environnement.

— De toute façon, fit remarquer Hoskins, l'autorisation

concerne le passage de l'autoroute, c'est-à-dire la gorge elle-même, pas ses alentours.

— A l'entrée de la gorge, nous avons bien fait sauter une partie de la paroi rocheuse.

— Nous avions l'autorisation d'élargir la gorge dans ce secteur, à cause de la rivière. D'ailleurs, cette partie de la gorge ne fait pas partie de la zone protégée.

— Zut ! fit Dundridge. J'aurais dû me douter que cette garce nous ferait un coup pareil.

Ils rejoignirent le groupe sous l'arche. Le commissaire discutait avec Lady Maud.

— Ainsi, vous êtes persuadé que c'est moi qui ai donné l'ordre à mon jardinier de s'emmurer dans la loge ?

— Oui, c'est ce que je pense, dit le commissaire.

— Dans ce cas, Percival Henry, vous êtes plus bête que je ne le croyais.

Le commissaire encaissa.

— Ecoutez, Maud, vous le savez comme moi : il ne l'aurait jamais fait sans votre consentement.

— C'est grotesque ! Il peut faire ce qu'il veut dans la loge. Il y vit depuis trente ans. S'il décide de la remplir de béton, c'est son affaire. Je refuse d'endosser la responsabilité de ses actes, quels qu'ils soient.

— Alors, je n'ai pas le choix : je vous arrête.

— Pour quel motif ?

— Obstruction.

— La belle affaire !

Elle descendit du bloc de ciment, contourna l'arche jusqu'à la fenêtre et appela Blott. Ce dernier passa la tête par l'œil-de-bœuf.

— Oui ?

— Blott, descendez tout de suite. Ces messieurs doivent faire leur travail.

— Pas question.

— Blott, cria Lady Maud, je vous ordonne de descendre.

— Non ! fit Blott en refermant la fenêtre.

— Vous voyez. Je lui ai ordonné de descendre mais il ne

veut pas. Alors, allez-vous quand même m'arrêter pour obstruction à la justice ?

Le commissaire secoua la tête. Lady Maud remonta l'allée du château à grandes enjambées. Le commissaire se tourna vers Dundridge.

— Eh bien, que comptez-vous faire ?

— Il doit y avoir une solution.

— S'il vous vient une idée de génie, faites-le moi savoir.

— Que risquons-nous si nous démolissons l'arche avec le type dedans ?

— La question est de savoir ce qu'il lui arrivera à lui si vous le faites.

— Ça, c'est son problème. Nous avons obtenu le droit de démolir cette arche. S'il insiste pour rester à l'intérieur, ce qui peut lui arriver n'est plus de notre responsabilité.

Le commissaire secoua la tête.

— Essayez de dire ça au juge qui vous accusera de meurtre. J'espérais que vous auriez compris, après ce qui est arrivé à Guilstead Carbonell.

Il remonta en voiture.

Dundridge consulta le chef des travaux de démolition.

— Y a-t-il un moyen d'abattre cette arche sans risques pour l'homme qui s'y trouve ?

— Pas s'il s'y oppose.

Comme pour lui donner raison, Blott fit son apparition sur le toit. Il portait un fusil.

— Vous voyez ce que je veux dire ? fit le contremaître.

Blott leva son fusil et tira. Un pigeon ramier reçut du plomb dans l'aile et disparut du ciel. Dundridge avait parfaitement compris.

— Il n'est pas prévu dans notre contrat que nous ayons à prendre des risques inutiles. Or un malade qui s'emmure dans une arche et qui tire les pigeons dans l'aile représente un risque pour nous, plus qu'inutile. Il est complètement barjo, et sacrément bon tireur en plus.

Dundridge se rappela Mr. Edwards. Il se tourna vers Hoskins.

— Je crois, lui dit ce dernier, que nous devrions informer le Ministère. Tout cela nous dépasse.

La détonation atteignit le château. Dès qu'elle l'entendit, Lady Maud prit une paire de jumelles pour voir ce qui se passait. Blott se trouvait sur le toit de la loge, un fusil à la main. Elle l'appela au téléphone.

— Ils ne vous tirent pas dessus, au moins ? demanda-t-elle, inquiète.

— Non, fit Blott. C'est moi qui ai tiré un pigeon. Ils parlementent encore.

— Souvenez-vous de ce que je vous ai dit au sujet de la violence, lui rappela Lady Maud. Nous devons garder la sympathie du public. Je vais appeler la B.B.C. et I.T.V., ainsi que la presse écrite. On va sûrement pouvoir en faire tout un plat et les faire valser.

Blott raccrocha. Un plat et une valse ! La langue anglaise était vraiment TRES expressive. Un plat et une valse...

De son Q.G. mobile, Dundridge appela Londres.

— Vous voulez me faire croire que le jardinier de Lady Lynchwood s'est emmuré dans un arc de triomphe ? fit Mr. Rees qui n'en croyait pas ses oreilles. C'est impossible !

— L'arc de triomphe en question fait vingt-cinq mètres de haut, expliqua Dundridge. Il y a des pièces à l'intérieur. Toutes celles du bas, il les a cimentées. Il y a des barbelés sur le toit. Il n'y a donc pas d'autre moyen de le déloger que de tout faire sauter.

— A votre place, je ferais appel à la brigade des pompiers du coin, suggéra Mr. Rees. On les appelle bien pour aller chercher les chats dans les arbres.

— J'ai essayé les pompiers.

— Et alors, qu'en pensent-ils ?

— Ils pensent que leur mission consiste à éteindre les incendies, pas à prendre d'assaut les forteresses.

Mr. Rees se mit à réfléchir.

— Il faudra bien qu'il sorte, à un moment ou à un autre, dit-il.

— Pour quoi faire ?

— Pour manger, par exemple.

— Manger ? cria Dundridge. Manger ? Il n'a pas besoin de sortir pour manger ! J'ai ici la liste de ce qu'il a acheté au supermarché : quatre cents boîtes de fayots, sept cents boîtes de corned beef, cent cinquante boîtes de saucisses de Francfort. Dois-je poursuivre ?

— Non, fit Mr. Rees. Ce type doit avoir un estomac blindé ! Il aurait pu choisir des trucs plus appétissants.

— C'est tout ce que vous trouvez à dire ?

— Eh bien, cela indique qu'il s'est préparé pour un long siège, reconnut Mr. Rees.

— Et nous, alors, qu'est-ce qu'on fait ? On passe deux ans à se rouler les pouces, le temps qu'il finisse de grignoter son stock ?

Mr. Rees chercha une autre solution.

— Ne pouvez-vous vraiment pas le convaincre ? demanda-t-il. C'est en général ce que l'on fait pour les gens qui veulent se suicider.

— Il ne cherche pas à se suicider, lui fit remarquer Dundridge.

— Ça revient au même. Un régime de corned beef, de saucisses de Francfort et de fayots, dans les quantités que vous avez mentionnées me tuerait à coup sûr. Allons, je vois. Un bonhomme qui pense pouvoir vivre en mangeant des cochonneries pareilles est assurément obstiné. Avez-vous une idée ?

— En fait, j'en ai une.

— Pas du genre grue et masse d'acier, j'espère, fit Mr. Rees. Nous ne pouvons nous permettre un autre incident, si peu de temps après le premier.

— Je pensais faire appel à l'armée.

— L'armée ? Mais mon cher, nous sommes dans un pays libre. Nous ne saurions demander à l'armée de déloger un Anglais parfaitement innocent, en soufflant sa maison avec des tanks et de l'artillerie.

— Je tiens à préciser qu'il n'est pas Anglais et que je ne pensais pas aux tanks ni à l'artillerie pour faire sauter la loge.

— J'espère bien que non. L'opinion publique serait contre. Mais s'il n'est pas Anglais, quelle est sa nationalité ?

— Il est Italien.

— Italien ? Vous en êtes sûr ? D'habitude, les Italiens ne se comportent pas comme ça.

— Il est naturalisé.

— Ah ! Ceci explique cela. En ce cas, je ne vois pas d'objection à ce que vous fassiez appel à l'armée. Les étrangers, c'est leur affaire. Et à quoi pensiez-vous exactement ?

Dundridge exposa son plan.

— Bon, je vais voir ce que je peux faire. Je vous rappelle dès que j'en ai parlé au Ministre.

A Whitehall, le standard était surchargé. Mr. Rees eut un entretien avec le Ministre de l'Environnement qui lui-même appela la Défense. Dès dix-sept heures, le Haut Commandement de l'Armée consentait à détacher une escouade de commandos entraînés à l'escalade. Il était toutefois entendu qu'ils n'agiraient qu'en tant que renfort de la police et qu'ils ne devraient en aucun cas utiliser d'armes à feu. Comme l'avait expliqué le Ministre de l'Environnement, le but de l'opération consistait à investir la loge et à retenir Blott jusqu'à ce que la police puisse l'expulser d'une manière légale.

— Heureusement, les médias ne sont pas encore alertés. Si nous pouvons le sortir de là avant que les reporters ne viennent y fourrer leur nez, nous pourrons étouffer l'affaire. L'important, c'est de faire vite.

Dundridge fit la même recommandation aux hommes du commando qui se réunirent ce soir-là dans son Q.G. mobile, pour le briefing.

— J'ai là une série de photos de l'objectif. Elles ont été prises cet après-midi. Comme vous pouvez le constater, l'arche est pourvue de prises et il y a deux accès : les deux œil-de-bœuf qui se trouvent de chaque côté, et la trappe sur le toit. Je pense que la meilleure façon de procéder consiste à faire diversion à l'arrière pour attaquer par-devant...

— Je crois que vous devriez nous laisser les détails tactiques de l'opération, intervint le commandant : un civil n'allait pas lui dicter ce qu'il avait à faire.

— Je ne cherchais qu'à aider, dit Dundridge.

— Bon. Rendez-vous à vingt-quatre heures pile. Nous procéderons à pied...

Dundridge les quitta pour rejoindre son bureau.

— Enfin, les choses commencent à avancer, dit-il à Hoskins. Cette sale garce n'aura même pas le temps de comprendre ce qui lui arrive.

Hoskins en doutait. Il avait été militaire. Il ne pouvait partager la confiance de Dundridge pour l'armée.

Blott passa la soirée à lire. Ou on agirait vite contre lui, ou on essaierait de laminer sa détermination, en lui envoyant une ribambelle de gens bien intentionnés. Blott avait eu l'occasion de les voir à la télévision, ces gens : assistantes sociales, psychiatres, prêtres, policiers, tous plus imbus les uns que les autres des vertus du compromis. Ils discuteraient tous, le cajoleraient (il avait été chercher le mot dans le dictionnaire pour vérifier qu'il voulait bien dire ce qu'il pensait) : bref, ils feraient de leur mieux pour le persuader de son erreur, mais ils échoueraient tous. Ils le croiraient Italien, et c'était faux. Ils seraient persuadés qu'il agissait selon des ordres reçus ou par loyauté, alors qu'il était tout bêtement amoureux. Ils croiraient en la possibilité d'un compromis. Or, pouvait-il y avoir compromis avec une autoroute ? Blott sourit à l'idée d'une chose aussi idiote. L'autoroute passerait par le château ou ne se construirait pas. Rien de ce qu'ils pourraient lui raconter ne changerait l'alternative. Et surtout, ces gens qu'on lui enverrait seraient des citadins imbus de la justesse de leurs idées et de l'effet de leurs paroles. « Des hâbleurs » avait dit d'eux le vieux Lord Handyman, avec dédain. Blott était d'accord avec lui. Eh bien, ils pourraient parler à en perdre le souffle, ils n'ébranleraient pas ses convictions. Tout ce qu'il aimait, ce qui comptait pour lui était là, dans ce parc, ce jardin et ce château. Le château Handyman. Et il en était l'homme à tout faire. Il mourrait plutôt que de perdre le droit d'y faire tout. Il se déshabilla et se coucha. Par l'œil-de-bœuf, il pouvait voir la lumière dans la chambre de Lady Maud.

Il fut réveillé à une heure par un très léger bruit. Il y avait quelqu'un au pied de la colonne de gauche. Il traversa la chambre pour aller à l'autre fenêtre. Dans le parc, il put apercevoir une silhouette. Ils avaient dû passer par-dessus la clôture pour entrer. Blott put ainsi entendre quelqu'un bouger, juste en dessous. Ils étaient en train d'escalader une des faces de l'arche. Escalader ? Dans l'obscurité ? Voilà qui était intéressant.

Il se dirigea vers un placard, en retira le Leica ainsi que le flash électronique, puis retourna à la fenêtre. Dans la seconde qui suivit, tout le côté de la loge était brillamment éclairé. On entendit un cri, suivi d'un « floc ». Blott passa alors à l'autre fenêtre d'où il prit une autre photo. Cette fois, la personne qui escaladait la paroi de l'arche ferma les yeux et tint bon. Blott reposa l'appareil photographique. Il fallait trouver autre chose. Qu'est-ce qui pourrait leur rendre la tâche plus ardue ? De la graisse. Il se précipita dans la cuisine et en ressortit avec cinq litres d'huile d'arachide, grimpa jusqu'à la trappe du toit par une échelle qui se trouvait dans un coin de la pièce. Là il rampa jusqu'au bord et se mit à verser de l'huile le long du mur. Un juron retentit, puis un bruit de glissade et enfin un autre juron, suivi d'un cri affreux. Blott vida le reste du bidon d'huile le long du mur opposé avant de redescendre dans sa chambre. Il se remit à la fenêtre et observa la scène, en bas, à l'aide de sa torche électrique : plus personne ne grimpait ; au pied de l'arche, plusieurs soldats en uniforme lui lançaient des regards meurtriers ; ils s'étaient noirci le visage. L'un d'entre eux gisait au sol.

— Je peux vous aider ? demanda Blott.

— Attendez un peu qu'on vous attrape, mon salaud, hurla le commandant. Vous lui avez cassé la jambe.

— Pas moi, fit Blott. Je ne l'ai même pas touché. Il se l'est cassée tout seul. Ce n'est pas moi qui lui ai demandé de grimper le long de mon mur, au milieu de la nuit.

Il s'interrompit car un bruit lui parvenait de l'autre côté de la loge. Les salauds arrivaient par là aussi. Il retourna à la cuisine, prit deux autres bidons d'huile et répéta l'opération. Quand il en eut terminé, les quatre côtés de la loge présentaient des coulées d'huile tout du long et deux nouveaux escaladeurs venaient de tomber.

En bas, les soldats s'entretenaient à voix basse.

— Nous allons utiliser les grappins, dit le commadant.

Blott projeta sur eux le faisceau lumineux de sa torche électrique. Il entendit une explosion et put voir un crochet à trois dents passer en sifflant tout près de lui, avant de se fixer dans les barbelés du toit. Il fut suivi d'un autre. Blott fonça dans la cuisine chercher un couteau. Rapidement il fut sur le toit. Il coupa une première corde. Il rampa sous les barbelés et en coupa une autre. Il entendit un nouveau juron et un hurlement. Il se pencha sur le bord du toit.

— Quelqu'un d'autre veut-il essayer de monter ? demanda-t-il.

Mais l'armée battait déjà en retraite. Blott regarda les soldats ramener leurs blessés le long du pont suspendu et reprendre la route. Il regrettait leur départ. Une vraie bataille aurait fait une merveilleuse publicité. Une vraie bataille ? Il se dirigea vers le placard où il remisait son armurerie. Il fallait faire vite. Il grimpa sur le toit, laissa tomber l'échelle de corde. Dix minutes plus tard, il était sur le pont, la mitraillette à la main.

Les hommes du commando qui traînaient la jambe sur la route pour rejoindre leurs camions à la poterne, furent surpris par le bruit d'un feu nourri de mitraillette. C'était un tir de quelques secondes qui reprenait sans cesse. Ils s'arrêtèrent pour mieux écouter. Le bruit cessa, suivi bientôt par deux bruits sourds, beaucoup plus importants. Blott venait d'essayer son PACI. Il fonctionnait encore.

Au château, Lady Maud essayait de trouver le commutateur. Elle commençait à s'habituer aux coups de feu occasionnels, mais il s'agissait de tout autre chose : un véritable bombardement. Elle attrapa le téléphone et appela la loge. Elle n'obtint pas de réponse.

— Oh, mon Dieu, pleurnicha-t-elle. Ils l'ont tué. Elle s'habilla à toute allure. Le tir avait cessé. Elle rappela la loge et n'eut toujours pas de réponse. Elle téléphona au commissaire.

— Ils l'ont assassiné, cria-t-elle. Ils ont attaqué la loge et l'ont tué.

— Tué qui ?

— Blott ! hurla-t-elle.

— Sans blague !

— Je vous assure. Ils ont utilisé des mitraillettes et des armes plus lourdes.

— Oh, non ! Vous en êtes sûre ? Je veux dire ; il ne peut pas y avoir d'erreur ?

— Percival Henry, s'égosilla Lady Maud, vous me connaissez assez pour savoir que quand je dis quelque chose, c'est que je le pense. Rappelez-vous ce qui est arrivé à Bertie Bullett-Finch.

Les assassinats de minuit devenaient monnaie courante dans le Worfordshire Sud. Qui plus est, les accents de Lady Maud avaient tout de l'hystérie sincère : elle n'était pas du genre à devenir hystérique pour un rien.

— Je réquisitionne toutes les voitures de police disponibles et j'arrive, promit-il.

— Et une ambulance, rajouta Lady Maud.

Dix minutes plus tard, toutes les voitures de police du Worfordshire Sud convergeaient dans la gorge. A la poterne, douze hommes du Quarante et Unième Commando de Marine, dont deux avaient la jambe cassée, se faisaient arrêter au moment de monter dans leur camion. Ils furent emmenés au commissariat de police de Worford malgré leurs protestations : ils étaient en service commandé, et la police n'avait aucune autorité légale sur eux.

— Nous verrons ça demain matin, dit l'inspecteur, tandis qu'on les entassait dans leurs cellules.

Blott remonta dans la loge par l'échelle de corde et la ramena derrière lui. Toutes les armes avaient admirablement bien fonctionné, et bien qu'il lui fût impossible d'estimer les dégâts qu'elles avaient provoqués, le bruit des éclats de pierre laissait à penser qu'il y aurait suffisamment de preuves pour accuser l'armée d'avoir procédé à une attaque injustifiée avec une violence inouïe. C'est dans sa chambre qu'il put constater les effets des projectiles antichars. Ils avaient transpercé la frise en deux endroits et la pièce était jonchée de gravats. Les deux fenêtres avaient été soufflées et le plafond était troué comme du gruyère. Il entendit des pas dans l'allée. Il éteignit sa torche électrique et se pencha par la fenêtre : c'était Lady Maud.

— N'approchez pas, lui dit-il pour faire plus vrai. Couchez-vous. Ils risquent de remettre ça.

Lady Maud s'arrêta net.

— Oh, Dieu soit loué. Vous n'avez rien, Blott ? cria-t-elle. J'avais peur qu'ils ne vous aient tué.
— Me tuer, moi ? Il en faudrait plus.
— Vous avez pu voir quelque chose ?
— C'était l'armée. J'ai des photos pour le prouver.

27

Le lendemain, on ne parlait que de Blott dans tout le pays. Les nouvelles de l'attaque arrivèrent trop tard pour paraître dans les journaux du matin mais, dans les éditions suivantes, son nom était à la une. A la B.B.C., les atrocités de l'assaut et leurs aspects juridiques furent discutés au cours de l'édition spéciale du journal télévisé. A treize heures, l'affaire prit un autre tour quand on annonça qu'un commando de douze soldats de la marine avait apporté son aide à la police. Dans l'après-midi, une question fut déposée au Parlement et le secrétaire d'Etat promit une enquête. Et toute la journée, des reporters et des cameramen accoururent dans la gorge pour interviewer Blott et Lady Maud, et prendre des photos des dégâts. Ils étaient visibles et importants. Des impacts de balles pointillaient l'arche, laissant à penser que le tir de l'armée avait été féroce. Plusieurs têtes de la frise manquaient et les P.A.C.I. avaient fait des trous béants dans le mur. Les correspondants de guerre les plus endurcis aux méthodes utilisées dans la guerilla urbaine de Belfast furent surpris par l'ampleur des dommages.

— Je n'ai jamais rien vu de pareil, expliqua aux téléspectateurs le correspondant de la B.B.C., juché sur une échelle pour interviewer Blott par la fenêtre. On se croirait au Vietnam ou au Liban, alors qu'il s'agit d'un coin paisible de notre Angleterre rurale. Tout ce que je peux dire, c'est que je suis horrifié qu'un événement pareil ait eu lieu. Et maintenant, Mr. Blott, pouvez-vous nous dire ce que vous savez de l'attaque ?

— Il devait être une heure du matin. Je dormais. J'ai été réveillé par un bruit dehors. Je me suis levé et suis allé à la fenêtre pour voir ce qui se passait. Des hommes escaladaient le mur. Je ne pouvais l'accepter. J'ai donc versé de l'huile le long du mur.

— Vous avez versé de l'huile pour les arrêter ?

— Oui, fit Blott. De l'huile d'arachide. Ils ont glissé. C'est alors qu'ils ont ouvert le feu.

— Le feu ?

— Ça ressemblait à un tir de mitraillette. Je me suis précipité dans la cuisine et me suis couché par terre. Une à deux minutes plus tard, j'ai entendu une explosion. Tout s'est mis à voler dans la pièce. Quelques secondes plus tard, il y a eu une deuxième explosion. Après quoi, plus rien.

— Je vois, fit le reporter. Avez-vous fait feu en retour, à un moment quelconque de l'attaque ? Je crois savoir que vous avez un fusil ?

Blott secoua la tête.

— Tout s'est passé si vite ! J'étais complètement retourné.

— Ça se comprend. Ce devait être terrifiant pour vous. Une dernière question : l'huile que vous avez versée sur les assaillants était-elle chaude ?

— Chaude ? Sûrement pas ! Je l'ai vidée directement du bidon. Je n'aurais pas eu le temps de la chauffer.

— Eh bien, je vous remercie, dit le reporter avant de descendre de son échelle. Il vaut mieux couper la dernière partie, dit-il à l'opérateur du son. On aurait dit à l'entendre qu'il aurait aimé leur balancer de l'huile bouillante.

— Je le comprends. Ces enculés ne l'auraient pas volé !

C'est une opinion que partageait le commissaire.

— Comment ça, « votre aide à la police » ? hurla-t-il au colonel de la base des commandos qui était venu lui expliquer que sur l'ordre du Ministère de la Défense il avait envoyé une équipe d'escaladeurs pour aider la police.

— Il n'y avait pas un de mes hommes à une lieue à la ronde. Vous avez envoyé vos tueurs armés de roquettes et de mitraillettes bousiller...

— Mes hommes n'étaient pas armés.

Le commissaire le regarda, interloqué.

— Vos hommes n'étaient pas armés ? Vous avez le culot de me dire en face que vos hommes n'étaient pas armés, alors que j'ai vu, de mes propres yeux vu, ce qu'ils ont fait à l'édifice ! Vous allez peut-être me dire aussi qu'ils n'ont rien à voir avec les tirs ?

— C'est ce qu'ils disent, fit le colonel. Ils jurent tous sur la tête de leur mère qu'ils avaient déjà quitté les lieux et revenaient à leurs camions quand le feu a commencé.

— Cela ne m'étonne pas le moins du monde, dit le commissaire. Si je venais de bombarder une propriété privée en pleine nuit, je prétendrais, moi aussi, ne pas m'en être approché. Ce n'est pas une raison de les croire, à moins de manquer de bon sens.

— Ils n'avaient pas d'armes sur eux, quand vous les avez arrêtés.

— 'Les ont probablement planquées quelque part. Et de toute façon, les autres étaient déjà partis quand mes hommes sont arrivés.

— Je puis vous assurer... commença le colonel.

— J'en ai rien à foutre de vos assurances. J'ai la preuve qu'il y a eu une attaque et j'ai mis la main sur douze hommes entraînés dans l'utilisation des armes employées au cours de cette attaque et qui avouent avoir tenté de s'introduire de force dans la loge cette nuit. Que voulez-vous de plus ? Ils passeront devant le juge dès demain matin.

Le colonel dut admettre que les circonstances permettaient de croire...

— Les circonstances ? Mon cul ! Ils sont coupables, et vous le savez aussi bien que moi.

— Je pense tout de même que vous devriez contacter le

fonctionnaire qui leur a donné les instructions, fit avec découragement le colonel en partant. Je crois qu'il s'appelle Dundridge.

— Je m'en suis déjà occupé, lui répondit le commissaire. Il est à Londres pour le moment, mais j'ai envoyé deux de mes officiers l'interroger.

Dundridge venait de passer cinq heures d'interrogatoire. Avec Mr. Rees et Mr. Joynson d'abord, puis avec le Ministre lui-même.

— Tout ce que je leur ai dit, c'est d'escalader l'arche et de maîtriser Blott jusqu'à ce que la police arrive pour l'évicter selon la loi, expliqua-t-il pour la énième fois. Je ne pouvais pas me douter qu'ils utiliseraient des mitraillettes et autres armes à feu.

Ni Mr. Rees, ni le Ministre ne se laissèrent convaincre.

— Je me contente de regarder votre dossier, dit le Ministre avec le plus grand calme. Et qu'y vois-je ? Vous avez été nommé inspecteur de l'Autoroute des Midlands. Vos instructions étaient claires : vous assurer que la construction de la M 101 se poursuive avec un minimum d'histoires et de difficultés, que la population locale sente combien on avait à cœur ses intérêts, en protégeant son environnement. Alors, pensez-vous sincèrement avoir accompli l'une quelconque de ces consignes qui vous ont été notifiées lors de votre nomination ?

— C'est-à-dire que...

— Non ! Vous ne pouvez pas, n'est-ce pas ? gronda le Ministre. Depuis que vous êtes à Worford, ça n'a été qu'une suite de catastrophes incroyables. Un membre du Rotary a été réduit en compote, dans sa propre demeure, par un expert en démolition complètement fou qui clame à qui veut bien l'entendre qu'il y a été incité par...

— Je ne savais pas que Mr. Bullett-Finch était membre du Rotary Club, dit Dundridge qui cherchait à endiguer la colère du Ministre.

— Vous ne saviez pas...

Le Ministre compta mentalement jusqu'à dix et avala une gorgée d'eau.

— Puis, c'est un village entier qui est détruit...

— Pas en entier, seulement la Grand-Rue.

Le Ministre le fixa, bouillant de rage.

— Mr. Dundridge, fit-il enfin, vous êtes peut-être capable de faire une distinction entre le commun des mortels et un membre du Rotary Club, comme entre le tout et les parties d'un village, même quand le village ne comporte qu'une grand-rue, mais moi, je n'accepte pas cette distinction. Un village entier a été détruit, un piéton s'est fait brûler vif et vingt personnes ont été blessées, certaines d'entre elles gravement. Et ce village, je vous le rappelle, se trouve à deux kilomètres du tracé prévu pour le passage de l'autoroute. Un député s'est fait dévorer par des lions...

— Cela ne me concerne pas, protesta Dundridge. Ce n'est sûrement pas moi qui lui ai suggéré de remplir de lions son foutu jardin.

— Je me le demande, fit le Ministre. Je me le demande. Enfin, je veux bien réserver mon jugement sur ce point jusqu'à plus ample informé. Et finalement, à votre instigation, il a été fait appel à l'armée pour expulser un jardinier italien... Non, laissez-moi finir... Un jardinier italien, en tirant sur sa loge à la mitraillette et en le bombardant de projectiles anti-chars.

— Mais ce n'est pas ma...

— La ferme ! aboya le Ministre. Vous êtes renvoyé. Vous êtes cassé. Vous êtes...

— Arrêté, fit le détective qui attendait devant la porte du bureau de Mr. Rees, quand Dundridge en sortit enfin, en titubant. Dans l'ascenseur, Dundridge était encadré par deux policiers.

Mr. Rees s'installa à son bureau avec un soupir de soulagement.

— Je vous l'avais bien dit, que cet abruti se pendrait tout seul, dit-il avec un plaisir non dissimulé.

— Et l'autoroute ? demanda Hoskins.

— Comment ça, l'autoroute ?

— Pensez-vous que nous poursuivrons les travaux ?

— Dieu seul le sait. Pour ma part, j'en doute. Vous semblez oublier que des élections partielles vont avoir lieu incessamment dans le Worfordshire Sud.

Lady Maud, elle, ne l'avait pas oublié. Alors que les reporters et les cameramen assaillaient encore la loge, la photographiant sous tous les angles et interrogeant Blott du haut de leurs échelles, elle s'était inquiétée de la succession de Sir Giles. Le Comité pour la sauvegarde de la gorge s'était réuni chez le Général Burnett pour discuter des affaires futures.

— Il est costaud, ce Blott, pour un Rital, dit le Général. Remarquable d'avoir tenu tête à un tel bombardement. Les Italiens, dans le désert, on les voyait plutôt détaler comme des lapins.

— Je crois que nous avons tous une dette de gratitude envers Blott pour son sens du devoir et du sacrifice, acquiesça le Colonel Chapman. Je trouve que ce dernier épisode a tourné la construction de l'autoroute en ridicule. On ne peut plus, décemment, poursuivre sa construction. J'ai appris que l'ensemble des conservateurs a proposé un *sit-in* devant la loge pour s'assurer qu'on ne recommencera pas.

— Je dois avouer que j'ai été impressionnée par la maîtrise de la langue anglaise dont Blott a fait preuve, dit Mlle Percival. Il s'est comporté, lors de l'interview, d'une manière fantastique. J'ai aimé ce qu'il a dit sur les traditions de notre pays.

— Le moment où il a dit que pour tout Anglais, sa maison est un château. J'étais tout à fait de son avis, dit le Général.

— Je pense plutôt à ce qu'il a dit de l'Angleterre comme

patrie de la liberté, et des Anglais qui se doivent de préserver leurs valeurs traditionnelles.

Lady Maud les observa avec mépris.

— Il est triste d'avoir à dépendre des Italiens pour protéger nos intérêts, dit-elle.

Le Général gigota dans son fauteuil.

— Je n'irais pas si loin, murmura-t-il.

— Moi, si ! dit Lady Maud. Sans lui, nous aurions tous perdu nos maisons.

— En attendant, Mlle Percival a bel et bien perdu la sienne, dit le Colonel Chapman.

— Vous pouvez difficilement le reprocher à Blott.

Mlle Percival se tamponna les yeux.

— C'était un si mignon cottage, soupira-t-elle.

— Ce que je voudrais vous faire comprendre, poursuivit Lady Maud, c'est que la meilleure façon de montrer notre gratitude à Blott consiste à proposer sa candidature aux prochaines élections du Worfordshire Sud.

Les membres du Comité la regardèrent, éberlués.

— Un Italien, candidat pour le Worfordshire Sud ? fit le Général. J'ai du mal à imaginer...

— Je m'en suis rendu compte, le coupa brutalement Lady Maud. Et Blott n'est pas Italien. Il est nationalisé Anglais.

— Vous voulez dire naturalisé, la reprit le colonel. Nationalisé veut dire contrôlé par l'état. D'après moi, il est tout le contraire.

— J'accepte la correction, dit Lady Maud, avec condescendance. Nous sommes donc bien d'accord ? Blott sera présenté par notre parti lors des élections partielles ?

Elle fit des yeux le tour des participants. Mlle Percival fut la première à accepter.

— Je soutiens sa candidature, chuchota-t-elle.

— La motion, corrigea Lady Maud. La motion. La candidature, ce sera pour plus tard. Que tous ceux qui sont d'accord...

Le Général et le Colonel levèrent la main en signe de

défaite. Et comme le Comité représentait le seul parti du Worfordshire Sud, la candidature de Blott était assurée.

Lady Maud annonça leur décision à la presse, devant la loge. Quand les reporters se dispersèrent pour rejoindre leur véhicule, elle grimpa à l'échelle jusqu'à la fenêtre de Blott.

— Blott, appela-t-elle par les carreaux cassés de l'œil-de-bœuf. J'ai quelque chose à vous dire.

Blott ouvrit la fenêtre.

— Oui ? fit-il.

— Préparez-vous à un choc, lui dit-elle.

Blott la regarda d'un air indécis. Cela faisait un moment qu'il s'y attendait : l'armée britannique n'utilisait plus de munitions 303 et les P.A.C.I. étaient hors de service depuis de nombreuses années. C'était un aspect qu'il avait négligé.

— J'ai décidé que c'est vous qui prendrez la succession de Sir Giles, dit Lady Maud en le regardant droit dans les yeux.

Blott en fut estomaqué.

— Succéder à Sir Giles ? Gott in Himmel, murmura-t-il. Vous voulez dire que...

— Oui. Dorénavant, vous êtes le maître du château Handyman. Vous pouvez sortir, maintenant.

— Mais...

— Si vous voulez bien me passer la mitraillette et tout le reste, nous irons les enterrer ensemble dans la pinède.

Tandis qu'ils remontaient l'allée avec la mitraillette et le P.A.C.I., Blott vivait une grande confusion.

— Comment avez-vous su ? demanda-t-il.

— Comment j'ai su ? Je vous ai bien évidemment téléphoné dès que j'ai entendu les coups de feu, dit Lady Maud, un fin sourire aux lèvres. Je ne suis pas née de la dernière pluie, vous savez, malgré mes airs empotés.

— Mein Liebling, fit Blott en l'entourant de ses bras autant qu'il le pouvait.

Au palais de justice de Worford, Dundridge s'entendit accuser d'une conspiration contre l'ordre public, d'une tentative de meurtre, de déprédation délictueuse d'une propriété privée et d'obstruction à la police dans le cours de ses fonctions.

Ce dernier chef d'accusation mit Dundridge tout particulièrement hors de lui.

— Obstruction ? cria-t-il du banc des accusés. Obstruction ? Qui ose parler ici d'obstruction ?

— Prison préventive d'une semaine, dit le Colonel Chapman.

Dundridge protestait encore contre cet abus de pouvoir, quand on le conduisit à la prison de Black Maria. Me Ganglion vint lui rendre visite. Il avait été désigné d'office par la Cour pour assurer la défense de l'accusé.

— A votre place, je plaiderais coupable sur tous les points.

— Coupable ? Je n'ai rien fait de mal. Ce n'est qu'un tissu de mensonges, s'égosilla Dundridge.

— Je comprends ce que vous ressentez, mais soyez prudent : la police cherche à vous incriminer dans de nouvelles charges d'accusation.

— Elle m'a déjà mis sur le dos toutes les accusations du monde.

— Il reste encore cette petite histoire de chantage. Bref, je sais que vous n'aimeriez pas que ces photos soient produites devant la Cour. Savez-vous que vous risqueriez la peine de mort ?

Dundridge le fixa, éberlué.

— Pour le chantage ? demanda-t-il. C'est moi qu'on faisait chanter.

— Pour ce que vous faisiez sur ces photos.

Dundridge réfléchit en secouant la tête avec désespoir. Il risquait sa tête pour ce qu'on lui avait fait. On l'avait fait chanter, on l'avait ligoté, on lui avait tiré dessus et voilà que c'est lui qu'on accusait de tous ces crimes. Si conspiration il y avait, elle était contre lui.

— Je ne sais plus quoi dire, marmonna-t-il.

— Plaidez coupable, lui conseilla Me Ganglion. Cela fera gagner du temps et la Cour saura l'apprécier.

— Du temps ? J'écoperai de combien, d'après vous ?

— Difficile à dire, réellement. Sept à huit ans, je suppose, mais vous sortirez sûrement dans cinq ans.

Il ramassa ses documents et quitta la cellule. Il retrouva Lady Maud et Blott qui l'attendaient pour discuter leur contrat de mariage.

— Mon fiancé a décidé de changer de nom, annonça Lady Maud. Il veut porter celui de Handyman, dorénavant. Je vous saurais gré de faire les démarches nécessaires.

— Je vois, fit Me Ganglion. Eh bien, je ne pense pas que cela pose problème. Et que désire-t-il comme prénom ?

— Je crois que nous allons garder Blott. Je m'y suis habituée.

— Et c'est pour quand, le grand jour ?

— Nous attendrons la fin des élections. Je ne voudrais pas qu'on me prête l'attention d'influencer les résultats.

Me Ganglion déjeuna avec Me Turnbull.

— Cette Maud Lynchwood, quelle femme extraordinaire ! lui dit-il tandis qu'ils traversaient la rue pour se rendre « Aux Armes des Handyman ». Il faut s'attendre à tout avec elle. Epouser son jardinier et le faire entrer au Parlement.

Ils s'installèrent au bar.

— Qu'est-ce que vous prenez ? demanda Me Turnbull.

— J'ai envie d'un whisky. Double. Ça coûte une fortune, mais tant pis, j'en ai besoin.

— Vous n'êtes peut-être pas au courant, lui dit le barman. On fait cinquante centimes de moins sur la dose de whisky et vingt sur la pinte de bière. Instructions de Lady Maud. Il paraît qu'elle peut se permettre d'être généreuse maintenant.

— Mon Dieu, fit Me Turnbull. Croyez-vous qu'il y ait un lien quelconque avec les élections ?

Mais Me Ganglion ne l'écoutait plus. Il pensait combien les

choses avaient peu changé depuis son enfance. Que lui avait dit son père, exactement ? Une histoire concernant Gladstone qui aurait été balayé de son poste par une vague d'*ale*. Et ça, ça se passait en '74.

28

Ce fut un mariage en blanc. Lady Maud, avec sa franchise coutumière, l'avait emporté sur le vicaire. Il s'était incliné avec résignation. La chapelle du château Wilfrid était bondée. La moitié du comté s'y trouvait quand Lady Maud traversa la pinède à grandes enjambées, accompagnée de sa demoiselle d'honneur, Mme Forthby. Blott, maintenant Blott Handyman et Député, attendait la mariée dans l'église, en chapeau haut de forme et queue-de-pie.

Quand l'orgue attaqua « Rule Britania » que Blott avait choisi, Lady Maud Lynchwood suivit l'allée centrale au bras du Général Burnett. Une demi-heure plus tard, ce fut Lady Maud Handyman qui la remonta. Ils posèrent pour les habituelles photos puis descendirent le chemin qui menait au pont de bois, pour revenir au château, suivis de leurs invités. L'endroit était magnifique : les drapeaux flottaient sur les tourelles ; une toile de tente rayée avait été installée sur la pelouse ; la serre n'était qu'une palette de couleurs. Tout ce que permettait la fortune de Sir Giles avait été acheté : champagne, caviar, saumon fumé, anguilles confites pour ceux qui aimaient ça, sandwiches aux concombres, charlotte au xérès et aux amandes. Mme Forthby s'était occupée de tout. Il ne manquait que le gâteau.

— Je savais bien que j'oubliais quelque chose, pleurnicha-t-elle.

On le retrouva par hasard dans l'office. C'était la parfaite réplique de la loge.

— Quel dommage de le couper, dit Blott à Lady Maud pendant qu'ils posaient à côté, la vieille épée de Busby Handyman à la main.

— Vous auriez dû y penser plus tôt, lui chuchota Lady Maud à l'oreille.

Ils coupèrent le gâteau et on prit des photos. Jusqu'au discours de Blott, authentiquement anglais dans son inarticulation, qui fut dans le ton. Il remercia tout le monde d'être venu et adressa une mention particulière à Mme Forthby, qui s'était occupée de tout. Il fit rire l'assemblée et rougir Lady Maud en disant qu'il n'était pas donné à tout le monde d'avoir la chance d'épouser sa maîtresse.

— Quel type extraordinaire, dit le Général Burnett à Mme Forthby, qui lui plaisait assez. Il a une foule de talents. Des bruits courent qu'on envisage de lui donner la Présidence du Groupe.

Mme Forthby secoua la tête.

— J'espère bien que non, fit-elle. C'est si dégradant !

Me Ganglion et Me Turnbull emportèrent avec eux une bouteille de champagne dans le jardin.

— La fonction crée l'organe, dit philosophiquement Me Turnbull. Je dois admettre qu'il s'en sort mieux que je ne le pensais. Et l'on dit qu'on ne peut tirer de la farine d'un sac de son !

Me Ganglion s'assit sur un banc de fer forgé.

— Je pensais à Sir Giles. Vous remarquerez comme sa mort est pratique. Y avez-vous jamais songé ? Moi, si. Que pensez-vous qu'il faisait en bottes de caoutchouc en plein mois d'août ? Il n'avait pas plu depuis des semaines. L'été le plus chaud que nous ayons eu depuis des années, et il meurt, des bottes de caoutchouc aux pieds.

— Vous n'oseriez tout de même pas...

Me Ganglion glousa.

— Je n'insinue rien. Je réfléchissais, c'est tout. Ah, ces vieilles familles ! Elles ne se sont pas contentées de compter sur la chance pour survivre. Elles savent gérer leurs affaires.

— Vous êtes cynique.

— Ridicule ! Réaliste, c'est tout. Elles survivent, mon Dieu, comme elles survivent ! Et c'est une bonne chose. Que ferions-nous sans elles ?

Me Ganglion inclina la tête et s'endormit.

Les Handyman étaient au lit, cette nuit-là, dans les bras l'un de l'autre, éperdument heureux. Blott était enfin lui-même : il possédait un nouveau passé et un présent parfait. Il n'y avait plus de salle d'attente dans la gare de Dresde, plus d'orphelinat, plus d'incertitudes ni de doutes. Et, enfin, plus d'autoroute. Il était anglais et sa famille avait vécu dans la gorge pendant cinq cents ans ; s'il ne tenait qu'à lui, elle lui survivrait cinq cents ans et plus. C'est d'ailleurs ce qu'il avait dit dans son discours inaugural à la Chambre des députés au sujet de l'adhésion de l'Angleterre au Marché commun.

— Nous n'avons pas besoin de l'Europe, avait-il clamé. Mais peut-être, me direz-vous, que l'Europe, elle, a besoin de nous. Et c'est vrai. Nous sommes l'exemple, l'étoile du berger, le paradis... Et je vous en parle en connaissance de cause.

Ce fut un discours remarquable dans le style de Churchill. Au premier rang, les ministres se sentaient mal à l'aise.

— Il faut le faire taire, dit le Premier Ministre.

Et c'est ainsi que la présidence du Groupe fut offerte à Blott.

— Vous n'allez pas accepter, n'est-ce pas ? demanda anxieusement Lady Maud.

— Sûrement pas. Il est des vagues, dans la vie d'un homme...

— Oh, chéri, vous êtes merveilleux.

— ... qui, quand elles jaillissent, peuvent être à l'origine d'une famille.

Lady Maud soupira de bonheur. C'était si bon d'être mariée à un homme qui savait reconnaître ses priorités.

Dans la prison d'Ottertown, Dundridge purgeait sa peine.

— Comportez-vous correctement et vous serez transféré dans une prison modèle, lui dit le Directeur. Avec les réductions de peine pour bonne conduite, vous devriez en sortir d'ici neuf mois.

— Mais je ne veux pas changer de prison, dit Dundridge Je me sens bien ici.

C'était la vérité. Il y avait dans la prison une logique qui lui plaisait. Chaque chose avait sa place et aucun événement imprévu ne venait la perturber. Chaque jour était semblable au précédent et chaque cellule identique à sa voisine. Mieux encore, Dundridge était un numéro. C'est ce qu'il avait toujours désiré. Il était le numéro cinquante huit mille deux cent quatre-vingt-quinze et tout à fait heureux de l'être. Il travaillait dans la bibliothèque de la prison et se sentait en sécurité : la nature n'entrait pas dans la vie de la prison. Les arbres, les bois et autres aberrations grossières de la campagne s'étalaient par-delà les murs d'enceinte. Dundridge n'avait pas le temps de s'en préoccuper. Il était trop pris par le classement des livres de la bibliothèque. Il venait de découvrir un système numérique plus intéressant que le système courant.

Il l'appela le système digital de Dundridge.

FIN

Achevé d'imprimer en janvier 1985
sur presse CAMERON,
dans les ateliers de la S.E.P.C.
à Saint-Amand-Montrond (Cher)

— N° d'imp. 2819-2085. —
Dépôt légal : janvier 1985.

Imprimé en France

ISBN 2-903-157-50-2